HEYNE <

Tina Wolf

# Krabbenbrötchen für Kenner

Roman

WILHELM HEYNE VERLAG
MÜNCHEN

MIX
Papier | Fördert gute Waldnutzung
FSC® C014496

Penguin Random House Verlagsgruppe FSC® N001967

Originalausgabe 03/2023

Dieses Werk wurde vermittelt durch Agentur Brauer
Redaktion: Steffi Korda,
Büro für Kinder- & Erwachsenenliteratur, Hamburg
Umschlaggestaltung: zero-media.net
unter Verwendung von
Finepic®, München; Getty Images/Jackyenjoyphotography;
Alamy Stock Photo/Panther Media GmbH
Satz: Uhl + Massopust, Aalen
Druck und Bindung: GGP Media GmbH, Pößneck
Printed in Germany
ISBN: 978-3-453-42742-6

www.heyne.de

*Für Britta, meine Föhr-Perle*

54°43’N

08°30’O 1

# 1.

Willi sah aus wie ein Zeitreisender, der sich verlaufen hatte. Nike konnte sich in dem Moment, in dem sie ihren Vater zwischen all den anderen Urlaubern am gut gefüllten Fähranleger in Dagebüll entdeckte, ein Grinsen nicht verkneifen.

Vielleicht genoss er es ja auch, überlegte sie, dass ihn hier offenbar niemand kannte. In seiner Heimat Kiel war er bekannt wie ein bunter Hund. Willi, der eigentlich Willem Sturm hieß, war Maler, Künstler, Dozent und beliebter Gast auf allen möglichen Veranstaltungen. Er war bekannt für seine eigenwillige Art und vielleicht gerade deshalb so beliebt. Willi machte, was er wollte. Er passte sich nie an.

So wie jetzt. Er wirkte völlig fehl am Platze zwischen all den Nordseeurlaubern, die sich farbenfroh für jede Wetterlage gerüstet hatten.

Nike ließ sich noch einen Moment Zeit, bevor sie ihn auf sich aufmerksam machen würde.

Sie hatte ihren Wagen auf dem großen Inselparkplatz direkt am Hafen von Dagebüll geparkt und war den Weg zum Fähranleger am Deich entlanggegangen, anstatt den Bus-Shuttle zu nehmen wie die meisten

Urlauber. Nach all den Stunden im Auto, auf dem Weg von Hamburg hierher, hatte sie das Bedürfnis gehabt, sich zu bewegen. Die Luft war frisch und klar. Sie hatte sich mit ihrem schwarzen Rollkoffer und der Umhängetasche zwischen all den kleinen und großen Menschen hindurchgekämpft, die alle auf die Fähre warteten, bis sie ihren Vater schließlich entdeckt hatte.

Kein Mensch war wie Willi. Weder hier noch sonst irgendwo auf der Welt. Davon war Nike überzeugt. Seine grauen, gelockten und kinnlangen Haare waren unter dem Strohhut kaum zu sehen. Eine braune Horn-Sonnenbrille verdeckte sein Gesicht an diesem wunderbar sonnigen Tag, der zwar durch die frische Nordseeluft etwas kühler wirkte, ansonsten aber für Mitte Mai überdurchschnittlich warm war. Ihr Vater trug eines seiner hellen Leinenjacketts, das wie alle seine Jacketts maximal locker saß und maximal zerknittert war. Darunter hatte er wie immer einen Kaschmirpullover an. Heute einen dunkelblauen mit V-Ausschnitt. Vermutlich trug er eine passende Leinenhose. Genau sehen konnte sie es zwischen all den kleinen und großen Menschen hier nicht. Neben ihm erkannte sie seinen großen, alten Lederkoffer mit Holzleisten, der aussah, als hätten ihn Bedienstete abgestellt, die gerade auf dem Weg waren, um die restlichen Koffer zu holen.

Willi wirkte etwas verloren zwischen all den bunten Windjacken und Plastikkoffern, den Rädern, Rucksäcken und kleinen Kindern, die Fußball spielten, während ihre Mütter versuchten, sie davon abzuhalten, da die Fähre sich näherte. Er passte hier einfach überhaupt nicht her. Genauso wenig wie diese spontane Reise zu ihnen beiden passte.

Nike erinnerte sich an den Moment, als sie Willi an seinem sechzigsten Geburtstag in Kiel besucht und er sie mit der Idee überrascht hatte, zusammen zu verreisen. Sie war dreißig Jahre alt – und dies war ihre erste gemeinsame Reise. Da konnte man schon mal überrascht sein. Zumal sie auch sonst durch die frühe Trennung ihrer Eltern kurz nach ihrer Geburt und den Umzug von Kiel nach Hamburg wenig Kontakt hatten.

Willi war ihr Vater. Es fühlte sich nur nicht immer so an. Er war jemand, den man besuchte, das war für Nike ganz normal. Kinder besuchten den Elternteil, der nicht da wohnte, wo sie wohnten, alle paar Wochen mal. Nicht, weil sie immer Lust hatten, sondern weil man es ihnen sagte. Nikes Beziehung zu Willi spiegelte genau das wider. Sie waren bisher immer eine Art Zweckgemeinschaft ohne Zweck gewesen. Weil die emotionale Verbindung fehlte. Weil Nike nicht geplant gewesen war. Weil nichts von alldem wirklich gewollt gewesen war und bereits endete, bevor es überhaupt angefangen hatte. Willi war ein Freigeist. Er war alles Mögliche, aber keiner, der immer schon unbedingt ein Kind hatte haben wollen. Was nicht hieß, dass er sie nicht liebte. Er war damals so alt gewesen wie sie jetzt, und ja, Nike war ihm wichtig, das wusste sie. Aber es war eben anders. Er war nicht der Vater, der sich kümmerte, der sich sorgte, der Interesse zeigte, der sich Gedanken machte. So wie die anderen, die an diesem Fähranleger um ihn rumstanden und jetzt anfingen, die Tickets in ihren Bauchtaschen und Rucksäcken zu suchen, während der eine oder andere Hund versuchte, einem Ball hinterherzujagen, bis ihm wieder einfiel, dass er ja angeleint war. Väter, die sich darum bemühten, ihr Rudel zusammenzuhalten, Mütter, die Brotboxen öffneten, um die selbst geschmierten Sandwiches zu verteilen, und Kinder, die Fangen spielten. Eingespielte Teams. Jeder hatte seine Rolle und Nike fragte sich in diesem Moment, welche ihr zukam. Sie ließ ihren Blick weiterwandern zu den entspannten Dauerurlaubern Ü70, die sich sicher auch auf die Insel freuten, für die das hier aber kein außergewöhnlicher Montagvormittag war, kein Beginn eines vielleicht lange herbeigesehnten Urlaubes, sondern ein weiterer freier Tag. Sie schienen das ganze Treiben belustigt zu beobachten, erinnerten sich vermutlich daran, wie es früher bei ihnen gewesen war, während die Sonne ihnen ins bereits gut gebräunte Gesicht schien und der Wind ihre kurzen, grauen Haare durchwühlte. Und mittendrin, in diesem Trubel, dieser Menschenmenge, in der mit jedem Meter, den sich die Fähre dem Anleger näherte, die Hektik zunahm, stand Willi. Ein Fels in der Brandung. Ein Leuchtturm, den offensichtlich keiner wahrnahm. Bis auf Nike. Alle anderen waren mit sich selbst und ihrem Gepäck, den Kindern und Hunden beschäftigt. Es fehlte eigentlich nur, dass Willi einen schwarzen Regenschirm hochhielt, sich alle zu ihm umdrehten und er etwas über die Geschichte der Nordfriesischen Inseln und ihre Bewohnerinnen und Bewohner erzählte.

Stattdessen riss er nun seinen Arm hoch, als er Nike entdeckte, und rief aus voller Kehle: »Hiiiier!« Er dachte wohl, sie hätte ihn noch nicht entdeckt.

Nike nickte ihm zu, obwohl er das vermutlich gar nicht erkennen konnte, schließlich trennten sie noch mindestens zwanzig kleine und große Allwetterkombinationen. In diesem Moment wurde Nike wieder ihr nicht vorhandenes Talent im Kofferpacken vor Augen gehalten. Sie konnte jetzt schon wetten, dass alles, was sie dabeihatte, nicht zum Einsatz kommen würde und sie das, was sie bräuchte, hundertprozentig nicht eingepackt hatte. Sie trug, wie fast immer, eine Jeans-Latzhose, ein geringeltes T-Shirt und ihre dunkelblaue Wollmütze über dem blonden Pixie-Kurzhaarschnitt. Manch einer dachte vermutlich, sie würde jeden Tag das Gleiche tragen. Dabei hatte sie sowohl eine große Auswahl an Latzhosen als auch an geringelten T-Shirts.

Es war und blieb einfach ihre Lieblingskombi. Bequem, lässig und unkompliziert.

Natürlich trug sie auch andere Sachen. Das Wetter war ja auch nicht jeden Tag für dieses Outfit gemacht. Und genau da fingen dann immer ihre Probleme an, wenn eine Reise anstand. Was sollte sie einpacken?

Während sie all die anderen hochprofessionell ausgestatteten Nordseekenner betrachtete, wurde ihr klar, dass sich ihre Bauchschmerzen, die sich immer sofort einstellten, sobald sie vor ihrem geöffneten Koffer und ihrem Schrank stand, vermutlich wieder einmal nicht gelohnt hatten. Entweder war es wärmer als gedacht, kälter oder nasser.

»Moin, moin, mein Mädel!«, begrüßte Willi sie überschwänglich betont norddeutsch, als sie bei ihm angelangt war, ihren Koffer abgestellt und ihn in den Arm genommen hatte. Nike fragte sich, ob er Korn statt Kaffee zum Frühstück gehabt hatte oder einfach nur lustig sein wollte. So begrüßte er sie sonst nie. Ob die Menschen um sie herum jetzt dachten, sie wäre seine Freundin?

»Hallo, Papa!«, rief Nike deshalb schnell etwas zu laut zurück, damit hier bloß kein falsches Bild entstand. »Na, wie war die Anreise, Papa?!«, hakte sie noch einmal laut nach und strich ihm zur Begrüßung sanft über die Schulter, gefolgt von einem leichten Klopfen, wie man es bei gebrechlichen, älteren Menschen tat. Dabei war Willi alles andere als alt und gebrechlich. Er war ein attraktiver, jung gebliebener Sechzigjähriger, der junge Frauen anzog wie ein Magnet.

»Sag mal, meinst du nicht, du erkältest dich? Hast du noch eine wärmere Jacke eingepackt?«, fragte sie betont besorgt.

»Jaja. Das wird schon.«

»Und hast du gut hergefunden?«, schob sie hinterher und stellte ihre Tasche ab.

Willi sah sie mit leicht zusammengezogenen Augenbrauen fragend an. Zu Recht. Er war schließlich mit der Bahn gekommen, und die hatte keine zehn Meter von ihnen entfernt gehalten. Direkt neben dem Fähranleger befand sich die Bahnhaltestelle. Man musste nur einmal die Straße überqueren.

»Ja, danke der Nachfrage. Ich bin ja schon groß.«

Nike lachte. »Ach, stimmt. Fast vergessen!«

»Und du?«

»Ich? Ich bin auch schon groß.«

Willi grinste. »Ja, stimmt. Und das ging viel zu schnell. Ich meinte: Bist du gut durchgekommen?«

»Ach so. Ja, danke. Alles easy.«

»Schön.«

Sie sah sich um, er sah aufs Meer.

Da war sie wieder. Die Stille zwischen ihnen, die an manchen Tagen ganze Messehallen füllen konnte – oder auch ganze Fähranleger.

Nike gab sich einen Ruck. »Wie kommen wir denn gleich zu dem Ferienhaus?«, fragte sie. »Mit dem Bus?«

Willis Reservierung für einen Mietwagen war hinfällig geworden, da Nike an dem Tag, an dem ihr Urlaub eigentlich hätte starten sollen, nicht hatte fahren können. Ihrem Chef war leider doch noch etwas eingefallen und noch etwas und noch etwas, bevor sie endlich loskam. Dementsprechend waren sie jetzt zu Fuß auf der Insel unterwegs oder zumindest ohne Auto. Was aber nichts machte, wie ihr Vater fand. »Die Entdeckung der Langsamkeit«, nannte er seinen Vorschlag, Föhr einfach mit dem Rad zu erkunden. Er kannte es ja nicht anders. Zu Hause in Kiel fuhr er ausschließlich Fahrrad. Nicht, weil er kein Auto hatte, sondern weil er Radfahren liebte. Und außerdem gab es eh nicht viele Straßen auf Föhr, hatte Willi noch ergänzt. Ach ja, und die Internetverbindung sei übrigens auch sehr instabil in der Ecke, in der sie unterkommen würden. Aber ansonsten wäre es dort ein Traum, hatte er erklärt, als sie meinte, sie müsse wohl ihren Rechner mitnehmen. Für den Notfall.

Der Notfall hieß Timm und war der Chef der Agentur, in der sie seit einigen Jahren als Mediengestalterin arbeitete. Sollte es also keine Möglichkeit geben, Timms Kosmos, in dem sich alles nur um seine Firma drehte, mal wieder zu retten, indem sie Aufträge fertigstellte, die er verdrömmelt hatte, wäre es die pure Entschleunigung. Oder ihre Kündigung. Was dann auch einer Entschleunigung gleichkäme. Einer endgültigen.

»Es gibt bestimmt einen Bus, aber das dauert mir zu lange. Wir nehmen einfach ein Taxi. Sind nur drei, vier Kilometer vielleicht. Richtig lange Strecken gibt es auf der Insel ja eh nicht.«

»12,5 Kilometer«, meinte Nike und sah an Willi vorbei in Richtung blaue Fußgängerbrücke, die auf die Fähre führte und sich langsam füllte. Der Weg war freigegeben worden und es kam Bewegung in die Menschenmasse.

Willi sah sie erstaunt an. »Das ist die längste Strecke?«

»Nee, die Länge der Insel. 12,5 Kilometer lang. 8,5 breit.«

»Du hast dich ja informiert!«, stellte er begeistert fest, und Nike sah, wie ein Lächeln über sein Gesicht huschte. Er griff nach seinem Koffer, hielt dabei kurz seinen Strohhut fest, weil eine Windböe über sie hinwegfegte, zwinkerte ihr auffordernd zu und machte sich auf den Weg Richtung Fußgängerbrücke, als ginge es jetzt auf Safari.

Sie trottete Willi, der die Tickets hatte, wie ein Hund hinterher und stellte fest, wie abhängig sie in diesem Moment von ihm war. Er hatte alle Informationen, alle Unterlagen, für die Überfahrt, das Ferienhaus, alles, was diese Reise betraf. Das war deshalb außergewöhnlich, weil es bisher nie so gewesen war. Nie so, dass er sich aktiv gekümmert hätte. Dass sie ihm blind folgen und sich über nichts Gedanken machen musste. Bisher war es genau andersherum gewesen. Sie war diejenige, die sich all die Jahre, in denen sie ihren Vater – in mehr oder weniger regelmäßigen Abständen – besuchte, überlegen musste, was man an einem Wochenende in Kiel mit ihm und bei ihm unternehmen konnte. Welche Ausstellung wann und wo lief und wer dort was ausstellte, das wusste er als Künstler. Aber was man mit einer Tochter, die nur zwei Tage alle paar Wochenenden mal kam, unternehmen konnte, das wusste er nicht. Weder als sie noch ganz klein gewesen war, noch später im Teenageralter. Sie kannte ihren Vater nur von diesen Wochenenden. Erinnerungen an eine Zeit zu dritt, mit ihrer Mutter, gab es nicht. Die beiden waren nie ein richtiges Paar gewesen und als Nikes Mutter versehentlich schwanger wurde, war das das Ende der Affäre und der Anfang ihres Lebens mit ihrer Mutter.

Um an den Wochenenden bei Willi nicht vor Eintönigkeit einzugehen, kümmerte sie sich ab einem gewissen Alter selbst darum, was man unternehmen konnte – davon abgesehen, dass sie ihm zusah, wie er in seinem Atelier malte, an seinen Statuen arbeitete oder am Klavier saß.

Ein Rollentausch, der ihr viele Jahre nicht bewusst gewesen war; sie war da einfach hineingewachsen. Sie machte Ausflüge mit ihm, anstatt dass die Initiative dazu von ihm ausgegangen wäre. Mal gingen sie ins Kino, weil Nike unbedingt einen bestimmten Film sehen wollte, den ihre Mutter ihr noch nicht erlaubt hatte. Mal begleitete sie ihn zu einer Ausstellungseröffnung und versuchte sich mit Saft und Salzstangen die Zeit zu vertreiben. Und natürlich fand sie es cool, dass ihr Vater sie abends mit auf Partys und auf Vernissagen nahm. Willi bestellte ihr schon Wein und Champagner, als ihre Freundinnen noch heimlich auf Partys gingen und die Sektflaschen an ihren Eltern vorbeischmuggelten.

»Hier?«, wollte Willi wissen, dem sie gedankenverloren hinterhergelaufen war und der sie jetzt fragend ansah.

Nike blickte auf einen Tisch an der linken Seite der Fähre und sah aus den bodentiefen Fenstern auf die Nordsee. Auf den weichen Wellen spiegelte sich die Sonne.

»Ja, klar. Warum nicht«, antworte sie, legte ihre Tasche auf die Sitzbank, stellte den Koffer ab und sah sich in dem Innenraum um, der sich langsam füllte. In der Mitte der Fähre befand sich ein Bordbistro, das bereits von den ersten Urlaubern angesteuert wurde.

»Möchtest du auch etwas?«, fragte Willi und deutete auf den Tresen, vor dem sich jetzt eine Schlange bildete.

»Ein Wasser wäre gut. Danke!«

»Wird gemacht!«, sagte Willi und ging los.

Nike schob ihre Tasche ein Stück weiter, setzte sich und sah aus dem Fenster auf das offene Meer.

Sie überlegte, wann sie das letzte Mal auf einer Fähre gewesen war, und konnte sich nicht daran erinnern. Vermutlich während ihrer Schulzeit, als sie mit ihrer Klasse eine Woche auf der Hallig Langeneß verbracht hatte.

»Einmal Meersalzkartoffeln mit Matjesfilet, roten Zwiebeln und Sour Cream für Tisch drei«, riss ihr Vater sie aus ihren Gedanken und stellte im gleichen Augenblick ein Tablett auf dem Tisch ab. »Und Wasser für die Dame. Bitte schön!«, sagte er in einem Ton, der nicht seiner war.

»Danke.« Nike zog das Glas und die kleine Flasche an sich heran.

»Ich dachte mir, so eine kleine Stärkung tut doch ganz gut.« Er nahm den Teller vom Tablett, stellte ihn in die Mitte des Tisches und legte zwei Gabeln und Servietten dazu. »Falls du mal probieren möchtest.«

Ihr Vater wusste, wie sehr sie die kleinen Pellkartoffeln liebte – und dann auch noch so wunderbar salzige! Mit Pellkartoffeln oder Käse konnte man sie immer aus der Reserve locken. Auch, wenn es gerade erst kurz vor elf Uhr war.

»Hier, noch etwas Inselbrot mit Butter«, bot Willi an, stellte sein eigenes Wasser auf den Tisch und setzte sich. »Herrlich!«, sagte er zufrieden und hielt sein Wasser hoch. »Prost, meen Deern. Auf unsere Reise in die Weiten des Meeres«, verkündete er wie ein alter Seebär, der an Deck seines alten Holzschiffes stand und darauf wartete, dass der Anker gelichtet wurde.

Nike schüttelte lächelnd den Kopf und hob ihr Glas zum Prost.

Ihr Handy kündigte eine Nachricht an. Kurz danach eine zweite und dritte.

»Willst du das nicht mal ausmachen?« Willi runzelte die Stirn und nahm einen weiteren Schluck.

Nike griff in ihre Tasche, zog ihr Telefon raus und stellte fest, dass ihr Chef sie offenbar jetzt schon vermisste. Egal. Sie stellte das Telefon auf stumm, legte es zurück in die Tasche und nahm sich eine der Meersalzkartoffeln. Warum nicht einfach mal abschalten, dachte sie und genoss den Blick aus dem vom Salzwasser leicht matten Fenster. Die Fähre hatte abgelegt und fuhr kaum merklich auf das offene Meer hinaus Richtung Föhr.

Nike saß mit dem Rücken zum Festland, den Blick links aus dem Fenster auf den Horizont gerichtet und fragte sich, welche Inseln sie sah. War das nicht Langeneß? Gott, wie peinlich … Sie schämte sich für ihr mangelndes Wissen. Ja, das musste Langeneß sein, aber auch die Halligen, tippte sie, hatte aber keinen blassen Schimmer, wie die einzelnen Inseln hießen.

Auf dem Bildschirm an der Wand ihr gegenüber befand sich ein Flachbildschirm, der auf den Urlaub einstimmte: Bilder vom Meer, dem Strand, Drohnenfahrten über Dünen und alte Reetdachhäuser, Fischerboote, eine Kirche und ein Leuchtturm, der ihr bekannt vorkam, obwohl sie noch nie auf Föhr oder Amrum gewesen war. Vielleicht ähnelte er ja auch einfach einem Leuchtturm aus der Werbung, überlegte sie und trank noch einen Schluck, während ihr Blick wieder zu Willi wanderte, der seine letzten Kartoffeln aß.

Was hatte es nur mit dieser Reise auf sich? War es am Ende vielleicht doch mehr als nur eine simple Midlife-Krise, die Nike ihrem Vater heimlich unterstellte und die sich hinter dieser Idee, nach Föhr zu reisen, verbarg? War es seine letzte LAG – Nike hatte diese Abkürzung für den Begriff Lebensabschnittsgefährtin ins Leben gerufen –, die er nicht mehr so um den Finger hatte wickeln können, wie er es sonst immer geschafft hatte? Und die ihn zu seiner großen Überraschung verlassen hatte? Oder steckte die Kunstszene dahinter, die sich in letzter Zeit weniger als sonst für ihn interessiert hatte? Natürlich war er eine Institution, die Frage stellte sich nicht, aber er hatte doch hin und wieder seinen Unmut über nachlassendes Interesse geäußert. Nike hatte das gar nicht glauben können, ihr kam es ganz und gar nicht so vor, aber vielleicht lag das auch einfach daran, dass sie nicht mehr so oft in Kiel gewesen war wie früher. Was wusste sie schon von den aktuellen Ausstellungen? Von der Nachfrage nach seiner Person? Von Medienberichten? Nicht viel, musste sie sich selbst eingestehen. Vielleicht nagte das alles doch mehr an ihm, als er zugeben mochte.

Die Fahrt dauerte eine knappe Stunde. Es gab wohl auch eine Schnellverbindung von einer halben Stunde mit dem Katamaran *Adler Rüm Hart*, aber nicht zu dieser Zeit, hatte Willi ihr erzählt.

Er nahm seine Zeitung aus der Ledertasche und fing an zu lesen. Gut so, dachte Nike und lehnte sich entspannt zurück. Dann musste sie wenigstens keine Themen erfinden, über die sie sich hätten unterhalten können.

»Ich geh mal an Deck«, erklärte sie, griff nach ihrer Umhängetasche und machte sich auf den Weg. Vorbei an den anderen Tischen und Bänken, die alle besetzt waren, bis zu der Glasschiebetür, die sich automatisch öffnete.

Sofort schlug ihr ein frischer Wind entgegen. Nike trat raus, ging die weiße Metalltreppe hoch aufs Deck und sah sich um. Unter dem strahlend blauen Himmel saßen verliebte Pärchen, Familien mit Kindern, ältere Menschen, einzelne Personen auf den weißen Bänken, denen man die Vorfreude auf die Zeit auf den Inseln ansah. Die Fähre fuhr, nach dem Stopp in Wyk, weiter nach Amrum. Zu der kleinen Schwester von Föhr, wie die Insulaner sagten. Das hatte Nike bei einem Gespräch, dem sie am Anleger gelauscht hatte, aufgeschnappt.

Sie suchte sich einen Platz am Ende einer Bank. Über ihnen zogen Möwen ihre Runden und begleiteten sie übers Meer. Die Fähre fuhr langsam über die Nordsee, so als hätten sie alle ewig Zeit. Nike kam es nach ihrer rasanten Fahrt über die Autobahn vor, als hätte jemand für sie einen Gang runtergeschaltet. Als wäre es Absicht, um alle aus ihrem Alltagsstress rauszuholen und auf die Zeit auf der Insel einzuschwingen. Der erste Teil eines Erholungsprogramms, das man praktisch automatisch unbewusst mitgebucht hatte. Wie ein Fingerzeig, dass man alles, jedes Ziel, auch erreiche, wenn man den Fuß vom Gas nahm.

Sie beobachtete die älteren Damen in ihren hellen beigen, dünnen Jacken, die über etwas lachten, die Kinder, die aufgeregt zwischen den Bänken hin- und herliefen, die Hände, die einander hielten, und die Köpfe, die sich an Schultern lehnten, die Arme, die umeinandergeschlungen waren.

Nike ließ ihren Blick wieder über das Meer schweifen, und ihre Gedanken zogen weiter zu ihrem Exfreund, mit dem sie zu lange zusammen gewesen war. Wieder einmal fragte sie sich, warum eigentlich. Warum hing sie so sehr an jemandem, der ihr nicht gutgetan hatte? Warum hatte sie zwei Jahre gebraucht, um sich von ihm zu trennen, obwohl nach zwei Tagen schon abzusehen gewesen war, dass sie nicht zusammenpassten? Ein knappes Jahr war diese Trennung jetzt her, und es fühlte sich immer noch an, als wäre es gerade erst gewesen. Sie hatte die Kneipen gemieden, in die er ging, wenn er seine Freunde mal in Hamburg besuchte, aus Angst, ihm mit einer neuen Freundin zu begegnen. Sie war in eine andere Gegend gezogen, hatte das Fitnessstudio gewechselt, die Restaurants und teilweise auch die Freunde. Und trotzdem erinnerte alles an ihn und ihre gemeinsame Zeit. Nike holte tief Luft, machte kurz die Augen zu, genoss die Nordseeluft, öffnete die Augen wieder und stand auf, um zurückzugehen. Vielleicht kam diese spontane Reise ja doch im richtigen Moment. Einfach mal raus aus dem alten Trott.

Während sie zurück zu Willi an den Tisch ging, hörte sie die Durchsage des Kapitäns, der die Ankunft in Wyk ankündigte und sich von den Gästen verabschiedete.

Ihr Vater hatte seine Zeitung wieder eingepackt und war aufgestanden. »Na, dann wollen wir mal!«, sagte er, griff nach seinen Sachen und marschierte los.

Das Taxi fuhr sie vom Hafen in Wyk durch die kleine Stadt, von der sie kaum etwas sah, eine Landstraße entlang, vorbei an einem Flugplatz und einem Golfplatz. An Nikes Fenster zogen satte, grüne Wiesen vorbei, auf denen sie zu ihrer Überraschung einen Fasan, Hasen und auch Pferde entdeckte und kurz danach Rebstöcke. Oder hatte sie sich verguckt?

»Wird hier Wein angebaut?«, fragte sie den Taxifahrer, der ihr bestätigte, dass es einen eigenen Föhr-Wein gab, direkt vom Weingut Waalem. Das war das einzige Weingut an der Nordseeküste. Insgesamt, erklärte der Taxifahrer, der extrem gut informiert war, machten die Föhrer Reben zwanzig Prozent des Schleswig-Holsteinischen Weinanbaugebietes aus. Der Anbau funktioniert vor allem durch den Klimawandel.

Nike schüttelte fasziniert den Kopf. Wein von der Nordsee. Man lernte einfach nicht aus! Verrückt.

»Die Frage hätte ich in einer Quizshow definitiv falsch beantwortet«, meinte sie.

»Da sind Sie sicher nicht allein!«, stimmte der Fahrer ihr zu. »Seit 2009 wird hier schon Wein angebaut. 20.000 Rebstöcke stehen auf fast fünf Hektar. Im ersten Jahr gab es 800 Flaschen, 2020 wurden knapp 15.000 abgefüllt. Falls Sie doch mal in einer Quizshow sitzen«, erklärte er augenzwinkernd, setzte den Blinker und bog ab.

»Der Schlüsselbund liegt unter der Fußmatte, hat die Frau von der Vermietung gesagt«, rief Willi Nike zu, die sich samt Gepäck bereits auf den Weg über das Grundstück zu dem Reetdachhaus gemacht hatte, während er dem Taxifahrer das passende Kleingeld gab.

Die Straße befand sich in einer Sackgasse, die an den Strand führte.

Nike war beeindruckt. Das große Reetdachhaus lag wirklich direkt am Meer. Der sattgrüne Rasen ging am Ende des Grundstückes in wilde Strandgräser über. Das Gras reichte bis zur Deichkrone, über die in diesem Moment mehrere Möwen flogen. Dahinter musste der Strand sein, den man von hier nicht sehen konnte, aber vom oberen Stockwerk aus. Das hatte Willi ihr zwischendurch begeistert erzählt. Und noch viel mehr.

Das Haus hatte einen Haupteingang in der Mitte, der zu der größeren Ferienwohnung auf der linken Seite führte, die ungefähr zwei Drittel des Hauses ausmachte, und einen seitlichen Eingang, der zu dem von Willi gemieteten Teil gehörte. Es war ein großes, altes Friesenhaus, ganz so, wie man es sich vorstellte. Roter Backstein, weiße Sprossenfenster, das Reetdach, eine weiße Friesenbank auf der angrenzenden Terrasse und ein weißer Strandkorb mit blau-weiß gestreiftem Innenstoff. Wie im Bilderbuch, dachte Nike und sah sich nach den Schlüsseln um.

»Das glaube ich jetzt nicht«, stellte sie fest und bückte sich.

»Was ist denn?«, wollte Willi wissen, der seinen

schweren Koffer den Weg entlangschleppte, während der Taxifahrer seinen Wagen wendete.

»Soll ich dir helfen?«, fragte Nike, hob die Fußmatte an – ein Gitter mit Holzumrandung, durch das man die Schlüssel wunderbar erkennen konnte – und zog das Schlüsselbund raus.

»Nee, nee, geht schon«, stöhnte Willi merklich angestrengt und ließ den Koffer neben ihr stehen.

»Ich glaube, ich muss doch mal anfangen, Sport zu treiben«, stellte er schnaufend fest.

»Dafür ist es ja bekanntlich nie zu spät«, meinte Nike und hielt die Schlüssel wie eine Trophäe hoch.

»Mega Versteck! Unter dem Gitter«, sagte sie grinsend und öffnete die weiße Holztür, die, wie sie jetzt sah, aus zwei Teilen bestand. Man konnte den oberen Teil öffnen und den unteren geschlossen lassen, wenn man wollte. Wie in einer Pferdebox, dachte Nike begeistert.

»Ich habe übrigens einen Golfkurs gebucht«, sagte Willi in einem Tonfall, mit dem er auch »Der Himmel ist blau« oder »Wasser ist nass« hätte sagen können. Aber doch nicht so eine Sensation!

»Wie bitte?«, platzte es ungläubig aus Nike heraus. Schlagartig bekam sie das Gefühl, als wäre sie versehentlich mit einem Fremden verreist, aber sicherlich nicht mit ihrem Vater, der noch nie in seinem Leben etwas getan hatte, worauf er keine Lust hatte. Und Bewegung gehörte definitiv dazu. Zumindest jede Bewegung, die man als Sport bezeichnen könnte. Willi fuhr so langsam Rad, dass man befürchten konnte, dass er jeden Moment zur Seite kippen würde. Okay, Golf war noch lange kein Marathon, aber trotzdem – während sie selbst es nicht lange auf einem Stuhl aushielt und spätestens nach einer halben Stunde aufsprang, war er der bewegungsfaulste Mensch, den sie kannte. Vor allem, wenn es darum ging, sich draußen zu bewegen. Und jetzt Golf.

»Wie konnte es so weit kommen?«, fragte Nike irritiert. »Habe ich etwas verpasst? Geht's dir nicht gut? Oder hast du keinen Sex mehr?«, neckte sie ihn.

Willi ging wortlos an ihr vorbei ins Haus und ließ sie verwundert vor der Tür stehen. Nike griff nach dem Haken, der sich hinter der Haustür befand, und befestigte ihn an der Backsteinwand des Hauses, damit sie bei der nächsten Windböe nicht gleich wieder zuflog. Der Wind kam aktuell direkt vom Meer, und das recht kräftig.

»Danke der Nachfrage. Meinem Liebesleben geht es hervorragend. Ich vermisse nichts!«, hörte sie Willi nun aus dem Flur.

»1:0 für dich. Und warum willst du dann golfen?«, fragte sie und folgte ihm ins Innere des Hauses.

»Man ist an der frischen Luft«, meinte er.

»Hat dich bisher nie interessiert, es sei denn, es war die Luft am Krabbenbrötchenstand.«

»Man bewegt sich. Das soll ja, wie man hört, ganz gut sein«, versuchte er es noch einmal.

Nike machte mit der Hand eine abwinkende Bewegung. »Weiter«, forderte sie ihn auf.

»Das machen gerade alle! Keiner hat mehr Zeit. Alle stehen auf dem Golfplatz.«

»Dann machst du so etwas normalerweise erst recht nicht«, sagte sie.

»Man muss mit niemandem reden, hat seine Ruhe und es soll angeblich sogar Spaß machen – wenn man es denn erst einmal kann. Fördert die Konzentration und den Bewegungsapparat.«

»Wo hast du das denn gelesen? In der Apotheken Umschau?« Nike lachte kurz, dann stockte sie. »Ha! Ich hab's! Du warst beim Arzt! Lass mich raten. Du warst bei Horst in der Praxis. Das muss es sein.« Sie dachte laut nach, während sie versuchte, das große Ganze zu erkennen. »Du warst bei ihm«, schlussfolgerte sie, »weil es dir nicht gut geht. Vermutlich hast du dir eingebildet, irgendetwas zu haben, weil es irgendwo geziept hat. Dein alter Freund Horst hat dir was verschrieben und dir gesagt, Bewegung täte dir auch mal gut. Dann bist du in die Apotheke und die grundgute Apothekerin hat dir gleich zu dem Schmerzgel für den Rücken noch die Umschau mit in die Tüte gelegt, in der ein Artikel über Golf stand. War es so?«, wollte sie wissen und sah ihren Vater auffordernd an.

»Der Golfplatz ist direkt hier um die Ecke. Ich kann zu Fuß hingehen. Und stell dir vor! Auf Föhr wird bereits seit fast hundert Jahren Golf gespielt, nämlich seit 1925. Da wurde der Klub gegründet. Hättest du das gedacht?«, versuchte er es erneut und zeigte in Richtung Straße, hinter der – in der Verlängerung – der Golfplatz sein musste.

»Du lenkst ab.«

Ihr Vater hob die Achseln. »Meine Güte. Was spricht dagegen, noch mal etwas Neues auszuprobieren? Ist das denn so ungewöhnlich?«

»Ja«, bestätigte Nike knapp und sah sich weiter neugierig im Haus um. »Das ist ja putzig«, stellte sie fest und betrachtete den Raum, der als Wohnzimmer, Esszimmer und offene Küche diente und sie ein wenig an ein Puppenhaus erinnerte. Eine große Sprossen-Glastür führte auf die Terrasse, von der aus man in den Garten kam. Lange hellgraue Vorhänge hingen rechts und links bis auf den Boden, der in dem gesamten Raum aus quadratischen matten Natursteinen bestand. Es gab ein graues Zweiersofa auf der linken Seite neben dem Kachelofen, einen runden Couchtisch, der vermutlich antik und im Shabbylook war, davor zwei Sessel, die zum Sofa passten. Links von ihr befand sich die Küchenzeile mit zwei Sprossenfenstern, vor denen weiße Vorhänge hingen, die rechts und links zur Seite gebunden waren. Auf der Arbeitsfläche, neben dem

Waschbecken, entdeckte sie eine Kiste, in der sich zu ihrer Überraschung frische Lebensmittel befanden. Ein Lieferservice, vermutete Nike, die in diesem Moment ahnte, dass Willi sich mehr Gedanken gemacht hatte, als sie bisher angenommen hatte.

Nike drehte sich zu dem runden Tisch mit den vier alten Stühlen, der das Zentrum des Raumes bildete. In seiner Mitte lag allerhand Informationsmaterial über die Insel und das Haus. Offenbar als Begrüßungsgeschenk standen liebevoll drapiert eine Flasche Wein und Pralinen daneben. Nike durchquerte den Raum, öffnete die Terrassentür und sah in den Himmel, an dem eine riesige Seemöwe das Bild der idyllischen Nordsee-Atmosphäre vervollständigte. In den Schutz der hohen Gräser auf der Düne flüchteten gerade ein paar kleine Hasen.

Es war wirklich schön hier. Die Einrichtung bestand aus einer Mischung aus Antiquitäten und neuen Möbeln, die sich wunderbar dem Interieur anpassten. Der weiße, alte, halbrunde Kachelofen, neben dem Willis viel zu großer Koffer stand, deutete darauf hin, dass man es sich hier auch bei Regen und Sturm gemütlich machen konnte. Wobei es danach aktuell ganz und gar nicht aussah.

»Hast du eigentlich die Schachtel mit den Gutscheinen mitgenommen?«, fragte Nike, während sie zurück in den Flur ging.

»Ja, klar! Ich bin bestens vorbereitet!«, rief ihr Vater, der sich bereits die Zimmer im ersten Stock ansah, von oben herunter.

Er meinte es wirklich ernst, dachte Nike. Na, dann würden sie sich wenigstens nicht langweilen.

# 2.

*Ein paar Wochen zuvor*

»Hallooo?!«, rief Nike, nachdem sie die alte Eingangstür zu der Stadtvilla ihres Vaters, die er so gut wie nie abschloss, geöffnet hatte und in den kühlen Flur mit den hohen Decken getreten war.

Egal, wie warm es draußen war, hier im Haus war es immer frisch. Sie sah an dem riesigen Gemälde, das, seit sie denken konnte, im Eingangsbereich hing, vorbei durch den Flur ins angrenzende Wohnzimmer. Es war das Bild einer nackten Frau, die mit übereinandergeschlagenen Beinen auf einem Hocker saß, sich mit einer Hand auf der Sitzfläche abstützte und von dem Betrachter wegsah. Ihr Blick wanderte die Holztreppe mit dem geschwungenen, gusseisernen Treppengeländer in den ersten Stock hoch, wo sich auch ihr Zimmer befand. Ihr Gästezimmer. Anders konnte man es nicht nennen, so selten, wie sie in den letzten Jahren hier geschlafen hatte.

»Papaaa?!«, versuchte Nike es erneut, ging weiter in sein Arbeitszimmer, das rechts vom Flur abging, sah alles Mögliche in dem Chaos, aber nicht ihren Vater.

Sie lief geradeaus weiter ins Wohnzimmer. Hier befand sich das große Ledersofa, davor der Couchtisch, und links von ihr reichte das riesige Bücherregal über die gesamte Wand bis zur Decke an den Stuck. Im Erker stand das Klavier und eine der Statuen ihres Vaters.

»Nike?«, hörte sie Willi rufen, der offenbar gerade durch die Terrassentür in die Küche gekommen war. Sie drehte sich um und lief durch den Flur in die Küche, von der aus man in den Garten gelangte. Willi stand in der offenen Tür, legte seine Zeitschrift, die er vermutlich draußen auf der Bank gelesen hatte, auf den langen Esstisch und kam ihr entgegen.

»Herzlichen Glückwunsch, Papa!«, sagte Nike und nahm ihren Vater in den Arm. »Alles Liebe und Gute zum Sechzigsten«, schob sie nach, löste sich aus der Umarmung und sah ihn an: seine hellblauen Augen, das sonnengebräunte Gesicht, die grauen, kinnlangen Locken, die er immer hinter die Ohren strich, seine hohe Stirn, den wachen Blick.

»Schön, dass du da bist! Bist du gut durchgekommen? Diese grässliche Baustelle nimmt kein Ende«, meinte Willi und betrachtete sie, als hätte sie die Strecke von Hamburg nach Kiel gerade mit dem Fahrrad hinter sich gebracht. Dabei war sie, wie immer, mit Helga, ihrem Mini, gekommen und hatte die Fahrt genossen. Die Zeit, die sie während der Woche in der Agentur nie hatte, nutzte sie meist für einen Podcast oder ein Hörbuch. Dadurch war eine Baustelle weniger eine lästige Sache als vielmehr eine Möglichkeit, länger dem zu lauschen, was sie interessierte.

»Ach, alles bestens!«, erklärte sie deshalb und überreichte Willi ihr Geschenk. Um den Umschlag hatte sie eine blaue, dicke Schleife gebunden, um ihn etwas aufzupeppen.

Er nahm ihn entgegen und betrachtete den Umschlag nachdenklich.

Nike fragte sich in dem Moment, ob sie ihm vielleicht doch etwas anderes hätte schenken sollen. Aber nun war es zu spät.

»Vielen Dank. Das ist lieb. Da bin ich ja gespannt, was du dir dieses Mal hast einfallen lassen«, sagte er und zwinkerte ihr zu.

»Es wird Zeit, die mal einzulösen!«, erklärte Willi ein paar Minuten später, nachdem beide zusammen Tee gekocht und Geschirr, Krabbenbrötchen und Wassergläser, Servietten und Kandis auf einem Tablett ins Wohnzimmer getragen hatten, wo sie, wenn Nike zu Besuch war, gerne zusammen saßen. Es war einer ihrer Lieblingsplätze. Das breite, tiefe Sofa war so gemütlich, dass man am liebsten nie wieder aufstehen wollte.

Willi schob eine der flachen, gelb-schwarzen Schachteln über den Couchtisch, in denen sich früher sein Fotopapier befunden hatte.

Nike runzelte die Stirn. Sie verstand nicht, was ihr Vater ihr sagen wollte. Als sie noch klein war, stand das Öffnen genau dieser Schachteln unter Höchststrafe. Sie hätte sich im Leben nicht getraut, den Deckel zu heben, schließlich durfte kein Licht an das empfindliche Papier kommen. Davon abgesehen hatte sie sich in seiner Dunkelkammer im Keller des Hauses selten aufgehalten. Als Kind hatte sie den dunklen Raum mit den schwarz gestrichenen Wänden zwar spannend gefunden, aber auch gruselig.

Nike betrachtete die Schachtel, die vor ihr auf dem Couchtisch zwischen den Krabbenbrötchen und dem Friesentee mit Sahne und Kandis lag. Eine alte Tradition, die sie beibehielten, egal, wann sie ihren Vater besuchte. Es gab Krabbenbrötchen für Kenner, wie Willi immer sagte. Auch an seinem sechzigsten Geburtstag.

Er beugte sich vor, nahm den flachen Deckel ab und legte ihn beiseite.

Nikes Blick wanderte über eine beachtliche Ansammlung von Karten und Umschlägen in allen möglichen Formen und Farben. Ganz offensichtlich Gutscheine, die sie ihrem Vater in den letzten Jahren zu allen möglichen Anlässen – im Grunde zu jedem – geschenkt und die er nie eingelöst hatte. Bunt beklebte Karten, Briefumschläge, auf denen sein Name stand, Geburtstagszahlen, ein Tannenbaum und sogar ein selbst gemaltes Krabbenbrötchen. Sie sah über den

Rand der schwarzen Schachtel hinweg, an den Teetassen und Tellern vorbei, bis zu Willis Serviette, neben der ihr heutiges Geburtstagsgeschenk lag. Ein neuer Gutschein, den er mittlerweile ausgepackt hatte.

*Ein Wochenende am Meer.*

Was sollte man auch einem Mann schenken, der alles hatte, ständig betonte, dass er nichts brauchte, und wenn doch, genug Geld hatte, es sich selbst zu kaufen? Außer Zeit. Und genau die hatte sie ihm schenken wollen.

Eine *Fahrradtour mit anschließendem Essen*, ein *Picknick im Strandkorb*, *Dinner im Dunkeln*, eine *Stadtrundfahrt mit dem roten Doppeldeckerbus* in Hamburg, ein *Wunsch-Samstag*, an dem er bestimmen durfte, was sie machten, was sie aßen – abgesehen vom Krabbenbrötchen, da waren sie sich einig – und vor allem: welchen Film sie abends sahen. Ein ewiges Streitthema, wenn sie an den Wochenenden mal zu Besuch kam. Was nur noch selten vorkam. Und wenn, dann blieb sie nicht mehr über Nacht, sondern fuhr, so wie heute, wieder zurück nach Hamburg. Erlebnisse, Aktivitäten, die länger in Erinnerung blieben als eine Flasche Wein oder ein Buch. Und die er alle nie eingelöst hatte.

Natürlich waren es nicht von Anfang an immer Versprechen von gemeinsamer Zeit gewesen. Es befand sich in der Schachtel, irgendwo ganz unten, sicher auch noch der Gutschein für einen selbst gestrickten Schal.

Willi griff nach der hellblauen Karte mit der goldenen Sechzig, die sie ihm gerade geschenkt hatte, legte sie auf den Haufen zu all den anderen, strich sich eine der grauen Locken aus dem Gesicht und lehnte sich entspannt zurück. »Das wird super!«, freute er sich und strahlte sie an, als stünden große Ereignisse bevor.

»Was konkret? Das Wochenende am Meer?«, hakte Nike nach und merkte, wie ihr langsam doch etwas wärmer wurde. Vor ein paar Minuten hatte sie noch gefröstelt, was sie meistens tat, wenn sie dieses alte Haus mit den hohen Decken betrat. In ihrer Neubauwohnung in Hamburg waren es mindestens vier Grad wärmer. Zumindest kam es ihr immer so vor.

»Na, das Einlösen der Gutscheine«, erklärte Willi, griff nach seiner Teetasse und schlug die Beine übereinander. Nike betrachtete seine braune Cordhose. War die immer noch oder schon wieder modern?

»Ja, bestimmt«, murmelte sie und fragte sich, warum sie der Sache mit den Gutscheinen eigentlich nie nachgegangen war. Warum hatte sie nie nachgehakt, ob er seine Geschenke nicht mal einlösen wollte?

»Womit möchtest du denn anfangen?«, fragte sie aus reiner Höflichkeit, schließlich war heute sein Geburtstag, und da wollte sie nett zu ihm sein. Das hatte sie sich vorgenommen. Ihr Verhältnis war, seitdem seine Affären und Freundinnen – oder was auch immer diese Frauen in seinem Leben für eine Rolle spielten –

jünger waren als sie, etwas angespannt. Das war auch der Zeitpunkt gewesen, an dem sie aufgehört hatte, hier zu übernachten. Der Gedanke, dass eine Frau, die ihre gleichaltrige Freundin hätte sein können, mit ihrem Vater im Schlafzimmer verschwand, löste Bilder in ihrem Kopf aus, auf die sie unbedingt verzichten wollte.

Willi hatte sich noch nie etwas daraus gemacht, was andere dachten oder sagten. Er war Willi, und er machte, was er wollte. Nike wartete auf den Tag, an dem er ihr sagen würde, dass sie einen Bruder oder eine Schwester bekäme. Mit einem Altersunterschied von dreißig Jahren. Sie malte sich aus, wie sie selbst vielleicht eines Tages schwanger würde und eine seiner Freundinnen parallel auch. Wie die Kinder gemeinsam in der Sandkiste hinten im Garten buddelten oder zusammen auf der Schaukel spielten, auf der sie früher gesessen hatte. Das Gefühl, das sich dann in ihr breitmachte, war auch mit Atemübungen nicht in den Griff zu bekommen.

»Mit allem«, riss Willi sie aus ihren Gedanken.

Sie blinzelte. »Bitte?«

»Ich dachte mir, wir lösen einfach alle auf einmal ein, und zwar gleich«, erklärte er und sah sie an, als hätte er gerade eine revolutionäre Idee, etwas nie Dagewesenes und Lebensveränderndes.

Nike sah ihn mit großen Augen an. »Wir?«, hörte sie sich fragen.

»Ja. Wir zusammen. Du und ich. So hattest du es dir doch gedacht, oder?«

Nike nickte. »Ähm, ja. Klar. Im Grunde schon. Aber wieso jetzt alle auf einmal?«

Sie konnte sich gerade noch zurückhalten, denn die Frage, wie er sich das bitte schön vorstelle, lag ihr auf der Zunge. Alles auf einmal bedeutete: eine ziemlich lange Zeit, zumindest länger als sonst, mit ihrem Vater zusammen zu verbringen. Außerdem musste sie Urlaub einreichen. Und das zu einer Zeit, wo in der Werbeagentur die Hölle los war. Davon abgesehen musste sie spontan irgendwo Geld finden und eine große Packung Baldrian auftreiben. Die längste Zeit, die sie in den letzten knapp dreißig Jahren miteinander verbracht hatten, war ein verlängertes Wochenende gewesen. Und wenn es nach Nike ging, musste es auch nicht zwingend mehr sein. Sie liebte ihren Vater, die Frage stellte sich nicht. Aber ihre Freizeit war ihr auch heilig. Und wenn sie vor der Wahl stand, würde sie die lieber mit ihrer besten Freundin Mette verbringen.

Willi hatte einfach immer lustige Ideen. Dies war sicher eine weitere.

Das Verrückte daran war, dass Nike ursprünglich geplant hatte, in der folgenden Woche mit Mette in den Urlaub zu fahren. Gleitschirmfliegen, Klettern, Relaxen standen auf dem Programm und Nike hatte sich schon sehr darauf gefreut. Doch dann hatte Mette einen Auftrag bekommen und nach Stockholm müssen. Alle, die Nike gefragt hatte, ob sie spontan mitkommen würden, waren mit Kindern, Männern oder Hunden beschäftigt. Und allein wegzufahren, darauf hatte sie einfach keine Lust. Obwohl sie wirklich dringend ein paar freie Tage gebrauchen konnte. Ihre Überstunden nahmen täglich zu und ihr Energielevel parallel ab.

Seeluft statt Bergluft? Nike war sich nicht sicher, ob sie sich darüber freuen sollte. Sie hörte schon Timm, der sie fragte, wie das funktionieren solle. Jetzt Urlaub? Sie hatte ihm ja gerade signalisiert, dass sie doch nicht wegfahren würde.

Willi antwortete nicht. Zumindest nicht sofort, und das machte sie misstrauisch. Entweder heckte ihr Vater gerade irgendetwas in seinem Lockenkopf aus, oder etwas stimmte nicht. Oder war es die Sechzig, die ihm schwer im Magen lag? Er hatte in letzter Zeit mal so etwas angedeutet. War es eine verspätete, zeitverzögerte Midlifekrise? Wollte er noch mal Vollgas geben und zeigen, dass er doch noch ein junger Hüpfer war – ganz tief in seinem Herzen? Reichten, um sich das zu beweisen, die jungen Frauen nicht mehr aus? Mussten jetzt echte Abenteuer her? Wobei Stadtrundfahrten nicht wirklich zu echten Abenteuern zählten … War das Einlösen der Gutscheine nur der Anfang einer Ich-erfülle-mir-jetzt-alle-meine-Träume-bevor-ich-zu-alt-dafür-bin-Phase?

»Papa?«

»Äh … ja. Was hast du gefragt?«

»Ich wollte wissen, warum du plötzlich alle Gutscheine auf einmal einlösen möchtest? Die haben dich doch all die Jahre«, Nike rückte ein Stück vor und versuchte, die Zahl der Gutscheine zu schätzen, »nicht wirklich interessiert.«

»Trotzdem hast du sie mir geschenkt«, konterte ihr Vater.

»Stimmt«, gab sie ihm recht.

Willi griff nach seiner Teetasse, die eigentlich eher ein Becher war und die irgendeine junge Keramikkünstlerin getöpfert hatte, deren Namen sich Nike nicht merken konnte. Vermutlich hatte Willi mit ihr zusammen an der Drehscheibe gesessen. Anders war die Form nicht zu erklären. Sie erinnerte etwas an den schiefen Turm von Pisa.

Nike schob sich ihre dunkelblaue Wollmütze etwas aus der Stirn und sah ihren Vater auffordernd an.

»Jetzt sag schon. Du hast doch eine Idee, oder?«

Willi stellte die Pisatasse zurück auf den dunklen Couchtisch, lehnte sich wieder zurück und schlug die Beine übereinander. »In meinem Alter schaut man ja nicht nur nach vorn auf das, was noch so alles kommt, sondern auch zurück. Und da ist mir klargeworden, dass die Zeit, unser wertvollstes Gut …«

»Papa!«

»Ja?«

»Was möchtest du?«

»Zeit mit dir verbringen. Die Zeit, die wir aus unterschiedlichen Gründen nicht hatten.«

Nike sah ihn mit großen Augen erstaunt an und holte tief Luft. Sie war kurz davor zu fragen, ob er ihre Kindheit meinte, ihre Jugend oder die Jahre danach, in denen er durch Abwesenheit geglänzt hatte. Bis auf die Wochenenden, an denen er sie durch die Kunsthalle geschleift oder an seinen Bildern und Skulpturen gearbeitet hatte. Natürlich hatte sie das auch interessant gefunden. Aber nicht immer, nicht jedes Mal.

Und genau das war es. Es war immer um ihn allein gegangen. Nie um sie, um Nike, seine Tochter, die ihn an ihrem achtzehnten Geburtstag spät abends enttäuscht und angetrunken angerufen und nicht einmal dann zu hören bekommen hatte, was sie sich so erhofft, was sie so vermisst hatte und was sie so von ihm gebraucht hätte: an ihrem Geburtstag an sie zu denken und ihr zu gratulieren.

Und jetzt wollte er also Zeit mit ihr verbringen.

Sie schluckte alles, was sie hätte sagen können, was sie sagen wollte, hinunter. Es war sein Geburtstag. Und sie hatte ihm schon die Party am Abend im Yachthotel abgesagt. Da, wo er wieder im Mittelpunkt stehen und Champagner in schmalen, hohen Gläsern gereicht würde, den man nur trinken konnte, wenn man den

Kopf komplett in den Nacken legte und für ein paar Sekunden die beeindruckende Deckenbeleuchtung betrachtete. Ein Bier wäre ihr deutlich lieber. Vermutlich wäre sie mit ihrer Wollmütze, dem geringelten T-Shirt, der Jeans-Latzhose und einem Pils in der Hand aber eh nur blöd aufgefallen. Sie hasste es, sich zu verkleiden und sich irgendeinen Firlefanz anzuziehen, nur weil es sich so schickte. Sie hasste dieses oberflächliche Getue und diese aufgesetzte Freundlichkeit. Sie hasste einfach alle diese Leute, die ihr Vater anzog wie ein Magnet. Weil sie ihn einfach einmal für sich allein haben wollte. Damit er sie beachtete. Das war die ganze Wahrheit. Vielleicht war heute der Tag, auf den sie so lange gewartet hatte. Es blieb die Frage: Warum jetzt?

Nike holte tief Luft. Dann erinnerte sie sich daran, dass sie sich vorgenommen hatte, nett zu sein.

»Wie stellst du es dir denn vor? Ich meine, wir könnten ja …«, sie sah auf ihre selbst gebastelten Karten und Briefe, schob sie mit der Hand in der Schachtel etwas hin und her, um sich in Erinnerung zu rufen, was es alles zu tun gab, »morgens eine Stadtrundfahrt machen, danach ein Picknick, nachmittags stricke ich dir den Wollschal, und abends haben wir das Dinner im Dunkeln. Okay, der Schal wäre dann noch nicht fertig, und da wären auch noch der Wunsch-Samstag und das Wochenende am Wasser, aber wenn man es geschickt anstellt, passt das sicherlich alles irgendwie zusammen.«

»Geschickt anstellen ist ja nicht unbedingt meine Kernkompetenz«, gab Willi zu bedenken und zwinkerte ihr zu.

»Ich habe mal gehört, im Alter wird man weise. Vielleicht trifft das auch auf dich zu«, meinte sie und schob schnell ein Lächeln hinterher.

Nike griff nach ihrem Krabbenbrötchen. Nicht, weil sie Hunger hatte, sondern weil sie nachdenken musste. Das stand bei ihr immer im Zusammenhang mit Essen. Ihrer sehr schlanken Figur nach zu urteilen könnte man schlussfolgern, dass sie nur sehr selten nachdachte, aber in der Tat geschah das oft, vor allem bei der Arbeit. Ihrer Liebe zum Laufen war es zu verdanken, dass sie diese Angewohnheit so gut kompensieren konnte.

Nike biss noch einmal in das Krabbenbrötchen. Es war außen knackig und innen wunderbar weich, wie es sich gehörte, und die Krabben waren ein Traum. Es war definitiv das Beste, was sie seit Langem gegessen hatte.

»Hast du die von *STULLE* geholt?«, tippte Nike. Sie liebte den Stand unten am Hafen, der zum Restaurant *Flygge* gehörte, Blick aufs Wasser inklusive.

Willi schüttelte den Kopf.

»Wochenmarkt?«, versuchte sie es noch einmal.

»Er schüttelte erneut den Kopf und zog die Augenbrauen hoch, als erwarte er nun aber endlich mal die richtige Antwort. Dabei gab es auf dem Markt die weltbesten Krabbenbrötchen!

»*Moby*?«

»Nein! *Kühnemann*!«, platzte es aus ihrem Vater heraus, als wäre es Hochverrat, etwas anderes zu vermuten. Natürlich wusste sie, wie sehr er den Laden und die Familie, die ihn betrieb, schätzte. Aber auch bei *STULLE* waren sie schon einige Male und da auch immer sehr glücklich gewesen. Aber Tradition war halt Tradition.

»Stimmt. Fast vergessen.« Nike griff nach der Papierserviette und wischte sich die Soßenreste aus dem Mundwinkel. »Also«, fuhr sie fort. »Schieß los. Was hast du vor?«

Willi war heute einfach zu einsilbig.

»Ich habe angefangen aufzuräumen«, erklärte er und machte eine Pause, die Nike nutzte, um sich kurz in dem großen Wohnzimmer mit seinen hohen Decken und dem alten Parkett umzusehen. Eine Aufräumaktion ihres Vaters war ihr nicht aufgefallen, als sie vor einer knappen Stunde hier angekommen war. Nicht, als sie Mini Helga draußen auf der Einfahrt zwischen den Rhododendren geparkt hatte, nicht, als sie durch die Eingangstür in den Flur gegangen war. Sie betrachtete den schwarzen Flügel im Erker vor den bodentiefen Fenstern, von denen aus man in den verwilderten – oder wie Willi zu sagen pflegte: wildromantischen – Garten sehen konnte. Das Instrument lag wie immer voll mit Notenheften, daneben stapelten sich Haufen von Kunstbänden und Bücher. Eine seiner Skulpturen aus Holz stand auf einem Sockel. Nike sah in ihr einen Mann, der versuchte, sich am Rücken zu kratzen. Willi hatte, als sie das irgendwann mal geäußert hatte, erst lange sie und danach noch viel länger seine Figur betrachtet. Gesagt hatte er nichts. Stattdessen hatte er ein Glas Wein eingeschenkt, sich einen Stuhl herangezogen und weiter auf die Skulptur geschaut, obwohl sie Pizza hatten backen wollen. Mit leicht zusammengekniffenen Augen hatte er den Kopf in Zeitlupe hin- und hergewiegt, als würde er Krankengymnastik-Übungen für den Nacken machen, und dabei versucht, sich am Rücken zu kratzen.

Es war einfach nicht ihr Lieblingswerk. Viel lieber mochte sie seine anderen Arbeiten. Die Bilder, die er auf den großen Staffeleien oder an der Wand im ersten Stock seines Haues malte, in seinem Studio. Oder die Skulpturen, die er im Garten schuf, hinten, unter der riesengroßen Eiche, an der ihre alte Schaukel hing und die ihre Äste in den Himmel streckte. Sie hatte ihm als Kind stundenlang zugesehen, wie er dort stand und das Material bearbeitete, bis sie Stück für Stück erkannte, was es werden sollte. Nie hatte sie ihn vorher gefragt, an was er dieses Mal arbeitete. Sie liebte es zu erraten, ihn zu beobachten und zu verfolgen, was aus dem Material entstand, aus Holz, Marmor oder Ton. Mit Motorsäge, Hammer und Meißel, Feilen, Schleifpapier.

Willi, der eigentlich Willem Sturm hieß, war nicht irgendwer. Das hatte sie schon als kleines Mädchen verstanden, wenn sie gemeinsam an den Wochenenden über den Wochenmarkt am Blücherplatz gingen oder manchmal auch auf den größeren auf dem Exerzierplatz. Dann hatten ihn die Leute gegrüßt, sich nach ihm umgesehen, waren stehen geblieben, hatten getuschelt. »Ist das nicht …?«, »Das ist doch …«, »Schau mal, da geht …«. Nike hatte dann immer gefragt, wer das gewesen sei, der gerade gegrüßt hatte, und Willi hatte oftmals gesagt, dass er das nicht wisse. Viele Menschen kannten ihn, beschäftigten sich mit seinen Werken, lauschten seinen Vorträgen. Und manch eine Studentin himmelte ihn an. So wie ihre Mutter es einst getan hatte.

Nike sah vom Sofa in die andere Richtung hinüber zu dem großen Regal, das sich über die komplette Länge und Höhe der Wand zog. Zu behaupten, dort wäre so etwas wie Ordnung, war absurd. Was oder wo auch immer Willi aufgeräumt hatte, es war definitiv nicht in diesem Zimmer. Und im Flur auch nicht. Weiter war sie noch nicht gekommen. Vielleicht hatte er den Keller ausgemistet. Seine Dunkelkammer aufgelöst, weil er schon so lange nicht mehr fotografierte? Oder den Dachboden? Das angrenzende Arbeitszimmer, das durch eine Flügeltür vom Wohnzimmer getrennt war, konnte es nicht sein. Sie hatte das Chaos im Vorbeigehen selbst gesehen.

Nike schaute zur Seite, neben sich. Wie immer stapelten sich Ausgaben von der *Zeit* neben dem alten Ledersofa, auf dessen Lehnen drei Kaschmirpullover lagen. Ein dunkelgrauer, ein brauner und der blaue. Die Pullis, die er immer und ausschließlich trug. Mit V-Ausschnitt. Dahinter etliche Bilder, die ungerahmt an die Wand gelehnt worden waren.

»Mit Lilly ist Schluss«, sagte Willi, als ginge es um eine Droge.

Nike überlegte kurz. Lilly? Wer war das noch gleich? Seine Putzperle? Daher die Idee, selbst einmal aufzuräumen? Seine Assistentin, die ihm bei der ungelesenen E-Mail Nummer 383 gesagt hatte, es wäre jetzt mal an der Zeit, sie zu beantworten oder …

»Lilly«, wiederholte ihr Vater, der ihr offensichtlich ansah, dass sie noch am Überlegen war. »Meine letzte LAG«, schob er hinterher.

»Okay«, murmelte Nike und fragte sich immer noch, wo hier der Zusammenhang war. LAG stand für Lebensabschnittsgefährtin und war Nikes Abkürzung. Sie fand das Wort Freundin nicht passend, Affäre zu abwertend, und Willi hatte LAG so lustig gefunden, dass er es sofort in seinen aktiven Wortschatz aufgenommen hatte. Zumal es ausgesprochen wie Lack klang, und den hatten die Damen ja meist auf den Nägeln.

»Ich will das alles nicht mehr. Ich räume jetzt auf und … werde einfach …«

»Ein anderer Mensch«, ergänzte Nike und trank einen Schluck Tee. Was sollte man bei so einer Ansage schließlich auch tun? Willi hatte schon so oft gesagt, er würde das lassen mit den jungen Frauen und mit den anderen auch. Dabei war das gar nicht das Thema zwischen ihrem Vater und ihr. Er dachte das nur immer. Er konnte lieben, wen er wollte. Nike war es immer um etwas anderes gegangen. Um Zeit, Aufmerksamkeit oder einfach Interesse an ihr. Mehr nicht.

Doch Willi meinte in regelmäßigen Abständen, seine LAGs würden ihn von sich selbst entfernen. Sie würden den Fokus von seiner Arbeit nehmen und Gott-weiß-was-alles. Und kaum war er drei Wochen allein, fehlte ihm die Inspiration und dann, zack, war sie wieder da. Die Liebe im Hause Sturm. Oder das, was er dafür hielt.

»Nein«, entgegnete Willi und schlug die Beine in die andere Richtung übereinander. »Du nimmst mich nicht ernst.«

»Was genau?«, fragte Nike und tat so, als wäre sie nicht daran interessiert, was jetzt käme. Dabei war sie das definitiv. So eine spannende Unterhaltung hatten sie wirklich schon lange nicht mehr gehabt! Normalerweise bot es sich an, eine Themenliste mitzubringen, wenn man sich mit ihrem Vater unterhalten wollte. Ansonsten bestand die Gefahr, dass sie sich entweder anschwiegen oder er allein den Raum füllte.

Er war nicht wie die anderen Väter. Er war anders. In jeder Hinsicht. Willi hatte sie früh überall mit hingeschleppt. Auf Veranstaltungen, Vernissagen und in Bars. Ihre Freundinnen waren neidisch gewesen. Und ja, sie liebte ihn, wie eine Tochter ihren Vater liebt. Sie hatte zu ihm aufgeschaut, als sie noch klein war. Hatte ihn bewundert. Aber je älter sie wurde, desto mehr hatte diese Bewunderung abgenommen und war einer Normalität gewichen.

»Okay, Papa, dann will ich das mal machen. Heute ist ja schließlich dein Geburtstag.«

»Und nicht irgendeiner.«

»Stimmt. Dein sechzigster!« Sie lächelte ihn sanftmütig an.

Willis Blick glitt ab, wanderte verloren über den Tisch und stoppte an der Schachtel. »Ja, auch deshalb«, flüsterte er nahezu.

Nike setzte sich aufrecht hin, rutschte an den Rand des Sofas und sah ihren Vater an, der gedankenverloren vor sich hinstarrte. Irgendetwas war anders. Sie tippte auf eine Krise. Anders war das hier nicht zu erklären.

»Du machst mit deiner Freundin Schluss, räumst

auf, willst Gutscheine einlösen. Was ist los? Willst du darüber reden?« Nike sah ihn mit hochgezogenen Augenbrauen an.

»Wie gesagt, in meinem Alter schaut man nicht nur zurück, sondern auch auf das, was noch kommt. Das …«, er holte tief Luft, griff nach der Schachtel und legte sie sich auf den Schoß, »das bisschen Leben.«

Okay. Eine Krise. Richtig getippt.

Nike lehnte sich wieder entspannt zurück. Na, prima. Sie hatte eine Vorstellung von dem, was jetzt kommen würde. Monologe, Versuche einer Erklärung für alles und nichts.

Aber es kam anders.

Willi sah sie ernst an. »Quality time, sagt man doch so schön. In allen Bereichen.«

»Aha.«

»Life-Life-Balance. Ich will nur noch machen, was mir wirklich etwas bedeutet, mit Menschen Zeit verbringen, die mir wirklich wichtig sind, echte, wahre Begegnungen, tiefe …«

»Papa.«

»Ja?«

»Das machst du seit sechzig Jahren.«

»Ja, aber … anders.«

»Du hast immer schon gemacht, was du wolltest. Was soll sich jetzt also konkret ändern? Sorry, aber ich verstehe das nicht.«

Er ließ sich kraftlos nach hinten fallen, als würde er aufgeben. »Ich möchte mit meiner Tochter Zeit verbringen. Ich möchte dich ...« Er stockte, kam mit dem Oberkörper wieder vor und bewegte dabei die Hände in der Luft, als würde er nach etwas greifen oder etwas kneten. Das tat er immer, wenn er anfing zu philosophieren.

»Können wir das abkürzen?«, unterbrach Nike ihn.

Willi ließ seine Hände wieder in den Schoß neben die Schachtel fallen und sah sie fragend an.

»Du möchtest die Gutscheine einlösen. Verstanden. Alle auf einmal.«

»Ja!« Er nickte wie ein kleines Kind, das gefragt wurde, ob es sein Zimmer auch wirklich aufgeräumt habe.

»Gut«, sagte sie, obwohl sie das Gegenteil dachte. »Wann?« So etwas musste schließlich geplant werden. Auch, wenn das keine Stärke ihres Vaters war.

»Nächste Woche.«

»Du machst Scherze!«

»Nicht wirklich«, entgegnete er.

»Ich habe einen Job«, schob sie nach, als wäre das etwas, was er bisher nicht gewusst hatte.

»Ja, ich weiß. Aber du kannst doch Urlaub einreichen.«

»So etwas macht man, wenn man Urlaub machen will. Die Gutscheine einlösen, das geht doch auch am Wochenende. Da arbeite ich meistens nicht.«

»Nike«, fing ihr Vater an, als würde das hier eine Predigt beim Sonntagsgottesdienst werden. »Mir ist das wirklich wichtig. Und ich lade dich ein. Das Ferienhaus ist gebucht und die Fähre auch. Zwei Personen plus PKW. Hat gerade noch geklappt. Viele Plätze waren da nicht mehr frei!«

»Ein Ferienhaus?«, hakte Nike nach, die das Gefühl hatte, im falschen Film zu sitzen. Und überhaupt! Welche Fähre? Wohin? Oslo? Kopenhagen? Sardinien?

»Ich kann auch ein Hotel buchen, aber ich dachte, dass wir dann einfach enger zusammen wären als in so einem anonymen Hotel, jeder in seinem Zimmer. Wir können zusammen kochen und im Garten ein Feuer machen oder am Strand spazieren gehen. Der ist direkt vorm Haus. Man kann sich sogar eine Sauna auf Rädern bestellen und an den Strand stellen lassen. Es gibt auch eine im Haus, aber da hat man natürlich keinen Meerblick. Hab ich alles recherchiert. Das Grundstück geht in den Deich über und dahinter … der Strand und das Meer. Wahnsinn! Wenn die untergehende Sonne den Horizont berührt und ihre Farben über die letzten Wellen wirft«, Willi schüttelte ergriffen den Kopf, »ohne Worte!«

»Ähm. Woher weißt du das?«

»Ich war da.«

»Wo?!«

»Auf Föhr«, erklärte ihr Vater, als sei das völlig logisch und die Frage komplett überflüssig. »Also, vor einer Weile und da hab ich mir das angeschaut«, fügte er hinzu. »Ich wollte einfach ganz sicher sein, dass es auch wirklich so schön ist, wie es auf den Fotos aussieht.«

Das passte alles nicht zu Willi. Es musste ihn echt erwischt haben. Die Sache mit dem Älterwerden.

Ihr dreißigster Geburtstag hatte sich auch wie eine unüberwindbare Hürde angefühlt, eine lebenslange Neunundzwanzig wäre ihr definitiv lieber gewesen – aber das hier, das war wirklich beängstigend.

»Föhr?«, fragte Nike mit maximal hochgezogener Stirn.

Ihr Vater war immer gerne gereist. Von Oslo bis New York, Tokio und bis in das letzte Castle in Schottland reichten seine Kontakte. Was zum Henker wollte er auf Föhr? Nicht, dass sie jemals dort gewesen war, aber es klang schon eher öde. Nach Wattwanderung und zu viel Wasser. Nike war in Kiel und Hamburg groß geworden und sie liebte den Norden, Krabbenbrötchen und alles, was dazugehörte. Trotzdem war sie alles andere als eine Wasserratte. Sie konnte damit einfach nichts anfangen. Außer in der Dusche. Wenn sie frei hatte, dann gab es nur einen Weg: in die Berge. Egal zu welcher Jahreszeit. Und ihr Urlaub war ihr heilig. Aber die Nordsee? Sie schüttelte innerlich den Kopf und fragte sich, wie sie aus der Nummer wieder rauskommen sollte.

»Ich habe kürzlich auf einer Vernissage eine Fotografie gesehen«, begann Willi und riss sie damit aus ihren Gedanken, »die mich so gefesselt hat, dass ich gar nicht anders konnte. Ich wusste in dem Moment: Ich muss nach Föhr! Es wäre dir genauso gegangen.« Willi guckte ihr direkt in die Augen, um seine Aussage zu verstärken.

»Na, wenn es jedem, der das Bild gesehen hat, so ginge, wäre die Insel überbucht und die Fähre voll«, erwiderte Nike trocken.

»Ist sie ja auch.«

»Wegen des Bildes?«, hakte Nike nach.

»Nein. Natürlich nicht. Aber es zieht einen schon magisch dorthin, wenn man es gesehen hat«, wiederholte Willi, griff nach einer Karte, die auf einem Stapel Kunstbänden neben ihnen auf dem Couchtisch lag, betrachtete sie kurz und hielt sie dann Nike entgegen.

Nike griff nach der Karte und sah sie sich an, während Willi seinen schiefen Becher nahm und einen Schluck Tee trank. Das Bild war beeindruckend, das musste sie zugeben. So nah, so greifbar und gleichzeitig zu weit weg. Das Original hatte mit Sicherheit eine faszinierende Wirkung. Sie ahnte, was Willi meinte.

»Die Landschaft hat gar nichts Äußerliches, Lautes,

sie spricht selbst fast nicht, sie singt höchstens leise an stillen sonnigen Abenden, wenn sich das Meer wie ein Spiegel grünblau mit dem Himmel zusammenzuringeln scheint«, murmelte Willi mehr zu sich selbst.

Sie sah ihn fragend an.

Willi hob den Kopf, als hätte er ihren Blick gespürt.

»Das kommt jetzt aber nicht von dir, oder?«, hakte sie skeptisch nach.

»Christian Morgenstern«, erklärte er und trank noch einen Schluck.

Nike nickte. Irgendwie ergab es Sinn, dachte sie in diesem Moment, als sie ihren Vater dort mit dem Becher sitzen sah. Er hatte sich die Welt zwar angesehen, aber sein Herz schlug für den Norden. Und im Grunde konnte sie froh sein, dass sein Ziel quasi um die Ecke war. Anreise und Abreise würden also nicht allzu viel Zeit in Anspruch nehmen. Kein Jetlag! Natürlich würde sie für ihren Vater Urlaubstage einreichen, darum ging es gar nicht. Aber irgendetwas störte sie an der Sache.

Ein Widerstand machte sich in ihr breit und sie ahnte, woher er kam. Willi hatte wieder einmal alles so gemacht, wie es ihm gefiel, und ohne sie zu fragen. Und klar lud er sie ein, weil sie dann ja im Grunde kaum noch etwas dagegen sagen konnte. Schön den Wind aus den Segeln genommen, dachte Nike und steckte sich das letzte Stück Krabbenbrötchen in den Mund.

Ach, sollte er doch, überlegte sie, während sie kaute. Ein Wochenende auf Föhr, maximal ein verlängertes. Warum nicht? Sie hatte ihm schließlich diese gemeinsame Zeit geschenkt.

»Okay«, murmelte sie mit vollem Mund.

»Prima«, schoss es aus Willi heraus, der vom Sessel aufsprang, als hätte er eine hochdosierte Vitaminspritze bekommen. »Dann können wir uns überlegen, ob wir das Haus in Hedehusum oder das in Nieblum nehmen. Ich habe beide reservieren lassen und wollte sie dir mal zeigen. Moment!« Er ging zum Regal, zog sein iPad raus, klappte es umständlich auf, kam zurück und stellte es vor ihr auf den Couchtisch, direkt neben ihren leeren Teller.

»Also. Das hier«, erklärte er hoch motiviert und ließ sich neben sie auf die Couch plumpsen, »ist das Haus Seesucht. Ein Traum! Eine neue, schöne Doppelhaushälfte in Hedehusum. Friesisch, nordisch, aber modern eingerichtet. Wie gesagt, alles neu! Sehr schick. Reetdach, fünfhundert Meter zum Wasser, Sauna, mehrere Schlafzimmer.« Er wischte mit dem Finger über das Tablet, vorbei an Aufnahmen eines Hauses, Außenansicht, Innenansicht Wohnzimmer, Schlafzimmer, noch ein Schlafzimmer, ausgebauter Boden, Bäder, bevor Nike die Chance hatte, sich irgendetwas einen Moment anzusehen.

Willi plapperte los, als wäre er gerade fünf Jahre in

einem Schweigekloster gewesen und könne nun endlich wieder reden. Nike hörte ihm zu, während sie sich fragte, ob sie beeindruckt oder einfach nur irritiert sein sollte. Ihr Vater hatte einen Plan. Der nächste Punkt, der nicht passte. Sie erinnerte sich noch gut an ihre gelben Post-it-Notizzettel, die sie ihm früher immer an die Haustür geklebt hatte, bevor sie wieder abgeholt worden oder später auch allein mit dem Zug zurück nach Hamburg gefahren war. »Schlüssel nicht vergessen«, »Tür zuziehen« oder »Tasche mitnehmen«, »Herd aus?«, hatte sie dort aufgeschrieben. Ob es etwas gebracht hatte? Sie wusste es nicht. Vielleicht hatte sie es auch einfach nur für sich selbst getan, um das Gefühl zu haben, dass sie sich gekümmert hatte. Denn das hatte sie jedes Mal, wenn sie hierhergekommen war. Sie war in die Rolle der Erwachsenen geschlüpft, ohne es zu merken, weil es so selbstverständlich gewesen war, und hatte sich um ihren Vater gekümmert, der dazu selbst kaum in der Lage gewesen war. Der irgendwo schwebte, in einer anderen Welt, und nur mit einem Fuß diesen Planeten berührte. Aber nie wirklich mit beiden Beinen auf dem Boden stand.

Und genau dieser Mann hatte jetzt plötzlich einen Plan.

An Ideen hatte es ihm nie gemangelt. Davon hatte er ein unerschöpfliches Reservoir. Aber sie waren spontan, nie geplant. Wie auch? Er war ein Künstler. Durch und durch. Sie hingegen war Mediengestalterin, setzte Ideen anderer um. Geplant, strukturiert, mit Abgabetermin. Natürlich floss immer ihre eigene Kreativität mit ein in das, was sie tat, aber es gab einen Kundenwunsch, einen Auftrag, der zu erfüllen und der vorgegeben war. In diesem Rahmen durfte sich ihre Kreativität bewegen. Es waren die Gedanken der anderen, die sie sichtbar machte.

»Und das hier«, erklärte Willi, klickte die Seite weg und öffnete eine andere, »ist ein etwas älteres Haus, aber auch schön, direkt in Nieblum am Strand, allerdings nicht ganz so modern. Dafür kann man einen kleinen Sandweg, der am Grundstück entlangführt, runtergehen und ist sofort am Wasser«, hörte sie ihn erzählen und hatte ihre Entscheidung längst gefällt.

»Dann würde ich das nehmen«, sagte sie.

Willi stoppte in der Bewegung und sah sie an.

»Gut, dann buche ich das. Wunderbar!«

Er stand auf, legte das Tablet weg und setzte sich wieder in seinen Sessel. Zufrieden lächelte er sie an. »Ich freue mich. Das wird fantastisch.«

Nike nickte und kramte ihr Handy aus der Umhängetasche, die sie neben sich aufs Sofa gelegt hatte. Eine WhatsApp hatte sich angekündigt.

Anne, ihre Mutter.

*Grüß mal von mir. Mama*

*Du hast seine Nummer*, tippte sie zurück.

Nike legte das Handy wieder weg. Sie hatte jahrelang zwischen den beiden vermittelt und war ihre Nachrichtenüberbringerin, Dolmetscherin und Therapeutin gewesen. Heute, an seinem Geburtstag, konnte Anne sich wirklich selbst bei ihm melden.

»Ich frag in der Agentur und dann kannst du mir ja sagen, wie wir es machen wollen.«

»Was meinst du?«, fragte Willi und schenkte ihnen beiden Tee nach.

»Die An- und Abreise. Soll ich dich hier abholen oder kommst du selbst zum Fähranleger? Lassen wir dann meinen Wagen dort stehen? Das meine ich.«

»Ach so! Ja, stimmt.« Er sah gedankenverloren aus dem großen Fenster in den Garten. »Da habe ich noch gar nicht drüber nachgedacht, wie ich da hinkomme.«

Als sie ein paar Minuten später durch die Küche in den Garten gingen, sah Nike, was ihr Vater mit dem Aufräumen gemeint hatte. Auf der Terrasse neben den Fliedersträuchern, die dunkellila und weiß blühten und wie jedes Jahr unfassbar gut rochen, standen mehrere Kartons neben- und übereinandergestapelt.

»Willst du ausziehen?«, witzelte Nike, ging mit der Nase so nah an den Flieder, dass sie die Blüten mit der Nasenspitze berührte, und atmete ein paar Mal lange ein und aus. Es gab nichts Schöneres. Es war Mai, und alles blühte, duftete, zwitscherte und lebte. Sie liebte den Frühling, das Wiedererwachen nach all diesen Monaten der Dunkelheit und des ständigen Regens in Hamburg.

»Ich miste aus«, hörte sie ihren Vater sagen, der an ihr vorbei in den Garten ging. Nike folgte ihm durch das hohe Gras, das nie ein ordentlich gemähter Rasen wie bei den Nachbarn rechts und links hinter dem gusseisernen Zaun war, sondern immer eine wilde Wiese. Sie liefen an alten, kurzstämmigen und schiefen Apfelbäumen vorbei, die links am Zaun standen und gerade erst hellrosa geblüht hatten. Nike sah zu dem alten Holzschuppen in der Ecke des Grundstücks, der dringend renoviert werden musste und mit dem sie so viele Kindheitserinnerungen verband. Sie war auf das kleine Dach geklettert, hatte Mutproben bestanden, indem sie die Erste gewesen war, die sich getraut hatte runterzuspringen, als sie ihre Freundin aus der Nachbarschaft besucht hatte. Gemeinsam hatten sie den Schuppen im Sommer ausgeräumt, so gut es ging, und es sich darin gemütlich gemacht. Oder sie hatten sich gegenseitig auf der Schaukel, deren Seile in der riesigen Eiche befestigt waren, eingedreht, losgelassen und mehr Spaß als in jedem Karussell gehabt. Nike erinnerte sich, während sie den Baum betrachtete, an ihren Wunsch, irgendwann einmal hoch in die Krone des Baumes zu klettern, was ihr nie gelungen und viel zu gefährlich war, wie sie heute wusste. Sie dachte an die unzähligen Sommerfeste mit Feuerkörben, Lichterketten und Willis Freunden, die immer alle etwas zum Essen für ein großes Büfett mitgebracht hatten, und ihre Gitarren und Lieder, die durch die warme Luft gezogen waren. Die langen, hellen Nächte, die nicht hatten enden wollen und in denen sie hatte ins Bett dürfen, wann sie wollte. Sie hatte diese Nächte geliebt. Ja, es hatte auch etwas Gutes, einen wilden Willi als Vater zu haben.

Hier waren all ihre schönen Erinnerungen, in diesem Garten, stellte Nike wieder einmal fest, während sie die akribisch gepflegten Hochbeete der angrenzenden Grundstücke betrachtete. Hier, in diesem Garten, der so nah an der Förde lag, so wuchs, wie er wollte, erwachten all die Bilder, die sie in sich trug.

»Es hat sich so viel angesammelt in all den Jahren. Das muss jetzt einfach mal raus. Außerdem wollte ich die Räume streichen lassen«, hörte sie ihren Vater sagen, der vor ihr durch den Garten schlenderte, bis er an seinen Arbeitsplatz kam, der aus einem alten Baumstumpf bestand. Auf ihm lag ein rechteckiges Stück Marmor. Nike betrachtete es und fragte sich, ob er gerade anfing, den Marmor zu bearbeiten, oder ob es schon fertig war. Das wusste man nie so genau, und das Fragen danach hatte sie irgendwann eingestellt.

Doch Willi sah es ihr an. »Es ist ein Ohr«, erklärte er mit Blick auf den Stein.

Nike ging um den Klotz rum und sah ihn sich von der anderen Seite an. »Aha. Ein Ohr, das nichts hören kann?«, fragte sie, ohne den Blick von dem hellen Stein zu nehmen.

»Interessant«, hörte sie ihren Vater sagen, der sein kleines, in Leder gebundenes Notizbuch, das er immer bei sich trug, aus der Hose zog, den Bleistift, der an einer kleinen Lasche am Heft befestigt war, abzog, es aufschlug und sich Notizen machte, wie er es immer tat, wenn ihm ein Gedanke kam, der es wert war, festgehalten zu werden.

»Ein Ohr hat doch normalerweise eine Öffnung«, versuchte Nike ihren Gedankengang zu erklären, obwohl es aus ihrer Sicht keiner Erklärung bedurfte. Ein Ohr nahm Geräusche, Laute, Wörter auf. Dieses hier konnte nichts aufnehmen. Typisch Willi, dachte sie. Irgendwie passte es.

Willi hatte sich in keine Schublade stecken lassen. In erster Linie malte er. Dafür war er bekannt, und damit verdiente er sein Geld. Aber er zeichnete genauso leidenschaftlich gerne und arbeitete als Bildhauer. Er erschuf, was in seinem Kopf war und raus musste, eine Form suchte. Er ließ sich nicht einordnen von Kunstverstehern und solchen, die es gerne wären. Das war es, was viele so faszinierte, was aber auch polarisierte. Und er wurde nicht müde.

»Wie willst du die Räume denn streichen?«, lenkte

sie das Gespräch in eine andere Richtung und ging langsam weiter.

»Weiß«, sagte Willi und sah in den Himmel, der hellblau war und wolkenfrei.

»Weiß? Warum das denn? Das klingt ja eher nach renovieren. Ist doch gar nicht deine Art«, stellte Nike belustigt fest.

Das Haus war inzwischen top in Schuss, aber das war nicht seiner Initiative zu verdanken, sondern ihrer. Vor ein paar Jahren hatte er eine Grundsanierung machen lassen. Damals hatte er eine Ausstellung gehabt und sehr erfolgreich seine Werke verkauft. Aber was war nun der Anlass? Die Wände, ja klar, die konnten mal wieder gestrichen werden, aber warum ausgerechnet jetzt?

»Ich mache das nicht selbst. Da kommt eine Firma. Deshalb müssen die Sachen auch alle raus«, erklärte er. »Na ja, und wenn ich das eh alles rausräumen muss, dann kann ich auch gleich mal schauen, was da so alles ist. Ich möchte mich einfach von ein paar alten Sachen trennen und insgesamt … wie sagt man so schön? Mit leichterem Gepäck reisen.«

»Aha«, sagte Nike verwundert und schlug den Weg zur Schaukel ein. Sie hatte sich angewöhnt, bei gewissen Dingen nicht nachzuhaken, um Monologe zu umgehen. Heute war so ein Tag. Die Sonne schien, Willi wusste, sie hatte sich Zeit genommen, und wenn die

Chance sich bot, würde er über etwas nachdenken – laut.

Ihre Mutter war genau das Gegenteil. Sie war die Zuhörerin, die Wartende. Sie lächelte Nike nur an und ließ sie erzählen. In sich ruhend, manchmal vielleicht zu ruhig. Nike hatte sich oft gewünscht, ihre Mutter würde mal aus der Haut fahren, sagen, was sie dachte, nicht immer nur schweigen. Manchmal dauerte es minutenlang und die Antwort kam zeitverzögert, wenn Nike schon gar nicht mehr damit gerechnet hatte. Dann gab es Tage, da konnte sie nicht warten und wollte ihre Mutter am liebsten schütteln. Aber Anne ließ sich nie aus der Ruhe bringen. Und das war gut so. Denn Nike hatte mehr von ihrem Vater geerbt, als ihr manchmal lieb war. Auf alle Fälle war sie weit entfernt davon, so introvertiert zu sein wie ihre Mutter. Weit weg davon, sich treiben zu lassen, abzuwarten und Tee zu trinken …

Nike war eine Macherin. Definitiv wollte sie nicht mit Ende vierzig in einer zu kleinen Wohnung mit Minibalkon wohnen, sich von Job zu Job hangeln, sich keine großen Urlaube leisten können und hoffen, dass es irgendwann besser wurde. Ohne etwas dafür zu tun.

Anne war die beste Mutter, die sie sich vorstellen konnte: gutmütig und einfühlsam, immer da, wenn man sie brauchte, ein Fels in der Brandung. Jeden

Orkan im Leben ihrer Tochter hatte sie ruhig ausgesessen. Zugehört, abgewartet, getröstet, gegeben. Anders als Willi, der nahm, was er bekam. Der seine Träume lebte, seine Vorstellungen umsetzte. Und trotzdem liebte sie natürlich auch ihn.

Nike kannte keine zwei Menschen auf diesem Planeten, die unterschiedlicher waren. Und sie war ihre Schnittmenge.

»Und wie kommst du darauf?«, wollte sie nun wissen.

»Worauf?«, fragte Willi, blieb stehen und drehte sich zu ihr um.

»Auf das mit dem Streichen und dem Ausmisten und leichtem Gepäck.«

Willi kratzte sich wieder hinterm Ohr zwischen seinen Locken, drehte sich von ihr weg und schlenderte langsam weiter. »Irgendwann wirst du das hier ja alles mal erben. Und ich möchte halt nicht, dass du mein Chaos übernehmen musst.«

Nike blieb stehen. »Aber warum genau jetzt?«

Willi setzte sich auf die Holzbank, die vor dem Gartenhaus stand, und sah an ihr vorbei zu der Altbauvilla. »Na ja, das Haus ist groß. Da hat sich allerhand angesammelt, das weißt du. Und irgendwann muss man ja mal anfangen.« Er schlug zufrieden die Beine übereinander und verschränkte seine Arme.

»Ich meinte das mit dem Erben?«

»Du bist meine einzige Tochter.«

»Wer weiß«, murmelte Nike kaum hörbar. »Aber bevor jemand etwas erbt, muss erst mal jemand anderes sterben«, schob sie hinterher. »Und danach sieht es ja nun ganz und gar nicht bei dir aus!« Sie setzte sich neben ihren Vater und stieß ihn liebevoll mit dem Ellenbogen an. »Ich verstehe, dass dir der runde Geburtstag gerade nicht gelegen kommt, aber du bist echt ein junger Sechzigjähriger. Glaub mir, Papa. Ich kenne keinen in deinem Alter, der so ist wie du. Das ist doch im Grunde das neue Vierzig.«

Willi drehte sich zu ihr, schüttelte den Kopf und lachte. »Na, wenn du meinst. Dann ist das wohl so.« Einen Moment schwiegen beide und Nike hatte den Eindruck, dass jeder von ihnen an etwas anderes dachte.

Eine Möwe schrie am Himmel, der Wind bewegte die Äste der Eiche und die Gräser vor ihnen. Es war so friedlich in diesem Augenblick. So könnte es immer sein, dachte Nike. Kein Wunsch nach etwas, das so nicht war und nie werden würde, keine Vorwürfe, keine Vergangenheit, alles auf Anfang.

Ihr Blick wanderte durch den Garten, die Treppe der Terrasse hinauf zum Haus, über die Fassade des mehr als hundert Jahre alten Gebäudes.

»Komm mal mit. Ich möchte dir etwas zeigen«, sagte Willi und stand auf.

»Und? Was meinst du?«

Die Staffelei war leer. Keine Leinwand stand auf ihr.

Nike sah sich suchend in dem nahezu leeren Raum um, der ihrem Vater als Atelier diente und die Spuren seiner jahrzehntelangen Arbeit trug. Wie ein eigenes Kunstwerk. Die Spuren der Farbe an den Wänden, wenn er seine Leinwände an ihnen befestigt und über die Ränder gemalt hatte, die Kleckse und Spritzer auf dem Boden, der Geruch.

Sie hatte angenommen, er würde ihr sein neues Bild zeigen – aber da war nichts.

»Brauchst du die Staffelei nicht mehr?«, fragte sie. »Anne würde sich bestimmt freuen, aber sie hat doch kaum Platz in ihrem Zimmer. Wo soll sie die hinstellen? Du könntest ihr ein Atelier schenken, das würde mehr Sinn ergeben.«

Willi sah Nike nachdenklich an. »Stimmt.«

»Das war ein Scherz.«

»Ich könnte ihr einen Raum zum Malen organisieren, und dann nimmt sie die Staffelei und …«

»Papa. Das kann sie sich gar nicht leisten. Das weißt du doch.«

Anne war begeistert von der Kunst gewesen, ihrem Studium und ihrem Professor, Willi. Sie war jung, verliebt und völlig naiv gewesen. Von der großen Liebe zu dem viel älteren Kunstdozenten, der sich nicht zähmen und erst recht nicht binden ließ, war am Ende ein abgebrochenes Studium und eine kleine Tochter geblieben, die sie in Hamburg in einer Wohngemeinschaft allein großgezogen hatte.

Ihre Mutter hatte, um ihr Leben zu zweit finanzieren zu können, angefangen zu jobben, als Nike auf die Welt gekommen war, aber sie hatte nie aufgehört zu malen. Hin und wieder gab sie Privatstunden für Frauen in ihrem Alter, die ihren Traum vom Malen verwirklichen wollten. So wie sie selbst. Eine Zeit lang hatte sie Kurse an der Volkshochschule gegeben, aber all das hatte sie wieder und wieder daran erinnert, was sie hätte werden können und nicht geschafft hatte. Nach solchen Abenden hatte sie Nike in den Arm genommen, ihr über den Rücken gestreichelt und gesagt: »Aber dafür habe ich ja jetzt dich.« Und obwohl Nike wusste, dass ihre Mutter niemals log und sie über alles liebte, hatte sie die Melancholie und die unausgesprochene Frage gespürt: *Was wäre wenn?*

Nikes Hinweise, dass sie jederzeit etwas ändern, von vorn anfangen und etwas malen und ausstellen könne, waren immer verhallt. Anne hatte dann meist ihre dicken, langen, blonden Haare hinters Ohr gestrichen, sie angelächelt und war in die Küche gegangen, um Tee zu kochen. Irgendwann hatte Nike aufgehört, ihre Mutter darin zu bestärken, etwas aus ihrem Leben zu machen. Sie hatte verstanden, dass ihre Mutter offenbar zufrieden war oder ihr einfach die Kraft fehlte, etwas zu ändern. Auch wenn Nike das nicht verstehen konnte.

Nike sagte nichts, sah ihren Vater an und ging wieder runter. Was für eine Idee! Anne eine seiner großen Staffeleien zu schenken. Wie kam er denn darauf?

Kopfschüttelnd nahm sie sich ein Glas aus dem Küchenschrank und ließ Wasser aus dem Hahn hineinlaufen. Willi meinte es mit dem Aufräumen offensichtlich ernst. Aber warum wollte er eine Staffelei verschenken? Okay, er hatte mehr als eine. Aber er nutzte sie ja auch. Sie gehörten zu ihm wie die Pinsel, die Farben, der Geruch nach Terpentin, die alten Lappen, das alles.

Das kalte Wasser lief ihr über das Handgelenk und riss sie aus ihren Gedanken. Nike drehte den Hahn wieder zu und trank. Es war heute wirklich warm. Am liebsten hätte sie ihre lange Latzhose ausgezogen und gegen eine leichte, kurze Stoffhose eingetauscht. Aber die Schränke in ihrem ehemaligen Zimmer waren leer. Sie hatte schon lange keine Sachen mehr hier.

»Ich meine das ernst«, erklärte Willi, der hinter ihr in die Küche kam. »Wenn sie möchte, kann ich ihr helfen, mit dem Atelier.«

Nike sah ihn an. »Mach das«, sagte sie nach einem langen Augenblick und stellte das leere Glas in das Waschbecken. »Ich soll dich übrigens von ihr grüßen. Vielleicht redet ihr einfach mal miteinander. Nur so als Idee.«

Ihre Eltern waren wie Kinder. Nein, schlimmer.

»Ich düse wieder los, Papa«, sagte sie. »Viel Spaß heute Abend und … wegen der Sache mit den Gutscheinen … ich rede mal mit einem Chef. Vielleicht klappt es ja.«

## 3.

Es hatte geklappt. Sogar problemloser, als Nike vermutet hatte. Timm, ihr Chef, war so im Stress gewesen, dass er im Flur nur ein »Jaja« gemurmelt hatte, das darauf hinwies, dass er nicht zugehört hatte. Und obwohl sie auf dem Rückweg von Kiel, nachdem Willi ihr von seiner Idee erzählt hatte, nach Föhr zu fahren und alle Gutscheine einzulösen, im Wagen noch mal versucht hatte zu verstehen, was hinter dem allem steckte, freute sie sich jetzt doch auf die freie Zeit. Denn im Grunde blieb es, wie es war. Es ging nicht um sie. Es ging um Willi. Er wollte, warum auch immer, sein Haus aufräumen, ausmisten und streichen lassen. Vielleicht spielte er ja auch mit dem Gedanken, sich zu verkleinern. Dass das Haus für ihn allein viel zu groß war, beschäftigte ihn, je älter er wurde, mehr und mehr. Früher, als seine Freunde ein- und ausgingen, war Leben in der Bude gewesen. Aber mit den Jahren hatte sich jede und jeder ein eigenes Nest gebaut, war weggezogen, ausgewandert.

Vielleicht hatte Willi ja doch vor, in ein kleines Haus an einem See zu ziehen, mit eigenem Bootssteg, rundherum Natur. Davon hatte er schließlich immer geschwärmt, wie schön das sein musste. Vor allem jetzt, wo er nicht mehr oft als Dozent tätig war.

In seiner Vorstellung stand das Holzhaus wahlweise mitten in den unendlichen Weiten schwedischer Wälder, an einem der großen Seen, dann wieder an einem Fluss irgendwo in Norddeutschland und auch mal direkt an einem Strand, an den die Wellen ihre Mitbringsel aus dem Meer warfen. Von der Veranda aus konnte man das Wasser sehen, egal, wo das Haus stand, erzählte er dann immer malerisch und schmückte seine Vorstellung mit dem Geruch der Kiefern, der frischen Brise des Meeres oder dem Rauschen der Gräser.

Und weil er also für die Maler die Räume ausräumen musste und während der Arbeiten am besten nicht anwesend war, wollte er verreisen. Da kam ihm seine Idee, die Gutscheine seiner Tochter einfach alle auf einmal einzulösen, vermutlich genau richtig. So jedenfalls schlussfolgerte Nike.

Tja, und nun war sie mit ihrem Vater in einer Friesenhaushälfte auf Föhr gelandet und sollte in einer Woche möglichst alle Gutscheine von Jahrzehnten Wahrheit werden lassen. Was für eine Aufgabe!

»Schau mal, was hältst du davon, wenn du dieses Zimmer nimmst, und ich gehe hier rein?«, hörte sie Willi von oben runterrufen.

Sie drehte sich um und ging die Holztreppe rauf, die sowohl nach unten als auch nach oben in den ersten

Stock führte. Im Keller musste sich die Sauna befinden, von der Willi erzählt hatte. Sie wusste gar nicht, dass er gerne saunierte, und nahm sich vor, dass sie am besten nacheinander gingen. Sie hatte ihren Vater oft genug nackt im Haus oder auch im Garten rumlaufen sehen. Eine weitere Vorführung brauchte sie aktuell nicht, dachte sie grinsend, während sie die letzte Stufe nahm und sich in dem winzigen Flur umsah, von dem drei Türen abgingen.

Die Treppe führte weiter nach oben unter das ausgebaute Dach. Sicher das Fernsehzimmer, das Willi bei der ausführlichen Beschreibung des Hauses als verschenkten Platz bezeichnet hatte. Fernsehen gehörte, abgesehen von seiner Leidenschaft für Dokumentationen, wie vieles andere zu den Dingen, die er Zeitvampire nannte. Von den sozialen Medien ganz zu schweigen. Er würde seine Lebenszeit niemals freiwillig dafür hergeben, sich mit sinnbefreiter, inhaltsloser Materie berieseln zu lassen – Nachrichtensendungen hin oder her –, pflegte er in solchen Fällen zu sagen und meinte damit das sinkende Niveau, wenn man davon überhaupt noch sprechen konnte, das manche Sender einem präsentierten. Das Thema konnte ihn so sehr aufregen, dass Nike es komplett ausklammerte und hoffte, dass er nicht unterwegs Werbeanzeigen an Bushaltestellen sah, die auf den nächsten Quatsch hinwiesen, der dafür sorgte, dass die Menschheit verdummte. Die Situationen, in denen er so etwas sagte, hatten oft zur Folge, dass Nike sich schämte oder es ihr zumindest unangenehm war: Immer sagte ihr Vater ungefiltert das, was er dachte. Egal, ob es ein alter Freund, ein bekannter Fernsehmoderator, eine Nachbarin, ein Student oder eine Politikerin war, den oder die er bei einer Podiumsdiskussion, bei Veranstaltungen, auf Partys oder sonst wo in der Öffentlichkeit traf. Für ihn waren alle gleich. Hinzu kam, dass es ihn nicht interessierte, was andere von ihm dachten. Das wiederum machte sehr frei, wie Nike immer wieder feststellen durfte. Eine große Ausnahme waren die gemeinsamen Fernsehabende, für die sie sich verabredeten und an denen es immer erst eine Diskussion über die Wahl des Filmes, dann viel zu knabbern, trinken, lachen oder auch, wenn sie Krimis sahen, zu kombinieren gab. Vor allem, wenn Willi alte Super-8-Filme rausholte.

Die Tür rechts von ihr war geschlossen. Nike öffnete sie und entdeckte ein sehr schmales, kleines Bad mit einer schrägen Wand, die sich über die gesamte Länge zog und hinter der sich das Reetdach befand. Sie schloss die Tür wieder, sah kurz in den Raum daneben, dessen Tür nur angelehnt war. Die Möbel waren neu und insgesamt war es maritimer eingerichtet. Das Bett rechts von ihr, das Platz für zwei bot, der Einbauschrank links, der angrenzende Schreibtisch daneben, alles war aus weißem Holz. Sie machte ein paar

Schritte in den Raum auf das Fenster zu, öffnete die rechte Seite der Sprossenfenster und hakte auch hier die Stange ein, um ein Zuschlagen durch den Wind zu verhindern. Dann beugte sie sich leicht vor. Von hier aus überblickte man das angrenzende große Grundstück, auf dem ebenfalls ein altes Friesenhaus stand. Man konnte über den Deich bis zum Meer sehen. Nike zog den Kopf wieder ein und ging zurück über den winzigen Flur in das angrenzende Schlafzimmer, in dem Willi sich bereits aufs Bett gelegt hatte, wie sie amüsiert feststellte. Er hatte die Schuhe ausgezogen und es sich in voller Montur auf der blau-weiß karierten Bettdecke bequem gemacht, die Hände hinter dem Kopf verschränkt und die Augen geschlossen. War er so erschöpft von der Anreise? Oder wollte er sich nur mal kurz entspannen?

»Papa?«

Willi schlug die Augen auf, als wäre er bei etwas Verbotenem erwischt worden, und kam mit einem Ruck hoch. »Ja?«

»Sorry, bist du eingeschlafen?«, fragte sie, ging an seinem Bett vorbei zum Fenster und sah raus.

»Nee, nee, alles gut. Ich habe nur mal kurz mal für einen Moment geresetet. So heißt das doch jetzt, oder?«

»Du hast einen Power-Nap gemacht«, erklärte Nike und konnte sich ein Lächeln nicht verkneifen.

»Ach so. Na, gut, dass ich das jetzt weiß.« Er setzte

sich an den Rand des Bettes, reckte sich und machte seinen Rücken gerade, als hätte er die halbe Nacht auf einem Holzfußboden geschlafen. »Und? Was sagst du?«

»Schön. Hier kann man sich bestimmt gut erholen.«

»Ja, mit Sicherheit. Aber dafür sind wir nicht nur angereist.«

»Huch! Du bist ja voller Tatendrang«, stellte Nike überrascht fest.

Willi stand auf und ging an ihr vorbei zu seiner Tasche. »Hier ist die Schachtel. Wir können ja mal schauen, was wir wann machen. Ich habe auch noch ein Buch gekauft. 111 Orte, die man gesehen haben muss.«

»Hier? Auf Föhr?«

»Na klar«, meinte Willi, als würde er die Frage nicht nachvollziehen können.

»Na, dann haben wir ja was vor«, stellte Nike fest, die mit allem gerechnet hatte, aber nicht mit 111 Orten auf dieser Insel, die man gesehen haben musste. »Vielleicht müssen wir dann noch ein paar Tage dranhängen. Oder einfach hierbleiben.«

Willi hielt in der Bewegung inne und sah sie an. »Guter Plan!«

»Das war ein Scherz«, sagte Nike. Auf gar keinen Fall würde sie den Urlaub verlängern können. Sie erwartete sowieso minütlich den Anruf ihres Chefs, der inzwischen vermutlich realisiert hatte, dass sie nicht mehr da war. Spätestens Montag müsste sie ihr Handy am besten gleich auf Flugmodus stellen. Obwohl? Die Verbindung sollte hier ja sowieso nicht die beste sein, da musste sie sich vermutlich noch nicht einmal etwas ausdenken oder ausstellen.

»Ich setz uns mal einen Tee auf«, schlug Willi vor und ging runter.

Als sie kurze Zeit später draußen in der Sonne im Strandkorb auf der Terrasse saßen, den Blick auf den Deich und das endlose Blau am Himmel gerichtet, nahm Nike ihre Mütze ab, griff nach der Schachtel, die Willi auf den weißen Gartenholztisch gelegt hatte, und blätterte die Gutscheine durch.

»Womit wollen wir anfangen?«, fragte sie ihren Vater, während sie ihre Handschrift, die sich im Laufe der Jahre kaum verändert hatte, betrachtete.

»Mit einem ordentlichen Krabbenbrötchen. Ich habe Hunger.«

»Willst du nicht mal etwas anderes essen? Ich liebe es ja auch, aber …«

»Nee!«, sagte Willi stur, als hätte sie ihm sonst was angeboten.

»Na gut, dann lass uns mal schauen, wo wir das finden. Oder steht das in deinem Buch mit den 111 Orten?«

»Auf alle Fälle gibt es einen Fischmarkt, darüber

steht dort etwas, aber der ist nicht montags. Der war gestern.« Er zog sich seinen Kaschmirpullover umständlich aus und legte ihn beiseite. »Hast du Lust auf einen Strandspaziergang? Wyk ist gleich um die Ecke, und da wird es ganz sicher etwas Frisches geben«, schlug ihr Vater vor, der, wie Nike nun fand, etwas abgeschlagen aussah. Oder wirkte das nur so?

»Bist du denn fit? Du siehst so … müde aus irgendwie.«

Willi griff nach der weißen Porzellantasse mit dem blauen Friesenmuster und trank einen Schluck. »Ach was! Ich bin fit wie ein Turnschuh nach meinem Power… Wie hieß das noch gleich?«

»Nap«, half Nike ihm weiter.

»Ja, genau. Erst ein Näppchen, dann ein Häppchen«, stellte er lachend fest und sah zu der Schachtel, die auf ihrem Schoß stand. »Wir können es ja so machen, dass wir einfach etwas rausziehen. Wie aus einer Losbox. Einen Tag du und einen Tag ich. Was hältst du davon?«

»Hmm … und wenn das Wetter nicht passt oder es an dem Tag keine Leihfahrräder gibt? Ich denke, das muss schon ein bisschen durchdacht sein.«

»Wo hast du das nur her?«, wollte er wissen und sah sie mit leicht zusammengekniffenen Augen an.

»Was?«

»Dieses Denken«, erklärte Willi und lehnte sich wieder zurück.

*Von dir habe ich sicher auch irgendetwas geerbt, aber genau das nicht*, dachte Nike, sagte es aber nicht.

»Also. Wenn du gerne strukturierter an die Sache gehen möchtest, dann könnten wir die Gutscheine auch alle rausnehmen, an eine Wand hängen, miteinander verbinden und …«

»Papa!«

»Ja?«

»Das hier«, Nike machte eine Kopfbewegung Richtung Haus, »sind nicht deine Wände.«

»Stimmt. Schade eigentlich. Aber das Wochenende am Wasser«, er sah auf die Karten auf ihrem Schoß, »kannst du da ja schon mal rausholen. Das machen wir gerade. Beziehungsweise eine Woche am Wasser. Und apropos Räder, die brauchen wir eh die ganze Zeit. Nicht nur an einem Tag. Wir müssen ja auch noch mal einkaufen zwischendurch.« Er deutete Richtung Küche. »Ich habe zwar den Service genutzt und schon mal das Wichtigste anliefern lassen, damit wir nicht vor einem leeren Kühlschrank stehen, aber das reicht nicht für die ganze Zeit.«

»Wohl wahr! Dann lass uns doch mal einen Spaziergang machen, etwas essen und auf dem Rückweg nach Rädern schauen«, schlug Nike vor, während sie aufstand und die Schachtel wieder zurück auf den weißen Gartentisch stellte.

Am Strand waren, zu Nikes großer Überraschung, kaum Menschen.

Willi und sie waren durch die Auffahrt vom Grundstück runtergegangen und sofort links abgebogen, wo ein schmaler Weg aus feinem Strandsand, der rechts und links von hohen, hellrosa-, pink- und weißblühenden Heckenrosen gesäumt war, zum Meer führte. Es war Ebbe und weit draußen im Watt erkannte Nike ein paar einzelne Personen – vermutlich barfuß. Die Sandalen in der Hand haltend, wateten sie durch den Matsch. Vorbei an Muscheln und Wattwürmern, die man nicht zu Gesicht bekam, daran erinnerte sie sich noch. Man sah immer nur die kleinen Sandhügel, die sie hinterließen.

Sie sprachen lange nicht und gingen einfach nebeneinander den Strand entlang, ein Stück auf dem Deich, da es keine andere Möglichkeit gab, und dann wieder auf dem Sand, bis sie an die Promenade kamen. Willi entschied sich für den Plattenweg, und Nike folgte ihm, obwohl sie lieber am Strand gegangen wäre.

Je näher sie Wyk kamen, desto mehr nahm die Anzahl an Menschen zu. Am Horizont sah man Langeneß. Es war die größte der insgesamt zehn Halligen. Langeneß sah aus wie eine Aneinanderreihung von kleinen Erdhügeln, die aus dem Meer ragten. Das waren die achtzehn Warften, die zu Langeneß gehörten, auf denen die Halligbewohner und ihre Tiere

Schutz fanden, wenn eine Sturmflut kam. Willi hatte es ihr während der Fahrt erzählt und sich dabei wie ein Erdkundelehrer aufgeführt. Nike wurde das Gefühl einfach nicht los, dass er sich auf diesen Urlaub vorbereitet hatte.

Die Promenade führte vorbei an Surf- und Segelschulen, Bistros, Strandkörben, Menschen mit Kindern, Hunden und dann wieder Personen, die allein auf einer der Holzbänke mit Blick aufs Meer saßen und den Moment genossen.

Sie schlenderten den Promenadenweg entlang, vorbei an dem Leuchtturm Olhörn, einem Hallenschwimmbad, einer Reihe von Strandhotels und kamen schließlich in Wyk an. Der Weg führte parallel zum Meer in den Ort, an einem Grünstreifen entlang. Dahinter lagen das Kurhaus und eine Reihe von Cafés, die alle Blick aufs Meer boten. Als Willi gesagt hatte, Wyk sei »um die Ecke«, hatte Nike damit gerechnet, dass sie nur kurz unterwegs sein würden. Doch jetzt war es mindestens eine Dreiviertelstunde oder auch mehr gewesen. Allein wäre sie vermutlich etwas schneller gegangen, aber ihr Vater machte aktuell nicht den Eindruck, als wäre er wirklich fit. Entweder war er heute aus irgendwelchen Gründen müde oder es war wirklich das Alter, das sich langsam bemerkbar machte.

Noch etwas anderes machte sich bemerkbar: Nikes Magen knurrte. Für lange Recherchen, wo es das beste

Krabbenbrötchen gab, war es definitiv zu spät und so, wie es aussah, war das auch nicht nötig. Sie entdeckten in einer der kleinen Seitenstraßen draußen vor der »Fischerei Föhr« einen freien Platz. Das moderne Bistro befand sich in einem kleinen, alten Haus – und natürlich gab es hier frische Krabbenbrötchen! Aber nicht nur das. Auf der Karte standen auch Nordseekrabben Föhrer Art. Ohne Brötchen, dafür mit Bratkartoffeln und vielem mehr.

Willi musste nicht lange überlegen. Er hatte sich entschieden, bevor er sich die weiteren Gerichte auf der Speisekarte angesehen hatte. Nike bestellte Scampi auf Salat mit Dattel-Feige-Dressing. Für Bratkartoffeln war es ihr heute einfach zu warm und ein Krabbenbrötchen konnte sie sich noch in den nächsten Tagen holen.

»Wundervoll!«, meinte Willi und machte ein Geräusch, als hätte er das erste Mal seit Wochen etwas zu essen bekommen. »Ein Traum«, schob er mit vollem Mund nach.

»Prima! Dann nehme ich nächstes Mal auch eins.« Nike schlug ihre Beine übereinander und sah sich um, während sie auf ihr Essen wartete. Kleine Geschäfte reihten sich aneinander, Boutiquen, eine Buchhandlung, ein Friseur, ein Bäcker. Der Ort war überschaubar, so wirkte es zumindest, gemütlich nahezu, und erinnerte mit seinen kleinen Häusern an alte Zeiten.

Er bot aber offensichtlich alles, was es brauchte, wenn man auf einer Insel Urlaub machte. Oder wenn man hier lebte.

»Wie geht das«, fragte sich Nike, »wenn man hier lebt und jung ist und sich verlieben möchte?«

»Was meinst du?« Willi sah sie fragend an.

»Na, hier kennt doch sicher jeder jeden oder ist um irgendwelche Ecken miteinander verwandt. Oder meinst du, man geht hier abends aus und lernt neue Leute kennen? Abgesehen von Urlaubern vielleicht. Aber die reisen irgendwann wieder ab. Das stelle ich mir nicht leicht vor.«

Willi zuckte mit den Schultern, machte lange »Hmmm« und deutete damit an, dass er keine Ahnung hatte. Wie auch? Er lebte hier nicht. Und dort, wo er lebte, hatte er damit, jemanden kennenzulernen, kein Problem. Ganz im Gegenteil.

»Was macht denn deine Liebe so?«, fragte Willi zu ihrer völligen Verblüffung.

Sie war so überrascht, dass sie erst einmal kurz überlegen musste. »Meine Liebe macht gerade Pause«, erklärte sie dann und dachte, dass das eigentlich nicht wahr war. Es war vorbei und das seit einem Jahr. Aber da Willi weder ihren Exfreund persönlich gekannt noch jemals danach gefragt hatte, war das auch egal.

Sie wartete darauf, dass so etwas wie »kenne ich« kam, aber es kam nicht. Und das war gut so. Denn ihre

Liebe und seine Lieben hatten rein gar nichts miteinander zu tun. Die einzige Parallele, die es gab, wenn man es überhaupt so nennen konnte, war die Tatsache, dass sie beide nicht glücklich waren mit der Liebe. Nicht so, dass es beidseitig war, aus tiefstem Herzen kam und nach einer gemeinsamen, glücklichen Zukunft aussah. Weder bei ihr noch bei ihm.

Der runde Pager auf dem Tisch zwischen ihnen brummte und zeigte an, dass ihre Bestellung fertig war. »Ich mach schon«, nutzte Nike den Moment, um das Gespräch nicht weiterführen zu müssen, und verschwand in dem Bistro.

# 4.

Den Besuch beim Fahrradverleih verschoben sie auf den nächsten Morgen. Als sie eine Stunde später am Strand zurück nach Nieblum gingen, vorbei an den vielen Menschen, die hier Urlaub machten, kleinen Kindern in Badehosen, Hunden und Surfern, erzählte Willi von seiner Kindheit. Er berichtete von Ferien an der Nordsee, hier auf Föhr und auch drüben auf Amrum, als es natürlich bereits Tourismus gegeben hatte, der aber ganz anders gewesen war. Langsam wuchs in Nike eine Ahnung, warum ihr Vater hierher kommen und nicht irgendwo anders Urlaub hatte machen wollen. Er erzählte von den Krabben, die er mit seiner Mutter, ihrer Omi Lilly, stundenlang im Garten der Ferienwohnung auf einer alten Holzbank im Schatten eines Apfelbaumes gepult hatte, von Bernstein, den er hier an einem kalten Herbsttag mit seinem Vater am Strand gefunden und seitdem aufgehoben hatte, von heimlichen Lagerfeuern am Strand mit Freunden, von seinen Zeichnungen, seinen ersten, die auf der Insel entstanden waren und die die Landschaft widerspiegelten, so wie er sie sah. Sie stellte fest, wie ungewohnt es sich anfühlte, zusammen mit ihm hier zu sein, so viel Zeit miteinander zu verbringen. So fremd und so vertraut.

Willi wollte wissen, was sie für die nächsten Jahre so plante, dabei wusste sie das selbst noch nicht einmal. Er fragte nach ihrem Job, ob er sie erfülle, was sie in ihrer Freizeit machte und was sie aktuell lesen würde. Er fragte nach ihrer Wohnung, die er noch nicht kannte, nach allem, was er sonst nie fragte, als wolle er etwas nachholen. Wie ein Fischer, der allein auf dem Meer in seinem Boot saß und das Netz auswarf, obwohl die Fische schon lange weg waren, dachte Nike.

Sie war hin und hergerissen zwischen ihrer inneren Abwehrhaltung – die sich über die Jahre aufgebaut und sie schon oft zu einem bockigen Etwas gemacht hatte, das sie eigentlich gar nicht sein wollte – und der Verwunderung über sein Interesse, das sie sich so oft gewünscht hatte und das jetzt in einer geballten Ladung kam, die sie irritierte. Und dann war da noch die Freude, dass er etwas von ihrem Leben erfahren wollte. Während sie seine Fragen nach und nach beantwortete, hatte sie den Gedanken, dass sie sich vielleicht gerade erst kennenlernten. Auch wenn sie seit dreißig Jahren seine Tochter war.

Nike hatte ein Bild von ihm, das in all den Jahren gewachsen war, sich gefestigt hatte und in dem irgendwann kein Platz mehr für Veränderungen war. Sie hatte gedacht, dass sie ihren Vater einschätzen konnte. Doch in diesem Augenblick wuchs eine leise Ahnung in ihr, dass dem nicht so war, dass es noch mehr Farbtöne gab, als die, die sie bisher gesehen hatte.

Den Nachmittag verbrachte Willi mit einem Buch im Strandkorb, Nike räumte ihre Sachen aus dem Koffer in den Einbauschrank, setzte sich draußen im Garten mit Kopfhörern an den weißen Tisch, nahm sich die Schachtel mit den Gutscheinen und versuchte, sich einen Überblick zu verschaffen. Heute war Montag. Sonntag würden sie wieder fahren. Es blieben also noch fünf Tage, um die Gutscheine einzulösen. Das funktionierte, bei aller Freiheit, die ihr Vater so liebte und konsequent lebte, ihrer Meinung nach nur mit einem Plan.

Sie ging ins Haus, holte sich Zettel und Stift und schrieb die Wochentage auf. Daneben notierte sie, welche Gutscheine aus der Schachtel vielleicht passen würden. Definitiv würden sie mehr als nur einen pro Tag einlösen müssen.

Als sie fertig war, nahm sie ihre Kopfhörer ab, hielt den Zettel hoch und drehte sich zu Willi um.

»So. Fertig!«, erklärte sie und wollte ihn gerade fragen, wie er ihren Wochenplan fand, als sie in der Bewegung innehielt. Willi hatte sein Buch auf den Bauch gelegt und war eingeschlafen. Schon wieder? Hatte ihn der Spaziergang nach Wyk und zurück doch so angestrengt? Okay, sie war auch recht früh aufgestanden, um pünktlich an der Fähre zu sein, und spürte die Bewegung an der frischen Luft, war aber weit davon entfernt einzuschlafen. Ganz im Gegenteil. Sie hatte das Gefühl, gerade Energie getankt zu haben. Aber sie war ja auch halb so alt wie er. Trotzdem fing sie an, sich Gedanken zu machen. Warum war Willi schon wieder eingenickt? Vielleicht hatte er wieder ein paar Nächte durchgearbeitet und an einem neuen Bild gemalt oder gezeichnet? Das kannte sie ja von ihm. Seine Schaffenszeiten waren eher Schaffensphasen und zeitlich nie einzugrenzen. Wenn ihm etwas in den Sinn kam, egal wann, begann er sofort mit der Umsetzung. In diesen Situationen, die oft lange dauerten, gab es weder Zeit noch Raum. Er fing an, er hörte auf. Dazwischen konnten Minuten oder Tage liegen. Obwohl diese exzessiven Phasen in letzter Zeit abgenommen hatten. Oder sie hatte es zumindest nicht mehr mitbekommen.

Na gut, dachte sie, drehte sich wieder um und legte das Blatt zurück auf den Tisch, wo sie es mit der Schachtel beschwerte, damit der Wind es nicht wegpustete.

Nike betrachtete ihren Gutscheinplan, der ein wenig aussah wie ihr alter Stundenplan aus der Schule. Für morgen hatte sie die Fahrradtour notiert. Mittwoch dann das Picknick im Strandkorb. Das konnte man im Grunde auch direkt hier im Garten machen, fiel ihr auf, während sie sich umsah. Aber sie verwarf den Gedanken schnell wieder. Natürlich würden sie direkt am Strand picknicken. Da es hier an ihrem Strandabschnitt keine Strandkörbe gab, würden sie ein Stück weiter gehen müssen. Entweder nach Wyk oder rechtsrum Richtung Nieblum.

Dann war da noch der Gutschein für einen Schal, den würde sie einfach parallel stricken. Dicke, blaue Wolle und Nadeln hatte sie in Hamburg noch besorgt. Die Stadtrundfahrt, die sie mit Willi in einem der roten Doppeldeckerbusse in Hamburg machen wollte, um ihn mal in ihre Stadt zu locken, funktionierte hier natürlich nicht. Sie könnte sie aber gegen eine Fahrt nach Amrum oder Sylt eintauschen. Oder sie würden das einfach auf einen anderen Zeitpunkt verschieben. Deshalb hatte sie es für Donnerstag mit einem Fragezeichen in Klammern eingetragen. Alternativ könnte man sich auch informieren, wann ein Inselhopping möglich wäre. Barfuß oder mit Gummistiefeln, die man sich sogar leihen konnte. Von Föhr waren es acht Kilometer durchs Watt bis nach Amrum. Das Ganze ging bei Ebbe auch von Hallig zu Hallig. Das hatte Nike in einem der Prospekte gelesen.

Das »Dinner im Dunkeln« hatte sie auch wieder zurück in die Schachtel gelegt, denn das ergab hier nun wirklich keinen Sinn. Da hätte sie ja alle Fenster abdunkeln oder gleich in der dunklen Sauna das Essen servieren müssen. Bei dem Gedanken musste Nike lachen. Sie drehte sich zu Willi um, der immer noch schlief.

»Museum Kunst der Westküste« stand zwar auf keinem Gutschein, war aber natürlich ein Muss, über das sie bei ihrer kurzen Recherche gestolpert war und das sie für Freitag eingetragen hatte. Und Samstag gab es den berühmten Wunschtag, an dem Willi alles frei bestimmen durfte, vom Essen über ihre Aktivitäten bis zum Abendprogramm.

Nike sah in die Schachtel, die geöffnet vor ihr lag, und fragte sich, wie sie das alles schaffen sollten. Zum einen, weil es eben teilweise Geschenke waren, die sie hier nicht einlösen konnte, und zum anderen, weil es so viele waren. Es gab sogar noch welche, die sie ihm geschenkt hatte, als sie keine zehn Jahre alt gewesen war. Davor hatte sie ihm Bilder gemalt oder etwas gebastelt. Irgendwann hatte sie damit aufgehört. Warum, wusste sie nicht mehr. Ihre Mutter hatte sie auf die Idee mit den Gutscheinen gebracht, erinnerte sie sich. Ein selbst gebackener Kuchen stand auf der Karte, die sie jetzt in den Händen hielt. Sie hätte ihm damals natürlich auch einfach einen Kuchen mitbringen können, aber sie hatte ihn fragen wollen, welchen er sich wünschte. Und sie hatte ihn bei Willi in der Küche backen wollen, da es bei ihrer Mutter einfach immer so eng gewesen war.

Nike legte die Karte weg und griff nach einer anderen. »1x Fahrrad putzen und schön machen«. Stimmt! Das wusste sie noch ganz genau. Sie wollte sein Rad mit dem Wasserschlauch absprühen und dann polieren. Warum hatte sie das nie gemacht?

Sie sah sich die anderen Karten an. »Acht Kugeln Eis mit Sahne und Streuseln«, »1x aufräumen«, »Frühstück ans Bett«. Eigentlich richtig schöne Sachen, dachte Nike und blickte nachdenklich auf ihren Gutscheinplan.

Vielleicht hatte ihr Vater recht. Vielleicht sollten sie einfach jeden Morgen einen rausziehen und schauen, was der Tag brachte. Wenn sie ehrlich zu sich selbst war, hatte sie sich vorgestellt, er würde in einem Strandkorb am Wasser sitzen, seine Bücher und Magazine lesen, eine junge Frau kennenlernen – natürlich durch Zufall – und mit ihr abends etwas essen oder trinken gehen. Seine ungeteilte Aufmerksamkeit kannte sie gar nicht und war sich auch nicht sicher, ob sie nicht viel lieber ihr eigenes Ding hier machen würde.

Über ihr flog eine kleine Propellermaschine aufs Meer hinaus. Kurz danach folgte eine zweite. Sie sah den beiden Flugzeugen mit ungutem Gefühl hinterher. Wo wollten die wohl hin?

»Na, wollen wir auch mal eine Runde drehen?«, hörte sie Willi aus dem Strandkorb fragen. Er war aufgewacht, hatte sich aufrecht hingesetzt, streckte sich nun und sah auch gen Himmel.

»Ach, danke, da nehme ich lieber das Rad«, meinte Nike und fragte sich, ob er eigentlich etwas von ihrer Flugangst wusste. Sie mochte es nicht, die Kontrolle und ihr Leben in andere Hände abzugeben.

»Wusstest du, dass der Flugplatz hier«, Willi deutete mit der Hand vage in eine Richtung, »einer der ältesten in Schleswig-Holstein ist? Den gibt es schon mehr als hundert Jahre.«

»Echt? Nee, da wäre ich wirklich nicht drauf gekommen«, sagte sie. »Ich hätte eher getippt, dass er – keine Ahnung – in den Sechzigerjahren gebaut wurde. Die ersten Plätze hätte ich definitiv eher auf dem Festland vermutet. Aber es ergibt schon Sinn.« Sie sah auf ihren Plan, dann wieder zu Willi. »Wie wäre es, wenn wir die Sachen, die im Kühlschrank sind, einfach einpacken und ein Picknick am Strand machen?«

»Gerne. Ich hab allerdings gar keine Ahnung mehr, was ich da bestellt habe. Ich glaube, das war so ein Paket mit allem Möglichen drin. Wir können ja mal schauen, was die Kiste hergibt«, schlug er vor, stand langsam auf, nahm sein Buch und ging rein.

Der Strand war so gut wie leer, von den Möwen abgesehen, die den Eindruck erweckten, als würden sie die Ruhe ebenso genießen, und die entspannt ihre großen Kreise zogen oder scheinbar in der Luft standen.

Ein paar vereinzelte Urlauber gingen barfuß durch

den Sand, fuhren auf der Schräge des geteerten Deiches Rad oder warfen Stöcke für ihre Hunde.

Es war Flut und der Strandabschnitt recht schmal. Nike hatte zwar im Souterrain des Hauses eine Decke gefunden, zog jetzt aber die Holzbank am Dünenweg vor. Von hier aus hatten sie einen schönen Blick und konnten das Baguette, den Käse, die Trauben, die Gläser und den Wein zwischen sich auf die Bank stellen. Ihr Ferienhaus lag direkt hinter ihnen. Man erkannte das Reetdach über den Strandgräsern des Deiches. Nike fischte ihr Handy aus der Tasche ihrer Latzhose, strich sich ihre vom Wind zerzausten Haare zurecht und nahm ein Bild von dem Teil des Hauses auf, den man sehen konnte. Darüber spannte sich der endlose, blaue Himmel. Es war traumhaft schön. Der leichte Wind, die Ruhe, die Luft, die nach Salz und Meer roch … Langsam drehte sie sich zum Meer, fotografierte die Weite des Wassers, versuchte, den Horizont als gerade Trennung von unten und oben festzuhalten, wandte sich um und betrachtete Willi durch die Kamera, wie er mit seinem Blick den Möwen folgte. Nike drückte nicht ab. Sie sah ihn nur durch die Kamera ihres Handys an und fragte sich, wer er war. Und warum er so nah und doch so entfernt von ihr war.

Dann machte sie ein Bild von ihm, ohne dass er es merkte, und steckte das Handy weg. Hatte sie überhaupt ein Foto, irgendein eigenes, von ihm? Oder war dieses das erste und einzige?

Willi stand plötzlich auf, streckte seine Arme gen Himmel, schloss die Augen, atmete sehr lange tief ein, hielt den Atem und atmete wieder lange, hörbar aus. Während Nike noch überlegte, ob er vielleicht mit Yoga begonnen hatte, zog er Hemd, Hose, T-Shirt und leider auch seine Unterhose aus und rannte mit einem Urschrei den Deich runter, über den schmalen Strand ins flache Wasser, das noch lange zu viel von ihm zeigte, bevor es endlich tiefer wurde. Kein Yoga, dachte Nike, sah schnell nach links, als hätte sie noch etwas ändern können an dieser Situation, wo ein älteres Paar, Hand in Hand, den Strand entlangging, Gott sei Dank in die andere Richtung, und offenbar von alldem nichts mitbekam. Dann drehte sie sich nach rechts, wo eine Truppe weiblicher Nordic Walker strammen Schrittes auf sie zukam und die eine oder andere Teilnehmerin den nackten Willi – oder das, was man jetzt noch von ihm sah – entdeckt hatte und mit ihrem Laufstock amüsiert in seine Richtung zeigte.

Willi war inzwischen komplett untergetaucht und schoss jetzt mit einem lauten Schrei wie der Wal aus dem Film »Free Willy« aus dem Wasser.

Die Damen kamen immer näher und lachten. Nike fragte sich, wo diese Energie plötzlich herkam, die sie den ganzen Tag vermisst hatte. Sie drehte sich schnell um, als würde sie dadurch automatisch unsichtbar, schenkte sich ein Glas Wein ein und setzte sich auf die Bank.

»Mensch, Eva, willst du nicht auch ins Wasser hüpfen? Wir sammeln dich dann auf dem Rückweg wieder ein! Das ist doch genau das, was du aktuell brauchst!«, schlug eine der Damen lauthals vor, woraufhin die gesamte Truppe in schallendes Gelächter ausbrach. Hätten sie ihre Stöcke nicht zur Hand gehabt, wären sie vermutlich der Reihe nach kreischend in den Sand gefallen.

Das zum Thema Picknick. Willi hatte sich noch nicht einmal ein Handtuch mitgenommen, stellte Nike kopfschüttelnd fest und trank einen Schluck des Föhrer Weißweins.

Hinter ihr kam eine junge Familie mit zwei kleinen Kindern und einem Hund den Dünenweg entlang. Bei der Bank, auf der Nike saß, blieben sie, vom Anblick des Meeres fasziniert, stehen und ließen ihren Blick schweifen. Zumindest die Eltern. Die Kinder rannten den kleinen Hang runter und freuten sich über den Strandsand, als wären Weihnachten und Geburtstag an einem Tag. Die Freude hielt nur wenige Sekunden, denn in dem Moment, als das kleine Mädchen mit ihrem Eimer Wasser holen wollte, kam Willi aus dem Meer. Das Mädchen blieb wie angewurzelt stehen und sah ihn und alles, was zu ihm gehörte, mit weit aufgerissenen Augen an. Dann rannte es plötzlich los, als hätte eine Biene es gestochen.

Ihr jüngerer Bruder, vielleicht vier Jahre alt, blieb stoisch sitzen und buddelte weiter.

»Mama!«, rief die Kleine und ließ den Eimer fallen. »Da ist ein …«

»Willi«, kam Nike ihr zu Hilfe.

Das Mädchen war inzwischen bei seiner Mutter angekommen, die nur ein paar Schritte von der Bank entfernt stand.

»Der tut nichts. Der ist einfach … nur nackt.« Nike zuckte mit den Schultern und riss sich ein Stück vom Baguette ab, während ihr nasser Vater sich tropfend näherte. Er strahlte über das ganze Gesicht. Seine nassen Locken kringelten sich noch stärker als sonst und verpassten ihm einen leichten Tarzan-Look. Oder besser gesagt Old-Tarzan-Look.

»Na, prima«, mümmelte Nike mit vollem Mund. »Und wie willst du dich jetzt abtrocknen? Wenn du so den Sandweg zum Haus gehst, ruft entweder irgendwer die Polizei oder du kommst paniert im Haus an. Beides nicht schön.«

»Wer hat was von abtrocknen gesagt? Das erledigt der Wind«, erklärte er, hob die Arme und stellte sich mit dem Rücken zu ihr und dem Wind. »Etwas Schöneres gibt es nicht!«

»Na, denn«, meinte Nike nur und trank noch einen

Schluck. Immerhin konnte sie jetzt hinter das Picknick am Strand einen Haken machen, dachte sie, und biss noch mal von dem Baguette ab.

Gegen spontanes Nacktbaden, zumal am Strand einer Nordseeinsel, war ja gar nichts zu sagen, und sie konnte sich ungefähr vorstellen, wie energetisch es sein musste. Aber warum musste ihr Vater immer wieder im Mittelpunkt stehen? So, dass sich alle nach ihm umdrehten und, ja, so, dass es ihr unangenehm war? Warum konnte sie sich nicht damit abfinden? Warum schaffte sie es einfach nicht, nach all den Jahren, sich daran zu gewöhnen? Was störte sie immer wieder so sehr an seinem Verhalten, dass sie sich so zurückgezogen hatte und sie sich kaum noch sahen?

Nike holte tief Luft und schob sich den letzten Bissen in den Mund.

»Herrlich«, betonte Willi, griff nach seiner Hose, schlüpfte rein, zog das T-Shirt über und setzte sich zu ihr auf die Bank. »Das musst du auch mal machen!«

»Nein, danke. Ganz bestimmt nicht«, erklärte sie und schenkte ihm ein Glas Wein ein.

»Das Wasser ist ein Traum!«

»Glaube ich dir. Ist es da hinten am FKK-Strand aber sicher auch. Da verschreckt man dann auch keine kleinen Kinder.«

»Ach, du liebe Güte. Sei doch nicht so spießig. Das ist ja schrecklich. Man muss auch mal spontan sein und seinen Gefühlen freien Lauf lassen. Du kannst das doch nicht immer alles nur unterdrücken.«

Nike drehte sich wortlos zu ihrem Vater, schaute ihm direkt in die Augen, zwei, drei, vier Sekunden, dann sah sie wieder aufs Meer.

Sie spürte seinen Blick auf sich. *Nein*, versuchte sie sich selbst zu beruhigen, *nein, lass es so stehen. Es hat keinen Sinn. Nicht jetzt, nicht hier, nicht heute. Am besten überhaupt nicht. Er ist, wie er ist.*

Nach dem Picknick am Strand, das doch noch sehr schön gewesen war, machte Willi den Kamin an, ging in die Sauna, die zu Nikes Überraschung vorher von ihm angestellt worden war, und legte sich anschließend, in einen weißen Bademantel gewickelt, aufs Sofa. Nike hatte sich ihre Gemütlichkeitshose, eine weite, weiche Jogginghose, angezogen, die Wolle und Nadeln oben aus ihrem Zimmer geholt, sich in den Sessel gesetzt und begann, Maschen für den Schal aufzunehmen. Durch die Dicke der Wolle würde ihr Vorhaben nicht allzu lange dauern. Sie hatte bei Pinterest einen wunderschönen Schal gesehen und wollte ihn genau so nachstricken.

Willi beobachtete sie dabei, als wäre sie ein lebendes Gemälde. Den Blick kannte sie von ihm. Mit diesem Gesichtsausdruck betrachtete er etwas, versuchte es zu ergründen, zu verstehen, sich hineinzuversetzen. Aber warum in aller Welt sah er *sie* nun so an, fragte sie sich, während sie einfach weiterstrickte.

»Das sieht so leicht aus, so gekonnt. Wie lange strickst du schon?«, wollte er wissen.

Ohne hochzusehen, was sie leicht hätte tun können, ohne das Stricken zu unterbrechen, antwortete sie: »Seit der Grundschule.«

Das Holz knisterte und knackte in dem weißen Kachelofen. Nach und nach füllte sich der Raum mit angenehmer Wärme. Nur zwischen ihnen beiden, Vater und Tochter, wurde es seit ein paar Jahren nicht mehr so wohlig warm wie die Luft in diesem Raum. Ob Willi das auch spürte?

Nike lehnte sich zurück. Sie stellte fest, wie sehr die Handarbeit sie entspannte. Viele Jahre hatte sie gar nicht mehr gestrickt. Bis sie dann vor etwa einem Jahr wieder angefangen hatte. Sie hatte sich Strickmuster und Wolle verschiedener Bloggerinnen angeschaut, ihre eigenen Lieblingsstücke gespeichert, nach einem Laden Ausschau gehalten, der genau das hatte, was sie suchte, und war in die Welt der Wolle eingetaucht. Es war die beste Meditation, die sie sich nach einem stressigen Tag in der Agentur vorstellen konnte. Sie betrachtete das kleine Stück, das inzwischen entstanden war, und strich mit der Hand darüber. Sie dachte an den grauen, dicken Pullover, den sie vor einem Jahr gestrickt hatte, an die beige Weste für ihre Mutter, die sie gerne – auch im Sommer – über ihren Kleidern trug. Sie dachte an die pinke Mütze für ihre Freundin und daran, dass sie all das gerade nicht erzählt hatte, als Willi gefragt hatte, wie lange sie das bereits mache. Nicht, weil es nicht die Frage gewesen war, sie hätte es ja trotzdem weiter ausführen können – sondern weil es zwischen ihnen schon lange nicht mehr wohlig warm war. Nur lauwarm.

# 5.

»E-Bikes oder …?«

»Ohne! Bloß kein Firlefanz!«, unterbrach Willi den Mann beim Fahrradverleih in Nieblum, bevor der überhaupt weiter ausholen konnte, was er alles im Angebot hatte.

»Gut«, sagte der und betrachtete Willis Hüfte, als wolle er sichergehen, ob die das auch wirklich mitmachte, bei dem heutigen Wind. Wie sich herausstellte, war es aber nicht das, was ihn beschäftigte. Er wollte offenbar nur abschätzen, welches Rad er für Willi raussuchen sollte.

»Tiefer Einstieg oder …«

»Ich bin doch nicht achtzig!«, protestierte Willi belustigt und erntete irritierte Blicke von der Seite, wo eine junge Frau auf ihr schwarzes Rad – mit tiefem Einstieg – stieg und losradelte. Offenbar eine Probefahrt, denn einen Moment später stand sie wieder neben ihnen und erklärte dem Mitarbeiter: »Perfekt! Genau das richtige Rad für so alte Frauen wie mich!« Sie zwinkerte dem Fahrradhändler zu.

»Dann wäre es dieses hier«, schlug indes sein Kollege Willi vor, zog ein Mountainbike aus der Reihe und stellte es neben Willi ab, der es betrachtete, als müsse er den Rest seines Lebens mit ihm verbringen.

»Du fährst es doch nur ein paar Tage. Dann hast du deinen Drahtesel zurück«, meinte Nike zu ihrem Vater und klopfte ihm aufmunternd auf die Schulter.

»Ja, aber es muss trotzdem passen. Nicht nur von der Höhe.«

Der Mann sah Willi fragend an, nahm ihm das Rad wieder ab, schob es beiseite und zog ein anderes, weniger sportliches Modell aus der Reihe. »Besser?«, fragte er Willi, der es inspizierte wie ein Krabbenbrötchen, das nicht mehr ganz frisch war.

Man sah es ihrem Vater vielleicht nicht an, aber er war in der Tat öfter auf dem Rad als vermutlich alle anderen in diesem Fahrradverleih zusammen.

Willi fuhr jeden Tag, egal bei welchem Wetter, und tatsächlich kein Auto. Nicht einmal, wenn es schneite oder mal wieder in Kiel regnete. Was nicht daran lag, dass er kein Auto hatte, sondern eher daran, dass er es irgendwie nie brauchte. Der alte, dunkelblaue Saab stand in der Garage und wurde nur im äußersten Notfall eingesetzt. Willi liebte sein altes, schwarzes Hollandrad und war nie auf die Idee gekommen, es gegen ein neues, eventuell sogar elektrisches einzutauschen. Das wäre für ihn einem Hochverrat gleichgekommen. Im Grunde hatte das Rad das geschafft, was keine Frau je erreicht hatte: Er war ihm treu geblieben. Es war seine längste Beziehung. Er pflegte es besser als alles andere. Auch als sich selbst. So etwas wie Sport hatte es nie in Willis Leben gegeben. Außer eben seine Radtouren zur Uni, zur Kunsthalle, zum Wochenmarkt, zum Krabbenbrötchenstand am Hafen. Und das Verrückte war: Dieses Rad hatte kein Schloss. Beziehungsweise Willi. Er stellte es ab, ging, kam wieder, und das Rad war noch da. Seit Jahrzehnten! Jedes andere Rad rechts und links daneben wurde geklaut. Das schwarze Hollandrad nicht. Dabei war es gut in Schuss. »Karma«, erklärte Willi stets, wenn er darauf angesprochen wurde. Nike war sich nicht sicher, ob er überhaupt wusste, was Karma war. Und selbst wenn, gab es hier ganz sicher keinen Zusammenhang. Das Rad hatte einfach eine Altherren-Aura. Da traute sich keiner ran.

Der Mann ließ Willi stehen und drehte sich Nike zu. »Und für Sie? Auch ohne Firlefanz?«

»Ja. Definitiv. Nicht, dass ich meinem Vater noch davonfahre!«

»Das wollen wir nicht riskieren«, stimmte er ihr zu, lachte und holte ein schwarzes Damenrad – mit tiefem Einstieg und Fahrradkorb. »Probieren Sie das mal«, schlug er vor.

Nike setzte sich darauf, testete die Sitzhöhe und nickte. »Passt wie angegossen«, erklärte sie und sah zu Willi, der das ihm zugeteilte Rad immer noch betrachtete.

»Wie lange wollen Sie die Räder denn haben?«

»Zwei Wochen«, erklärte Willi, während er seine helle Leinenhose etwas hochzog, das Bein über die Stange hob und sich setzte, während seine Füße den Boden knapp berührten.

Nike hielt in der Bewegung inne, sah zu Willi und schüttelte den Kopf. »Wie kommst du denn darauf?«

»Ach so. Ja, stimmt. Also, dieses Rad hier zwei Wochen und das von meiner Tochter … so lange, wie sie will.«

Der Mann sah von Willi zu Nike und wieder zurück. »Mir ist es wurscht«, erklärte er in einem freundlichen, aber bestimmten Ton, der keinen Zweifel daran ließ, dass es ihm definitiv komplett egal war.

Nike hob verwundert die Schultern und schüttelte weiter den Kopf. »Bis Sonntag. Dann muss ich wieder nach Hause.«

»Gut. Dann mach ich das mal eben fertig«, sagte er und ging in das weiße Reetdachhaus. Es war nur eines unter vielen reetgedeckten, alten Friesenhäusern, die sich dicht an dicht entlang der Kopfsteinpflasterstraße reihten. Rechts und links säumten Bäume den Weg, der durch den Ort führte. Wie aus einem Bilderbuch, dachte Nike, während sie sich umsah. Wenige kleine Geschäfte, ein Lebensmittelladen, üppige Rosengärten, eine alte Kirche mit sprechenden Grabsteinen, die so hießen, weil auf ihnen die Geschichte der Verstorbenen stand, wie Willi erzählt hatte, als sie daran vorbeigegangen waren. Aber nicht nur die Grabsteine der Walfänger, Kapitäne, Bauern und Dorfbewohner – einfach alles, von den Friesenwällen, auf denen Heckenrosen wuchsen, bis zu den Scheunen-Cafés erzählte von der Geschichte des Ortes.

Willi war dem Mann in den Fahrradverleih gefolgt und kam einen Moment später wieder zurück. »So, dann wollen wir mal! Bist du bereit?«, fragte er, als wollten sie in See stechen. Er baute sich vor ihr auf, stemmte seine Hände in die Hüften, die Beine etwas weiter auseinander, und tat so, als stünde ein Abenteuer bevor.

»Warum hast du gesagt, dass du das Rad zwei Wochen brauchst? Kommst du Sonntag nicht mit der Fähre zurück nach Dagebüll?«

Willi sah sie enttäuscht an, weil sie seine Dramaturgie komplett missachtet hatte. Er ließ die Arme fallen, ging zu seinem Rad, schob mit dem Fuß den Fahrradständer zurück und fuhr los. »Nein. Ich bleibe noch ein wenig. Mal schauen«, rief er. Gegen den Wind.

»Aha«, murmelte Nike irritiert, die davon ausgegangen war, dass sie zusammen zurückfahren würden. Leicht kopfschüttelnd, weil Willi wieder machte, was er wollte, und losradelte, bevor sie darüber gesprochen hatten, wohin sie überhaupt fahren wollten, folgte sie ihm einfach. Allzu viele Möglichkeiten gab es ja letztendlich nicht, überlegte sie und versuchte, an etwas anderes zu denken.

Die Kopfsteinstraße ging über in eine geteerte Landstraße, die so schmal war, dass sie keinen Platz für Radfahrer ließ. Willi fuhr über die Straße nach links, wo sich ein Weg befand, der parallel zur Straße lag und von Fußgängern und Radfahrern genutzt wurde.

Der Wind hätte Willis Hut beinahe weggepustet, hätte er ihn nicht rechtzeitig abgenommen. Sie kämpften sich an Feldern vorbei, auf denen Hasenfamilien saßen und Pferde grasten, an alten Höfen und neuen, schönen Friesenhäusern, die Lust machten einzukehren und zu bleiben. Vermutlich unbezahlbar, schätzte Nike, während sie in die Pedale trat und sich fragte, wann sie zuletzt so viel frische Luft in so kurzer Zeit eingeatmet hatte. Die Frage nach dem E-Bike war gar nicht so abwegig, wie ihr Vater sie empfunden hatte. Sie war bei dieser Windstärke sogar mehr als berechtigt. Und in der Tat gab es Urlauber, die weniger eitel waren. All jene, die sie gerade überholten, zum Beispiel.

Nach ein paar Kilometern bogen sie leicht links ab auf die Traumstraße, die in den westlichen Teil der Insel führte. Nike freute sich über den Namen, genoss die Landschaft. Mit jedem zurückgelegten Meter entspannte sie sich mehr, schaltete ab, ließ alles los, was sie eben noch beschäftigt hatte, und spürte, wie sie langsam ankam auf dieser Insel mitten in der Nordsee. Diesem kleinen Stück Land, das auch irgendwo in Schleswig-Holstein auf dem Land hätte sein können, mit der Landwirtschaft, den Kühen, Pferden und Schafen, den Treckern, die an ihnen vorbeifuhren, wären da nicht das Schreien der Möwen, der Nordseewind, der ihre kurzen Haare zerzauste und ihren Kopf freipustete, und natürlich das Meer gewesen, das sie jetzt links von ihnen sehen konnte. Ihre Jeans-Latzhose war auch heute das perfekte Outfit. Durch den Wind spürte man die 24 Grad nicht so, als würde man irgendwo in der Sonne liegen.

Sie fuhren durch Witsum, einen kleinen Ort, der eher eine Ansammlung von wunderschönen, von Bäumen umgebenen Reetdachhäusern war. Zwischen dem Ortseingangsschild und dem, das darauf hinwies, dass der Ort endete, lagen nur ein paar Pedaltritte. Sie kamen durch Hedehusum, Utersum, Großdunsum und Kleindunsum. Willi war nicht zu bremsen und sang inzwischen die Ortsnamen lauthals mit, in einer ihr völlig unbekannten Melodie, die er sich vermutlich spontan ausdachte, und ließ jedes Mal das »sum« am Ende so lange nachsummen, als wolle er Biene Maja Konkurrenz machen oder eine Umschulung zum Opernsänger beantragen, bis das nächste gelbe Schild kam. Auf der Strecke dazwischen drehten sich andere Fahrradfahrer nach ihnen um, weil sie »mit Firlefanz« gemietet hatten und sie überholten.

In Süderende war endlich Schluss. Nike freute sich und atmete einmal tief durch. Noch tiefer als eh schon, da die Luft einfach so schön war.

Aber dann kam Oldsum mit einer alten Mühle, die man von Weitem sehen konnte. Ein idyllisches Dorf, umgeben von Wiesen und Feldern. Sie fuhren vorbei an wunderschön blühenden Bauerngärten, durch kleine Straßen mit reetgedeckten Häusern, die alle eine zauberhafte Gemütlichkeit ausstrahlten. Und Willi fing wieder an zu singen und zu summen. Der musste doch irgendwann heiser sein, wunderte Nike sich und wurde unauffällig langsamer, während sie durch den Ort radelten, damit es nicht so auffiel, dass sie zusammengehörten.

Der Plan ging nicht ganz auf, denn Willi bremste plötzlich von hundert auf null.

*Stelly's Hüüs. Café, Töpferstube, Teeladen*, las Nike auf einem Schild, das am Straßenrand auf einem Friesenwall vor einem der alten Friesenhäuser stand. Darunter gab es mehrere Stehtafeln, auf denen mit Kreide die hausgemachten Kuchen, Waffeln und herzhaften Speisen aufgeführt waren. Ihre Rettung! Nike knurrte nicht nur der Magen, sie merkte auch, dass sie schon eine ganze Weile nicht mehr Fahrrad gefahren war. Oder, anders ausgedrückt, nicht mehr ihre Oberschenkel- und Pomuskulatur in Anspruch genommen hatte. Eine kleine Pause konnte sie jetzt ganz gut vertragen.

Das Café befand sich auf der Rückseite des Friesenhauses. Ein Weg führte von der Straße an der Hauswand entlang. Vorbei an dekorierten und bepflanzten Töpfen mit Gräsern, Hortensien, Margeriten und Zierbäumchen ging es zum Eingang, vor dem sich auch die Terrasse befand. Willi stellte sein Fahrrad links an der Seite ab, wo schon manch anderes Rad darauf hinwies, wie beliebt das Café offensichtlich war.

»Ich schau mal kurz rein«, erklärte Nike und ging durch eine hellgraue Friesentür mit rundem Bogen.

*Es sieht aus wie in einem Puppenhäuschen*, war das Erste, was sie dachte, nachdem sie eingetreten war.

Links befand sich die Töpferstube, in der nicht nur getöpfert, sondern auch Tee getrunken und Kuchen gegessen wurde. Nike steckte neugierig den Kopf in den Raum und entdeckte alles Mögliche, das hier in der Vergangenheit fleißig und mit Freude gedreht und ordentlich nach Farben sortiert worden war: hellgrüne Kannen und Kännchen, rote Schalen und Becher, hellblaues Geschirr, gepunktete Vasen, bauchig-runde Becher und Tassen. Hinter dem offenen Regal, das als Raumtrenner diente, erkannte Nike an der Wand die Stücke, die bereits gebrannt, aber noch nicht glasiert worden waren. Matter, heller Ton, brauner Ton, Schalen, Schüsseln, Figuren und mittendrin eine alte Registrierkasse aus einer anderen, längst vergangenen Zeit.

Sie ging in den nächsten Raum, wo es wunderbar

nach den schönsten Teesorten duftete und mehrere große Dosen darauf hinwiesen, dass man diese auch mit nach Hause nehmen konnte. Auch hier standen Tische und Stühle, an denen sonnengebräunte Urlauberinnen und Urlauber saßen und die Pause genossen, bevor es gleich weiterging. So wie die Leute aussahen, auch mit dem Rad. Geradeaus ging es in weitere Räume, wo ebenfalls fleißig Tee getrunken und Kuchen gegessen wurde. Das ganze Café war ein Mix aus modernem schicken Landhausstil und Erinnerungen an die alte friesische Tradition und damit an die Geschichte des Hauses, die man an den weiß gestrichenen Holzwänden, einem alten Ofen und vielen anderen Details ablesen konnte.

Nike entdeckte noch ein Regal, das gefüllt war mit kleinen und größeren Tüten, in die verschiedene Teesorten abgefüllt worden waren. Nike genoss den Duft, der den niedrigen Raum erfüllte, dann ging sie zurück nach draußen auf die Terrasse.

Willi hatte sich einen Platz im Schatten ausgesucht und seine Füße auf einen der schwarzen, geflochtenen Gartenstühle gelegt. Nike war das unangenehm, aber sie sagte nichts und setzte sich auf den Stuhl ihm gegenüber. Sie griff nach der Karte und überflog das Angebot an selbst gemachten Torten und Kuchen, heißen Waffeln, roter Grütze, Milchreis und herzhaften Speisen.

»Na, was nimmst du?«, fragte sie ihren Vater, um gleich gemeinsam bestellen zu können, denn ihr Hunger wurde nicht weniger, während sie las, was es alles Leckeres gab.

Obwohl es auch Krabbensuppe gab und vieles andere, das verdammt lecker klang, entschieden sie sich für Kuchen. Willi wollte das Friesentörtchen, Nike hatte große Lust auf den warmen Apfelkuchen mit Sahne und Zimt gehabt, hatte sich dann aber doch spontan umentschieden und genoss jetzt die Quarktorte mit Mandarinen. Für warmen Kuchen war es einfach zu heiß. Die Sonne schien durch die Wolken direkt zu ihnen auf den Tisch, und da sie im Windschatten an der Hauswand saßen, hatten sie das Gefühl, als sei es Mitte August. Nur Willi saß im Schatten, alle anderen Gäste hatten heute Abend vermutlich einen Sonnenbrand. Es sei denn, sie hatten sich gut eingecremt.

Nike trank ihr Glas Wasser in einem Zug aus. »Kannst du mir mal bitte deinen Hut leihen? Ich hab gar keine Sonnencreme eingepackt«, bat sie Willi, der seinen Strohhut abnahm und ihr reichte.

Nike hatte den Hut noch keine Minute auf dem Kopf, da sprang Willi von seinem Stuhl auf, beugte sich über den Tisch, riss ihn ihr vom Kopf und setzte ihn sich selbst wieder auf. Nicht so, wie der Erfinder es sich gedacht hatte, sondern so, dass man von seinem

Gesicht nichts mehr sah. Er hatte ihn sich quasi ins Gesicht gedrückt.

Nike hielt in der Bewegung inne, zählte eins und eins zusammen und drehte sich um. Keine attraktive Frau weit und breit. Zumindest keine, die in Willis Beuteschema gepasst hätte. Ein Mann um die fünfzig ging an der Terrasse vorbei und verschwand im Café, aber sonst war nichts los, was Willis Reaktion erklärt hätte.

»Möchtest du darüber sprechen?«, fragte Nike belustigt, nahm ein Stück des Kuchens und lehnte sich im Stuhl zurück.

»Nein«, hörte sie ihren Vater hinter dem Hut, der diesen jetzt festhielt, damit er nicht runterrutschte, und der offenbar durch das Geflecht hindurch die Terrasse scannte. Sie hatte also recht mit ihrer Vermutung. Hier gab es jemanden, den er auf keinen Fall sehen wollte. Beziehungsweise, der oder die ihn nicht sehen sollte.

Das Hutgesicht bewegte sich einen Augenblick von links nach rechts und wieder zurück, dann nahm Willi den Hut wieder ab, sah noch einmal vorsichtig um sich, setzte ihn wieder auf, atmete einmal durch und aß weiter.

»Wer war's denn?«, hakte Nike nach. »Die attraktive Rothaarige in der gestreiften Windjacke oder die in der engen Lederhose, die gerade rauskam?« Sie schlug ihre Beine übereinander und war neugierig, was für eine Erklärung jetzt kommen würde.

Aber es kam nichts.

»Ach, alles gut. Ich habe mich wohl geirrt«, nuschelte ihr Vater mit vollem Mund und schob das letzte Stück des Friesentörtchens hinterher. »Lecker!«

Nike sah ihn misstrauisch an. »Du hast dich noch nie geirrt, wenn es um Personen ging, denen du lieber nicht begegnen möchtest. Ich erinnere nur zu gern an die Galeristin aus Hamburg, die …«

Willi hob die Hand. »Schon gut! Schon gut. Erinnere mich bitte nicht an die.« Er nahm die Papierserviette, wischte sich den Mund ab und lehnte sich zurück. »Ich dachte, es wäre ein alter Studienfreund. Mehr nicht.«

»Aha. Und das soll ich dir glauben?« Nike zwinkerte ihm zu.

»Du hast doch sonst kein Interesse an meinen Liebeleien.«

»Stimmt! Gut, dass du mich daran erinnerst. Ich habe ja irgendwann damit aufgehört«, stichelte sie.

»Ich gehe mal rein und zahle«, meinte Willi, sah sich noch einmal um und verschwand.

Nike nahm ihr Handy in die Hand. Die Anzahl der ungelesenen E-Mails machte ihr Sorgen. Warum hatte sie in der kurzen Zeit so viele Nachrichten erhalten? Sowohl E-Mails als auch Textnachrichten. Da sie bei den Mails ahnte, dass es etwas Berufliches war, öffnete sie zuerst die Textmessage ihrer Kollegin, Komplizin und inzwischen auch Freundin Lola. Da bestand zumindest eine geringe Chance, dass es nichts mit der Firma zu tun hatte. Doch damit lag sie falsch.

*Er hat verkauft! Ich kann es nicht fassen! Dieses kleine A… !*

Natürlich wusste sie, was Lola meinte. Anders waren Lolas Reaktion und die Ansammlung der Mails in ihrem digitalen Postfach nicht zu erklären. Aber Nike verstand es nicht. Nicht sofort. Sie hatte das Gefühl, unter einer Glasglocke zu sitzen. Abgeschnitten von dem Inhalt dieser Nachricht, die offensichtlich mit einer Tatsache in Verbindung stand, die auch sie betraf. Nur ein Bruchteil dessen, was war, drang zu ihr durch, erreichte sie. Es war zu absurd, zu weit weg.

Tausend Fragen rasten durch ihren Kopf. Warum hatte keine von ihnen etwas geahnt? Warum wusste niemand davon? Oder doch? Und wenn ja, warum sie nicht? Was hieß das konkret? Hatte sie ihren Job noch?

»Alles in Ordnung?«, hörte sie Willi fragen, der ihr Gedankenkarussell unterbrach.

»Was?« Sie sah zu ihm hoch.

»Du siehst aus, als hätte man dir ein unmoralisches Angebot gemacht.«

»Hmmm. Kann sein. Keine Ahnung. Ich … Ich muss kurz mal was lesen«, erklärte Nike, stand auf und ging ein paar Schritte den Weg entlang.

»Okay«, hörte sie Willi hinter sich gedehnt sagen. Nike öffnete die erste Mail ihres Chefs, in der er verkündete, was er sicher nicht erst seit gestern wusste. Er hatte die Firma verkauft. Es gab eine Übernahme. Ohne Mitarbeiterinnen und Mitarbeiter. Alle bekämen eine Abfindung, stand dort, wären ab sofort freigestellt und sollten sich, sofern sie Fragen hätten, Zeugnisse bräuchten, ihre Tische räumen müssten oder was auch immer bei seiner Assistentin melden. Sie würde dann Termine vereinbaren müssen. Nicht mit ihm, sondern mit ihr. Er selbst sei bis auf Weiteres nicht erreichbar. Sein Gesundheitszustand habe ihn zu diesem Schritt gezwungen.

Nike spürte eine Schwere in ihrer Magengegend, die sekündlich zunahm. Eine Mischung aus Schock, Wut und Fassungslosigkeit.

Sie überflog die zweite Mail, die von seiner Assistentin war. Dann die dritte, von Lola. Offenbar hatte die die Textnachricht kurz danach gesendet, weil sie geahnt hatte, dass Nike diese schneller ansehen würde.

»Wollen wir?«, hörte sie Willi fragen, der plötzlich neben ihr stand.

»Ja, lass uns …«, murmelte sie und ging gedankenverloren zum Rad. »Ich glaube, ich bleibe doch zwei Wochen. Oder drei. Im Grunde komplett egal«, sagte sie ohne hochzuschauen, stieg aufs Rad und fuhr langsam los.

Willi hatte sie nach ein paar Metern eingeholt.

»Was ist denn passiert?«, wollte er wissen und sah

sie besorgt an, während er neben ihr auf der Straße fuhr.

Nike erzählte ihm, was sie wusste. Und Willi hörte zu. Anders als sonst. Er schien sich wirklich für sie zu interessieren, hatte von Senden auf Empfangen umgestellt und hörte sich an, was bei seiner Tochter beruflich in den letzten Jahren los gewesen war. Wie viel sie gearbeitet hatte, ohne das Gefühl zu haben weiterzukommen, etwas bewegt zu haben. Sie berichtete von ihrem Frust, der sie manchmal einholte, und dann, wenn die Sonne schien und sie abends mit den Kolleginnen und Kollegen auf der Dachterrasse saß und ein Bier trank oder grillte, wieder verflog. Sie mochte ihren Job. Sie mochte nur ihren Chef nicht. Zumindest nicht bei der Arbeit. Nach Feierabend war er erträglicher. Und nun sollte das alles plötzlich weg sein. Der Stress, die Kolleginnen und Kollegen, die Aufträge, der Austausch, die Dachterrasse, die immer mal wiederkehrenden Überlegungen, den Job zu wechseln. All das, was sie schätzte, und das, was sie in den letzten Jahren gestört hatte, war plötzlich wie hinter einem Filter, der jegliches Negative weichzeichnete oder in Teilen ausradierte. Nike stand unter Schock, konnte ihre sich überschlagenden Gedanken kaum sortieren.

»Eigentlich müsste ich erleichtert sein, aber ich bin es nicht«, stellte sie verwundert fest und schob in Gedanken ein Puzzle zusammen, das jetzt Sinn ergab. Ihr

Chef hatte ihren Urlaub viel zu leichtfertig genehmigt. Es war ihr, wenn sie sich an den Moment zurückerinnerte, fast so vorgekommen, als wäre ihre Abwesenheit ihm egal. Das Meeting für das Sommerfest, das sie sonst immer planten, hatte er abgesagt. Seine Dienstreisen der letzten Wochen waren offenbar Besprechungen zur Übernahme mit dem Käufer gewesen.

Nike nahm von der Landschaft, all dem Schönen um sie herum nichts mehr wahr. Ihr Kopf war komplett dicht.

Willi schwieg. Trotzdem spürte sie, dass er nicht nur physisch bei ihr war, sondern auch in Gedanken dem nachhing, was sie gerade erzählt hatte.

Als ihnen ein Auto entgegenkam, fuhren die beiden hintereinander weiter. Willi vorneweg, sie hinterher. Überrascht bemerkte sie, dass sich das richtig gut anfühlte. Weil sie nicht nachdenken musste, wo es langging. Nicht wie sonst entscheiden musste, was sie machen würden. Sie konnte sich einfach treiben lassen und den Kopf abstellen. So gut es ging.

Zurück im Ferienhaus schenkte Willi ihnen zwei Gläser Wasser ein, öffnete einen Wein, holte Käse und Trauben aus dem Kühlschrank, die bei der ersten Lieferung mit dabei gewesen waren, stellte alles zusammen mit etwas Knabbergebäck auf den runden Couchtisch und sah Nike lange nachdenklich an. Nach einer kurzen Pause auf ihrem Bett, wo sie alles hatte kurz sacken lassen müssen, hatte sie sich mit ihren Stricksachen unten in den Sessel gesetzt. Es war das dringende Bedürfnis sich abzulenken, das sie antrieb, den Schal weiterzustricken. Die Tatsache, dass sie ihn bis Ende der Woche fertig haben wollte, spielte keine Rolle mehr. So war sie schon immer gewesen. Immer in Bewegung bleiben, etwas tun, weitermachen. Bloß kein Stillstand.

Willi nahm sein Glas, prostete ihr zu und trank einen Schluck. »Bleib doch einfach hier. Ich habe das Haus ja eh gemietet. Hund und Katze hast du nicht. Was spricht dagegen? Du kannst dich entspannen und …«

»Ich habe eine Wohnung, für die ich Miete zahlen muss, und diese Miete muss irgendwo herkommen. Wie soll das denn gehen?«, ärgerte sie sich und sah ihn an. Hatte er jemals Existenzsorgen gehabt? Kannte er dieses Gefühl überhaupt? Eine Abfindung war ja schön und gut, aber wie lange würde die reichen? Und wo sollte sie sich bewerben? In dieser Branche musste man einen Namen haben, um ein gutes Angebot zu bekommen. Und sie war sich nicht sicher, welchen Wert ihr Name gerade hatte. Sie war einfach schon so lange in dieser Firma und hatte sich nicht mit der aktuellen Lage auseinandergesetzt. Warum auch? Klar hatte sie hin und wieder gedacht, sie brauchte etwas anderes. Aber eben nur gedacht.

Willi sagte eine ganze Weile nichts. Dann stellte er

sein Glas weg, rutschte ein Stück vor und sah sie an. »Ich verstehe, dass du die Sicherheit suchst und natürlich auch brauchst. Glaub mir! Bei mir lief auch nicht immer alles glatt. Das habe ich dir vermutlich nie erzählt, aber es gab Monate, da wusste ich nicht, wie ich den Strom bezahlen sollte. Bis dann wieder ein Bild verkauft wurde.«

»Das ist aber schon sehr lange her, oder?« Sie zwinkerte ihm zu.

»Ja, stimmt. Das ist schon einige Jahre her, aber dieses Gefühl, an den Briefkasten zu gehen und nicht zu wissen, wie man die Rechnungen zahlen soll, von denen man wusste, sie würden wieder darin liegen, das sitzt tief. Glaub mir.«

»So schlimm war es?«, fragte sie erstaunt. »Das wusste ich gar nicht.«

»Das war auch vor deiner Zeit. Später habe ich dann angefangen, als Dozent zu arbeiten. Aber ich kann deine Gedanken verstehen. Und außerdem muss es gar nicht so weit kommen! Du wirst einen tollen neuen Job finden. Davon bin ich überzeugt. Ich wollte dir nur sagen, dass ich dich verstehe. Dich und deine Gedanken über die Zukunft und das, was da wohl so kommen mag.« Willi sah gedankenverloren auf seine Hände.

Nike wartete. Sie hatte das Gefühl, da würde noch etwas kommen.

Und sie hatte recht. »Wie dem auch sei …«, sagte

Willi nachdenklich. »Auf alle Fälle würde ich mich freuen, wenn du noch etwas bleibst. In Hamburg kannst du nicht mehr ausrichten als hier. Du kannst deine Mails lesen, telefonieren, nach einer Alternative suchen.«

Sie nickte. Sie würde in Hamburg nichts daran ändern können, dass sie ihren Job gerade verloren hatte. Außerdem bestand dort die Gefahr, dass sie bei ihrem Chef klingeln und ihn fragen würde, was los sei. Um es milde auszudrücken. Sie wusste schließlich, wo er wohnte. Gesundheitszustand hin oder her. Das war sowieso nur eine billige Ausrede. Darauf würde sie wetten.

Es wäre also für alle besser, wenn sie noch etwas hierbliebe und einfach die Wellen und den Wind anschreien würde, sofern ihr danach war.

# 6.

»Guten Morgen«, begrüßte Nike ihren Vater, während sie mit dem Fuß langsam die Tür aufschob und sich mit dem Tablett in den Händen ins Zimmer schob. Das Fenster war geöffnet und frische Nordseeluft strömte in den Raum. Die weißen Vorhänge wehten leicht im Wind und der Ruf der Seemöwen reichte bis zu ihnen. Hatte Willi die ganze Nacht das Fenster offen gehabt? Der Raum war taghell. Sie wäre vermutlich seit Sonnenaufgang wach, wenn sie so geschlafen hätte. Komisch, wunderte sie sich, dass er immer noch schlief. Es war inzwischen nach zehn Uhr, und sonst war er immer der Frühaufsteher von ihnen beiden.

Außerdem hatte sie selbst kaum ein Auge zugemacht. Irgendwann um kurz vor sechs Uhr war sie mit ihrem Handy runter ins Wohnzimmer gegangen, hatte die Terrassentür geöffnet, den Blick genossen, sich einen Kaffee gekocht und sich mit einer Wolldecke in den Strandkorb gesetzt, um Nachrichten und Mails zu lesen. Irgendwann hatte ihr Magen geknurrt, sodass sie mit dem Rad nach Nieblum gefahren war, um beim Bäcker Brötchen und Marmelade zu kaufen.

Beim Lebensmittelladen an der Ecke hatte sie noch etwas frisches Obst, Eier und Milch geholt, dann war sie gemütlich zurückgeradelt.

Willi sah friedlich aus, dachte sie, während sie ihn betrachtete. Friedlich und alt. Seine sonnenverwöhnte Haut war faltig, die inzwischen leicht grauen Locken für sein Alter etwas zu lang. Während sie an seiner Bettseite stand, kam ihr ein Gedanke, den sie noch nie zuvor gehabt hatte. Sah er so aus, wenn er irgendwann tot wäre? Sie erschrak und konnte sich nicht erklären, wie sie darauf kam. Er war weder krank noch in einem Alter, in dem man sich bei jedem Besuch fragen musste, ob man sich noch einmal wiedersah.

Aber so, wie er jetzt hier vor ihr lag, auf dem Rücken, die Hände auf dem flachen Bauch ruhend, so entspannt und still, drängte sich ihr der Gedanke auf.

Nikes Blick wanderte zu seinem Nachttisch, auf dem ein Buch, ein Notizzettel und sein schwarzer Füllfederhalter lagen. Nike beugte sich leicht vor, um den Titel des Buches lesen zu können. Das Cover hatte sie schon einmal irgendwo gesehen. Es kam ihr zumindest bekannt vor. *The Big Five For Live. Was wirklich zählt im Leben.* Stimmt, dachte sie, das Buch hatte sie selbst mal in der Hand gehabt, auf der Suche nach einem passenden Geschenk für einen Freund. Das war ja spannend, dass Willi sich jetzt damit beschäftigte. Na ja, für eine Persönlichkeitsentwicklung war es ja nie zu spät, dachte sie und betrachtete den Zettel, der direkt daneben lag. Es war offensichtlich eine To-do-Liste.

*Zeit mit Nike verbringen*, stand an erster Stelle.

Sie hielt inne. Las den Satz noch einmal, blieb mit ihrem Blick genau auf ihrem Namen haften. Las ihn wieder und wieder. Er bewegte etwas in ihr, berührte sie. Nicht nur der Satz an sich, sondern die Tatsache, dass sie die erste Stelle auf seiner Liste einnahm. Am liebsten hätte sie das Tablett abgestellt, sich den Zettel heimlich genommen, wäre wieder rausgeschlichen und hätte ihn irgendwo in Ruhe angesehen. Aber das Risiko war zu groß, dass Willi aufwachte. Also blieb sie wie angewurzelt stehen und sah über das Tablett, das sie hielt, weiter auf den Nachttisch runter.

Darunter: *Alle Gutscheine einlösen.*

*Das Haus verkaufen* stand als Nächstes auf der Liste. Nike stockte der Atem. Warum in aller Welt wollte er das Haus verkaufen? Meinte er es jetzt doch ernst und wollte sich wirklich etwas Kleineres zulegen? Deshalb die ganzen Kartons, schoss es ihr durch den Kopf. Deshalb die Maler. Aber warum hatte er das denn nicht gleich gesagt? Nike wurde stutzig. Irgendetwas stimmte hier nicht.

Hastig las sie weiter.

*Räume finden für alle Bilder und Werke.*

Was meinte er damit? Weil er sie nicht mitnehmen

wollte, da der Platz in dem kleineren Haus nicht reichen würde für alles?

Plötzlich riss Willi die Augen auf, als hätte jemand bei ihm auf einen ON-Knopf gedrückt, und starrte sie an.

»Oh, guten Morgen«, stammelte Nike, die sich so erschrocken hatte, dass alles auf dem Tablett wackelte.

»Huch! Was machst du denn hier?«, fragte Willi verständlicherweise. Hätte sie auch, wenn sie aufwachen und ihn an ihrem Bett stehend sehen würde.

Willi reckte sich, gähnte und knüllte sein Kissen im Nacken zusammen, sodass sein Kopf etwas höher lag. »Habe ich Geburtstag?«, fragte er erstaunt und versuchte, mit lang gestrecktem Hals zu erspähen, was sich auf dem Tablett befand.

»Fängt auch mit G an, ist aber nicht dein Geburtstag. Einen Versuch hast du noch«, meinte Nike und lächelte ihn an. Sie war irgendwie ganz erleichtert, dass er sie aus ihren Gedanken gerissen hatte. Auch wenn sie spürte, dass ihre Entdeckung ihr nachhing. Warum auch immer.

»Gutschein!«, schoss es aus Willi heraus, als gäbe es hier Punkte für Schnelligkeit.

»Der Kandidat hat 100 Punkte!«, antwortete Nike, schob das Buch mit dem Tablett etwas beiseite und stellte es auf seinem Nachttisch ab. »Einmal Frühstück ans Bett. Bitte schön!«

Willi setzte sich auf und betrachtete das, was sie ihm so liebevoll zusammengestellt hatte. Kaffee, eine kleine Schale Obstsalat, ein weiches Ei, wie er es liebte, und natürlich ein Teller mit Brötchen. Daneben, abgefüllt in kleine Schälchen, etwas Butter und Marmelade.

»Oh, danke schön! Das sieht sehr gut aus. Ich glaube, ich muss aber erst einmal richtig wach werden«, erklärte er und gähnte erneut. Dann griff er nach dem Becher und trank etwas Kaffee.

»Der Schal wächst und gedeiht übrigens«, verkündete Nike stolz. »Der ist auf alle Fälle bis zum Ende unserer Ferien hier fertig.«

»Meine Güte, seit wann bist du denn schon wach?«, wollte ihr Vater wissen und nahm noch einen Schluck Kaffee.

»Ach, zu lange«, sagte Nike vage, drehte sich zum Fenster und sah in den wolkenlosen hellblauen Himmel.

»Wieso? Wie spät ist es denn?«, wollte Willi wissen.

»Kurz nach zehn, schätze ich.«

»Schon?!«, fragte Willi verwundert, der sich offensichtlich genauso über sein langes Ausschlafen wunderte wie Nike.

»Das ist bestimmt die gute Seeluft. Die macht müde und hungrig. Ich spreche aus Erfahrung. Zumindest was Zweiteres betrifft.« Nike drehte sich zu ihm um, und beobachtete ihn lächelnd, wie er da saß in seinem Bett und den Kaffee trank.

»Alles gut bei dir?«, wollte er wissen und stellte den Becher zurück auf das Tablett.

»Bei mir? Ja ja. Alles in Ordnung. Ich … Ach, alles gut! Ich gehe mal runter. Dann kannst du dich hier in Ruhe fertig machen. Soll ich dir das Tablett vielleicht sonst lieber runter auf die Terrasse stellen? Frühstück im Strandkorb ist ja auch ganz schön.«

»Ach, nö. Ich sitze ganz gemütlich, und den Himmel sehe ich auch von hier«, meinte Willi und griff nach dem Teller mit dem Brötchen.

»Na denn, guten Appetit!«

»Danke! Den werde ich haben. Das ist ja ein tippitoppi Service hier!«

Nike lächelte ihn an, dann ging sie aus dem Zimmer, die Holztreppe runter und weiter ins Bad.

Von ihrer Zahnpasta fehlte jede Spur, stellte sie unten im Souterrain am Waschbecken fest. Sie wühlte ihre rote Kulturtasche durch, kippte alles aus, aber es blieb dabei. Die Zahnpasta war wie von Geisterhand verschwunden. Das gab es doch gar nicht!

»Sag mal, hast du dir meine Zahnpasta genommen?«, rief sie nach oben.

Es dauerte einen Moment, und Nike dachte schon, er hätte sie nicht gehört, aber dann kam ein undeutliches »Ja, sorry. Die liegt bei mir im Bad. Ich hatte vergessen, meine einzustecken«, das darauf hindeutete, dass er gerade vom Brötchen abgebissen hatte.

Nike nahm jede zweite Stufe wieder hoch ins Erdgeschoss und weiter in den ersten Stock ins Bad. Da lag sie, ihre Zahnpasta mit dem Holzdeckel, der ein Indiz dafür sein sollte, wie grün und nachhaltig der Inhalt war.

Sie griff nach der Tube und wollte gerade wieder das winzige Bad verlassen, als eine Tablettenpackung ihre Aufmerksamkeit auf sich zog. Bei näherem Betrachten erkannte sie, dass es sogar zwei waren, die übereinanderlagen. Nike trat einen Schritt näher an das Waschbecken, griff nach der oberen der beiden rechteckigen Packungen und las etwas, das sie weder kannte noch verstand. Wofür oder wogegen sollte das sein? Kopfschüttelnd ging sie aus dem Bad, schloss die Tür und stellte sich in den Türrahmen von Willis Schlafzimmer, der sein Frühstück sichtlich genoss. Solange sie denken konnte, hatte sie keine Tabletten bei ihrem Vater gesehen. Er war quasi nie krank. Und wenn er doch mal einen Schnupfen hatte, kochte er sich einen Kräutertee oder ging zu seinem Freund Horst.

»Was sind das denn für Tabletten da im Bad?«, fragte sie ihn und überraschte ihn so sehr, dass er sich beinahe verschluckte. Er griff nach dem Becher, trank einen Schluck, räusperte sich und murmelte schließlich etwas von Rheuma, ganz sicher sei der Arzt aber nicht.

»Hast du denn Beschwerden?«, hakte sie nach.

»Ach, im Grunde kaum. Das stellte sich nur durch Zufall bei so einer Sie-werden-demnächst-sechzig-Untersuchung raus. Nix Wildes.«

»Na denn«, meinte Nike und wollte gerade wieder runter, als ihr noch etwas einfiel. »Was hältst du davon, wenn wir uns heute mal Krabben zum Selberpulen holen? Fischmarkt ist ja nur sonntags, aber es gibt unten am Hafen einen Stand, der welche haben soll.«

»So einen Gutschein hab ich auch?« Willi sah sie überrascht an, während er das letzte Stück vom Marmeladenbrötchen in den Mund schob.

»Nee, aber ich dachte, das könnten wir mal machen, wenn wir eh hier sind.«

»Ist schon eine Weile her, dass ich Krabben gepult habe, aber das verlernt man ja nicht«, meinte Willi, schlug die Decke zurück und stand auf. »So, genug gefaulenzt. Die See ruft«, erklärte er, stellte sich vors Fenster und streckte seine Hände in die Höhe.

»Willst du baden?«

»Mir wäre sehr danach, aber ich habe den dummen Verdacht, dass Ebbe ist«, überlegte er und streckte seinen Kopf aus dem offenen Fenster in den leichten Wind.

»Was immer du tust: Zieh nicht wieder gleich alles aus. Lass etwas an. Egal, was«, meinte sie und musste bei dem Gedanken an seine letzte Spontanaktion grinsen.

Kopfschüttelnd über ihren Vater und seine Marotten ging sie die Treppe nach unten.

»Du meinst, ich soll lieber die Strümpfe anlassen, wenn ich nackt schwimme?«, hörte sie ihn rufen.

»Ja! Genau. Zieh sie bitte bis zu den Knien hoch! So meinte ich es ...«

Er war schrullig, dachte sie. Es ließ sich nicht leugnen. Und es ließ im Alter nicht nach. Ganz im Gegenteil. Und lustig war er auch. Nicht immer, aber hin und wieder konnte sie echt über ihn lachen. Vor allem früher. Da war er oft derjenige gewesen, der sie zum Lachen gebracht hatte, der nie sagte, wann sie ins Bett musste, der keine Grenzen oder Regeln setzte. Dabei hätte sie es sich manchmal gewünscht.

»Ach, welcher Tag ist denn heute?«, hörte sie ihren Vater von oben fragen.

»Mittwoch!«, rief sie hoch.

»Dann fängt ja heute mein Schnupperkurs an!«, stellte er hörbar erschrocken fest. »Mist. Das hätte ich fast vergessen. Ich muss los!«

Nike blieb stehen und sah die Treppe hoch.

»Welcher Schnupperkurs?!«

»Na, der Golfkurs!«, rief er runter, als wäre es das Selbstverständlichste der Welt.

Fast hätte sie gerufen, *aber das steht doch gar nicht auf deiner To-do-Liste*, konnte sich aber gerade noch bremsen.

»Wann ist das denn?«, fragte sie stattdessen.

»Na jetzt«, hörte sie Willi, der sich offenbar in Windeseile anzog, so wie es da oben rumpelte.

Nike ging ins Bad, um ihre Zähne zu putzen, als sie plötzlich über sich ein hastiges »Tschüüüss« hörte und in der nächsten Sekunde die Tür zuknallte.

*So viel zum Thema Zeit mit Nike verbringen*, dachte sie und war sich dabei nicht sicher, ob sie sich ärgern oder einfach erleichtert sein sollte. Schließlich hieß das für sie: Willi-freie Zeit. Allerdings hätte sie ihm doch gerne die eine oder andere Frage gestellt. Aber das konnte sie auch noch heute Abend machen.

Sie machte sich kurz frisch, packte ihre Umhängetasche und saß zehn Minuten später auf ihrem Fahrrad. In Latzhose und Ringelshirt, wie es sich gehörte. Nur die Wollmütze hatte sie heute nicht aufgesetzt. Dafür war es einfach zu warm.

Sie radelte die Straße aus der Siedlung raus, an der Landstraße blieb sie kurz stehen. Rechts Richtung Wyk? Dann käme sie am Golfplatz vorbei und könnte ihrem Vater heimlich beim Abschlagüben zusehen. Oder links rum Richtung Nieblum? Da war sie gestern schon gewesen, aber sie konnte in Nieblum abbiegen und übers Land fahren. Nike war unschlüssig. Wer weiß, vielleicht spielte Willi gar kein Golf und hatte klammheimlich ein Date?

Nike entschied sich intuitiv, rechts abzubiegen. Sie

überquerte die Straße und fuhr auf dem Fahrradweg Richtung Wyk. Auf der linken Seite erkannte sie die Anlage des Golfklubs. Wieder spielte sie mit dem Gedanken, mal zu schauen, ob Willi sich wirklich für Golf interessierte oder doch etwas anderes dahintersteckte.

Nike radelte an der Anlage, dem Klubhaus und dem Parkplatz entlang, ohne Willi entdecken zu können, aber dafür war die Fläche auch einfach viel zu groß. Er konnte seinen Abschlag oder wie das hieß in irgendeiner nicht einsehbaren Ecke mit seinem Trainer üben – oder mit einer Trainerin.

Sie fuhr weiter und kam am Flugplatz vorbei, auf dem mehrere kleine Propellermaschinen standen. Rund- und Charterflüge konnte man hier machen, hatte sie in einem der vielen Prospekte auf dem runden Esstisch gelesen. Das Wetter war dafür auf alle Fälle perfekt. Überhaupt hatten sie großes Glück, wie Nike feststellte. Sie hatte sich bei dem Gedanken, an die Nordsee zu fahren, eher auf etwas ungemütlicheres Wetter, Regen und eine frische Brise eingestellt. Auch wenn sie dem Sommer schon entgegenliefen. Nordsee war Nordsee. Das wusste sie, auch wenn sie in den letzten Jahren nicht oft hier gewesen war.

Der leichte Wind tat gut und erinnerte daran, dass sie am Meer war. Krähen zogen krächzend über ihren Kopf dahin, kleine und große Radfahrende kamen ihr entgegen, die definitiv professioneller ausgestattet waren als sie. Die Häuser wurden mehr, die Landschaft weniger. Die Straße machte eine Linkskurve, und Nike fuhr durch eine alte Siedlung Richtung Wyker Ortskern. Sie überquerte die Straße, die sie nach Nieblum gefahren waren, hielt an und betrachtete die Landkarte auf ihrem Handy. Viele Möglichkeiten gab es nicht. Nach Wyk wollte sie nicht, ihr war nach Bewegung. Sie musste nachdenken. Über ihren Job, der plötzlich weg war, über ihren Vater, der plötzlich da war. Einfach über alles.

Sie fuhr links lang. Irgendein Weg würde schon über oder um die Insel führen.

Hagebuttenhecken, Gräser, wilde Wiesen, Höfe zogen an ihr vorbei, während Nike sich fragte, wo sie wohl ankäme, wenn sie einfach immer weiterfahren würde. Die Orte hatten so lustige Namen, das hatte sie schon auf der Tour mit Willi festgestellt. Nach Wrixum … kam? Ach, egal, dachte sie und trat weiter in die Pedale. Musste man das Ziel immer kennen? Das Leben war nicht planbar und diese Insel zu klein, um sich zu verfahren.

Die Häuser wurden weniger, eine Wiese reihte sich an die nächste. Am Himmel zogen nur wenige Wolken dahin, ein paar Möwen kreisten über einem Feld, auf dem ein Trecker seine Bahnen zog, die Sonne schien, und für den Bruchteil eines Augenblicks fragte sie sich, wie es wohl wäre, hier zu leben, als es plötzlich hinter ihr wild klingelte und eine Gruppe hoch motivierter Radlerinnen und Radler sie überholte, die offenbar wussten, wo sie hinwollten. Ihrem Gefühl folgend bog sie rechts ab auf die Landstraße, die zu dem nächsten kleinen Dorf und weiter durch die satte grüne Marschlandschaft führte.

Nike genoss die Weite, die sie in ihrem Stadtleben nicht hatte. Auf dem Balkon ihrer Zweizimmerwohnung reichte der Blick durch den Innenhof bis zum gegenüberliegenden Haus und höher, in den Himmel. Unten, an der Elbe, war es anders, ja, dort und auch etwas außerhalb, am Stadtrand bei ihren Freunden. Aber wann hatte sie zuletzt den Horizont gesehen? Am Wochenende? Im Urlaub? Und im Büro? Dort endete ihr Blick nach vierzig Zentimetern, an ihrem Bildschirm. Aber auch das hatte jetzt ein Ende, fiel ihr wieder ein, während sie die Schafe beobachtete, an denen sie vorbeifuhr, die weiß-braun gescheckten Pferde, die Wassergräben und all das, was hier so viel Ruhe ausstrahlte. Ruhe, die sie gerne hätte.

Ihr Blick blieb an einer Baumgruppe haften, die um ein kleines, altes Friesenhaus stand, als wollte sie es schützen. Und sicher war es damals so gedacht gewesen, als die Bäume vor mehr als hundert Jahren gepflanzt worden waren, vermutete Nike. Sie wurde langsamer und blieb schließlich vor dem Steinwall, der das

Grundstück zur Straße hin abgrenzte, stehen. Dahinter befand sich ein verwilderter Garten. Die Holzpforte hing schief in der Angel, die Gehwegplatten konnte man nur erahnen. Das Haus, mit einem schönen Giebel, seinem alten Reet und Sprossenfenstern, sah einladend aus. Es erinnerte sie an ein fast vergessenes Gefühl, ein Gefühl von früher. Nach Hause kommen. Obwohl sie nie in solch einem Haus gelebt hatte. Und trotzdem zog es sie magisch an.

Nike sah an den Baumstämmen hoch in die vollen Kronen, betrachtete gedankenverloren die Blätter, die sich im leichten Wind bewegten, und hörte das Rascheln. Warum war sie stehen geblieben? Sie wusste es nicht. Aber sie war neugierig auf das Haus, das ganz offenbar nicht bewohnt war. Leerstehende Häuser hatten immer schon eine anziehende Wirkung auf sie gehabt, egal, wo sie war – in den Bergen, in der Stadt, am Meer. Auf einer Insel. Sie regten ihre Fantasie an, die von zu vielen Krimis beeinflusst war.

Sie stellte das Rad an dem Friesenwall ab und ging auf den Eingang zu: eine schöne, leicht verzierte alte Holztür, wie sie typisch war für diese Art von Häusern. Langsam bewegte sie sich auf das Fenster links des Eingangs zu, versuchte etwas durch das Glas im Innern des Hauses zu erkennen. Es sah tatsächlich auf den ersten Blick unbewohnt aus, man erkannte aber sofort einen deutlichen Unterscheid zwischen dem äußeren wenig gepflegten Erscheinungsbild des Hauses und dem Inneren.

Nike hielt sich die Hände rechts und links an die Schläfe und ging mit dem Gesicht ganz nah an die Fensterscheibe heran. Die Räume waren leer, bis auf ein paar Gegenstände, die sicher Handwerkern gehörten. Die Holzdielen sahen neu aus. Vielleicht waren sie gerade frisch abgeschliffen worden. Die Wände waren weiß gestrichen. Nike konnte durch den Raum bis zu einer größeren Terrassentür blicken und weiter auf die dahinterliegende Wiese. Bis sich etwas Dunkles in Sekundenschnelle in ihr Bild schob, alles abdeckte, wie ein Vorhang. Sie sah hoch und blickte direkt in zwei Augen, die sie anstarrten. Nike zuckte zusammen, wich zurück und wäre um ein Haar rückwärts gefallen, wäre da nicht etwas gewesen, das sie aufgefangen hätte. Sie klammerte sich im Affekt daran, versuchte wieder die Balance zu finden und erkannte im nächsten Augenblick, dass es ein Arm war, an dem sie sich festklammerte.

»Hopsala!«, hörte sie eine tiefe Stimme hinter sich, die offenbar zu dem Arm gehörte. Den ließ sie los und drehte sich um.

»Oh, hi! Ähm … danke fürs Auffangen. Ich … Entschuldigung, ich wollte nur kurz mal reinschauen«, plapperte sie vor Schreck los, zeigte auf das Haus hinter sich und zog die Träger ihrer Latzhose wieder da hin, wo sie hingehörten.

»Alles gut! Bist du für eine Besichtigung hier?«, wollte der Mann wissen, der ihr gegenüberstand und sie aus hellblauen Huskyaugen ansah. Er war ein ganzes Stück größer als sie und offenbar gut durchtrainiert, was man an seinen definierten Oberarmen sah. Dazu war der Typ sonnengebräunt und wirkte ziemlich sympathisch. Seine hellen, kinnlangen Haare fielen ihm leicht ins Gesicht. Es hätte nicht viel gefehlt und Nike hätte vergessen, wie sie mit Nachnamen hieß. *Himmel, reiß dich zusammen! Die drei Sekunden, die man sich in die Augen sieht, sind um*, ermahnte sie sich und zupfte noch mal kurz an ihrem Shirt, um sich wieder zu sammeln. Wann war ihr zuletzt so ein attraktiver Mann begegnet?!

»Ich? Nein. Ich war nur gerade in der Nähe, also, ich meine, ich war gerade mit dem Fahrrad unterwegs«, stammelte sie, »und da habe ich das Haus gesehen und … ich fand es einfach nur schön. Mehr nicht.«

»Ja, ich finde auch, es ist richtig schön geworden. Du machst dir kein Bild, wie es vorher aussah. Das Haus hat eine ganze Weile leer gestanden, und die Dame, die hier vorher allein gelebt hat, konnte sich nicht mehr um die Dinge kümmern, die man dringend hätte machen müssen«, meinte er mit einem schiefen, freundlichen Lächeln, und Nike wusste in diesem Moment: Es war zu spät. Wofür auch immer. Klar denken könnte sie ja morgen wieder. Für heute war der Teil ihres Gehirns, den sie dafür brauchte, im Schlafmodus.

»Ich finde, es sieht ... also das, was ich gesehen habe, sieht wirklich schön aus, aber dann war da plötzlich jemand, und ich habe mich so verjagt, dass ich dachte, mir bleibt das Herz stehen.«

»Ach so! Das war Matti. Keine Angst, der tut nix«, versicherte der Typ und reichte ihr die Hand. »Ich bin übrigens Basti. Matti und ich machen hier den Innenausbau und die Tischlerarbeiten. Das Haus steht zum Verkauf und der jetzige Eigentümer wollte ein paar Sachen ändern. Aber im Großen und Ganzen«, er sah an ihr vorbei über ihre Schulter zum Haus, »ist es echt eine kleine Perle. Hier draußen, mitten in der Marsch, rechts und links kein anderes Grundstück.« Er deutete mit ausgebreiteten Armen auf die grünen Wiesen, die sie umgaben. »Mehr geht nicht.«

»Oder weniger«, überlegte Nike laut und hoffte in der gleichen Sekunde, er würde es nicht falsch verstehen.

Aber er wusste, was sie meinte. »Ja, genau. Je nachdem, wie man es sieht.« Basti blickte sie an und einen langen Moment sagte keiner etwas.

Schließlich gab Nike sich einen Ruck. »Ich werde dann mal wieder. Viel Spaß bei dem Feinschliff«, meinte sie augenzwinkernd und ging zurück zu ihrem Rad. »Und vielen Dank fürs Auffangen!«

»Wenn du magst, kann ich es dir ja mal zeigen. Also von innen ...«, schlug er vor und machte mit dem Kopf eine Bewegung Richtung Eingang, von wo man in der gleichen Sekunde eine laute Maschine hörte. Vielleicht eine Stichsäge, überlegte sie. Auf alle Fälle laut und sehr schrill.

»Ich bin gerade nicht sicher, ob das ein guter Moment für eine Hausbesichtigung ist«, sagte sie und grinste. »Und davon ganz abgesehen kann ich mir das auch diesen Monat gar nicht mehr leisten. Der Urlaub wird teuer genug. Dann auch noch so ein schönes Haus … Ich glaube, das sprengt den Rahmen«, erklärte sie. »Mein Vater will noch acht Kugeln Eis mit Streuseln und jeden Tag mindestens ein Krabbenbrötchen. Von den ganzen anderen Gutscheinen abgesehen, die mich vermutlich an den Rand des Ruins treiben werden. Nun hat er auch noch mit dem Golfen angefangen.« Sie hob die Hände und schüttelte den Kopf. »Sorry, aber vielleicht nächsten Monat!«

Basti strich sich mit der Hand eine seiner sonnengeblichenen Haarsträhnen aus dem Gesicht, lächelte sie verschmitzt an, und was auch immer es war, aber in diesem Augenblick passierte etwas zwischen ihnen, das sie nicht beschreiben konnte. Und auch gar nicht wollte.

»Die Limo im Kühlschrank ist kostenlos«, erklärte er. »Und der Blick von der Terrasse auf die Felder auch.«

Nike wusste nicht, wo sie hinsehen sollte, denn noch

länger direkt in seine Augen zu schauen, hielt sie nicht gut aus.

Die beiden standen, die Hände in den Hosentaschen vergraben, wie zwei Teenies voreinander.

»Wenn das so ist …«, murmelte Nike, »dann schaue ich mir den Kühlschrank mal aus der Nähe an.«

Basti sah man die Freude über ihre Zusage an. Er wirkte fast erleichtert, drehte sich um, ging auf die Tür zu, öffnete sie und wies in das Innere des Hauses. »Voila! Da wären wir. Hereinspaziert!«

Nike konnte es kaum glauben, dass er sie gefragt und sie diese Chance bekommen hatte, jetzt mit diesem unfassbar hübschen Typen in dieses unfassbar hübsche Haus gehen zu können und nicht auf dem Rad sitzen zu müssen. Auf dem Weg über die Insel, zurück zu Willi. Sie kam sich vor wie in einem Film. Rosamunde Pilcher war nichts dagegen! Sie musste aufpassen, dass sie nicht laut loslachte.

Basti ging vor in den Flur, der rechts eine kleine, begehbare Garderobe hatte, auf der linken Seite eine offene Küche und geradeaus einen Raum, der sicher irgendwann als Wohn- und Esszimmer genutzt werden würde. Durch die große Terrassentür, die Nike schon durchs Fenster gesehen hatte, hatte man einen freien Blick über die Landschaft. *Wie, bitte schön*, dachte sie, *soll ich mir so ein Haus leisten können? Weder heute noch morgen.* Außerdem war der Gedanke, hier auf

Föhr ein Haus zu besitzen, ungefähr so abwegig wie die Idee, nackt durch die Alpen zu wandern. Sie hatte in ihrem kompletten Leben keine einzige Sekunde von einem Haus mitten in der Nordsee geträumt. Ein Tiny-Haus in den Bergen, ja. Aber doch kein Reetdachhaus auf Föhr.

Sie folgte Basti durch die Räume, der ihr etwas von altem Bestand, neuen Dielen, guten Balken und anderen Dingen erzählte, die sie zwar hörte, aber nicht wirklich wahrnahm. Dann blieb er stehen und zeigte auf einen Mann in seinem Alter, der in vielen Punkten das Gegenteil war. Ein nicht halb so sportlich wirkender, sehr kräftig gebauter, aber unglaublich freundlich dreinschauender Mann Mitte Dreißig. Das musste Matti sein.

»Ihr habt ja gerade schon mal die Bekanntschaft gemacht«, meinte Basti. »Das ist Nike. Sie wollte sich mal das Haus anschauen, und da wir noch Limo im Kühlschrank haben, dachte ich mir, ich lade sie mal ein.«

»Moin! Ich bin Matti«, sagte Matti und streckte ihr eine Hand entgegen, die mehr Kraft hatte, als ihr lieb war. »Sorry, ich wollte dich nicht erschrecken«, erklärte er und verringerte den Druck etwas.

»Ach, alles bestens! Ich muss ja hier auch nicht rumschleichen und durch die Fenster schauen …«, entgegnete sie und bekam ein warmes Lächeln geschenkt. Das war überraschend, denn alles andere, die Tätowierungen, das breite Kreuz, die ganze Körpersprache, deutete eher auf einen harten Kerl hin.

Nike legte ihre Hand hinter den Rücken und schüttelte sie unauffällig etwas aus. So hatte schon lange keiner mehr zugepackt. Himmel.

»Na, dann kann ich dir ja jetzt den Kühlschrank vorstellen«, meinte Basti und ging vor.

»Da kann ich natürlich nicht Nein sagen.« Sie sah entschuldigend zu Matti, zuckte mit den Schultern und ging Basti hinterher.

»Na, dann Prost!« Matti nickte, beugte sich wieder über das Brett, das er gerade durchgesägt hatte, und nahm Maß.

Die Küche war nicht groß, reichte aber völlig aus für zwei bis drei Personen. Das Haus hatte oben vermutlich maximal zwei Schlafzimmer und ein Bad, schätzte Nike. Mehr Platz bot es unterm Dach sicher nicht, aber dadurch strahlte es auch eine wohlige Gemütlichkeit aus. Selbst jetzt, wo es noch völlig leer und unmöbliert war.

Basti hatte zwei Limoflaschen aus dem Kühlschrank geholt und reichte ihr eine. »Ich hoffe, du magst«, er schaute auf das Etikett, »Rhabarberschorle. Eine Kaffeemaschine gibt es hier leider noch nicht.«

»Kein Thema! Die lasse ich nächsten Monat einbauen, wenn ich wieder Kleingeld habe«, schlug sie augenzwinkernd vor.

»Prima! Dann komme ich mal rum!«

Er streckte ihr seine Flasche zum Prost entgegen.

Die Flaschen klirrten aneinander, dann folgte sie ihm durch den Raum nach draußen auf die Terrasse.

»Wow, ist das schön!«, stellte Nike fest und nahm einen Schluck von der Schorle, während sie den Blick genoss.

»Ja. Das ist es. Immer wieder.« Basti kreuzte die Arme vor der Brust und sah über die grünen Wiesen, als wäre all das seins. Er hatte etwas Stolzes an sich, in diesem Moment.

Sie spürte, wie die kalte Flüssigkeit ihre Kehle runterrann, weiter in ihren Bauchraum und die Empfindung dort langsam verflog. Es tat gut.

»Bist du hier geboren?«, wollte Nike wissen und ahnte die Antwort.

»Ja. Und so wie es ausschaut, werde ich hier wohl auch begraben werden.« Er drehte sich zu ihr und lachte. Nike hörte in dem Satz mehr als das, was er gesagt hatte. Sie hörte seine tiefe Verbundenheit mit der Insel. Mit seiner Heimat Föhr. Eine Treue, die nie gebrochen, die immer da war. Eine Liebe, die nicht endete. Die er niemals verlassen würde. Für nichts auf der Welt.

Nike wusste in diesem Moment instinktiv, was das für sie bedeutete. Sie wusste, was zu tun war. Beziehungsweise nicht zu tun war.

Sie durfte sich auf gar keinen Fall in diesen Mann

verlieben. Sofern sie nicht schon dabei war. Sie war aufgeregt, und ihr Herz pochte, als würde sie immer noch in die Pedalen treten.

»Und du? Du bist sicher nicht von hier. Oder doch? Gerade hergezogen?«

»Nein, ganz so weit ist es noch nicht. Ich mache Urlaub. Mit meinem Vater. Der mit den acht Kugeln Eis und den Krabbenbrötchen«, erklärte Nike und rollte ein wenig mit den Augen, um zu unterstreichen, wie sie dazu stand, mit ihrem Vater hier ihre Freizeit zu verbringen.

Basti nickte, und in seinem Blick meinte Nike den Hauch einer kleinen Enttäuschung oder Resignation zu sehen. Er kannte es vermutlich nicht anders, als dass alle, die er kennenlernte, kurze Zeit später wieder gingen. Oder gingen, um wiederzukommen. Aber nie, um für immer zu bleiben.

»Wo wohnt ihr denn?«, wollte Basti wissen und nahm noch einen Schluck Limo.

»Willi in Kiel und ich in Hamburg«, sagte Nike und sah in dem Moment eine kleine Hasenfamilie mit Nachwuchs über die Wiese hoppeln.

»Ich meinte hier, auf der Insel, wo ihr untergebracht seid«, erklärte er und deutete auf eine alte Holzbank, die noch nicht überarbeitet worden war und trotzdem einladend aussah. »Magst du dich einen Augenblick setzen?«

Nike mochte. Sie erzählte von dem Ferienhaus am Deich, von Willis Idee, ihre Gutscheine alle auf einmal einzulösen, von seiner merkwürdigen Veränderung und ihrer neuen Erfahrung, mit ihrem Vater so viel Zeit zu verbringen.

Aus dem Augenblick wurde eine Stunde. Und noch eine.

Basti erzählte von seiner Kindheit und Jugend auf Föhr, von seinen Eltern, die immer noch zusammen waren, einen landwirtschaftlichen Betrieb ganz in der Nähe hatten, von seinen drei Geschwistern, die auch alle noch hier lebten und inzwischen eigene Familien gegründet hatten.

Irgendwann war die Limo alle, Basti holte eine neue, dann folgten zwei Bier. Irgendwann kam Matti raus, sagte, er sei für heute fertig, und verabschiedete sich.

Nike hatte das Gefühl, sich mit einem alten Freund zu unterhalten, den sie seit Ewigkeiten kannte und lange nicht gesehen hatte. Dabei kannte sie Basti erst ein paar Stunden. Und doch war er ihr jetzt schon näher als ihr eigener Vater, dachte sie, während sie ihn ansah und ihm zuhörte, wie er von seinem Leben auf der Insel erzählte, von seiner Arbeit, die er liebte, seinen Freunden, seiner Familie, die so ganz und gar anders zu sein schien als ihre, die keine war.

Die Stunden gingen über in einen Nachmittag, der

nicht enden wollte, und in einen Abend, der sich durch einen knurrenden Magen ankündigte.

Nike bekam ein schlechtes Gewissen, weil sie Willi nicht gesagt hatte, was sie machte und wo sie war. Aber das hier fühlte sich so besonders, so anders an als alles, was sie jemals erlebt hatte, dass sie den Zauber nicht zerstören wollte. Sie wollte die Stimmung, all das, was gerade zwischen ihnen entstand, so lange wie möglich festhalten. Es fühlte sich so leicht, so entspannt an.

Und trotzdem hörte sie ständig diese Stimme in ihrem Kopf: *Nicht verlieben! Unter gar keinen Umständen verlieben!*

Als Basti kurz ins Haus ging, um die leeren Flaschen zurückzustellen, sah Nike auf ihr Handy. Sie musste Willi unbedingt anrufen oder zumindest eine Nachricht senden. In der Hoffnung, dass er sein Handy anhatte. Sie dachte an seinen Zettel, den er am Bett liegen hatte, *Zeit mit Nike verbringen*, tippte kurz eine Nachricht und steckte das Handy gemeinsam mit einem schlechten Gewissen wieder zurück in ihre Umhängetasche.

»Endlich Feierabend«, witzelte Basti und zwinkerte ihr zu. »Wie sieht es aus, möchtest du den Abend mit deinem knurrenden Magen allein verbringen? Romantisch zu zweit am Strand bei Sonnenuntergang und irgendetwas essen, was es an irgendeiner Bude gibt oder …«

»Zweiteres«, unterbrach Nike ihn lächelnd.

»Zu meiner Oma?! Okay!«

Jetzt mussten beide lachen.

»So schnell hat noch keine Frau meine Oma kennenlernen wollen. Da bist du echt die Erste. Ich schwör!« Er hob die gekreuzten Finger.

»Wenn deine Oma genauso gut kocht wie meine früher, dann bin ich sofort dabei! Es geht nichts über Omas Hausmannskost.«

»Und wenn meine Oma heute keine Zeit hat und wir zusammen etwas essen gehen – wärst du dann auch dabei?«

»Ohne Oma? Na ja, ich weiß nicht.« Sie tat so, als würde sie grübeln. »Okay. Wenn es gar nicht anders geht. Dann wären wir dabei. Mein knurrender Magen und ich.«

»Prima. Dann lass uns doch mit dem Rad nach Nieblum fahren. Da gibt's ein schönes Bistro. Oder braucht dein Vater heute Abend pünktlich sein Krabbenbrötchen?«

»Nee, nee. Dem habe ich eine Nachricht geschickt«, erklärte sie und folgte ihm ums Haus nach vorn zu ihrem Rad. Seins stand links vom Eingang, hinter der Hausecke, an die Wand gelehnt. Ein schwarzes Hollandrad mit Gepäckträger auf dem Vorderrad. Es sah dem von ihrem Vater fast ein bisschen ähnlich.

»Bist du immer mit dem Rad unterwegs?«

»Wenn das Wetter es zulässt und ich nichts Schweres oder Sperriges zu transportieren habe, ja. Matti hat meist den Werkstattwagen und nimmt immer alles mit. Das ist ganz praktisch. Man munkelt, wir wären wie ein altes Ehepaar«, sagte er grinsend und setzte sich auf sein Rad.

»Ich finde, ihr passt ganz gut zusammen«, meinte Nike und fuhr auch los.

»Findest du?«

»Ja. Gegensätze ziehen sich an, oder?«

»Das sagt man so, aber eigentlich ist es doch auch ganz schön, wenn man gleich tickt«, gab Basti zu bedenken und trat in die Pedale.

Nike erwiderte nichts. Sie lächelte ihn nur an. Dann radelte sie neben ihm an den Wiesen, Kühen und Pferden vorbei zurück Richtung Nieblum.

»Wo kommst du denn her?«, begrüßte Willi sie kurz vor Mitternacht, als sie sich ins Haus schlich.

Sie hatte gehofft, er würde schon schlafen, obwohl sie wusste, dass er immer sehr spät ins Bett ging. Es war dunkel, bis auf die Leselampe, die direkt neben ihm stand.

»Ich war noch etwas essen.«

Willi saß mit einem Buch in der Hand auf dem Sofa, neben ihm knisterte es im Ofen. Der Raum war wunderbar warm. Genau das, was sie jetzt brauchte. Es war merklich kühler geworden, und auch wenn Basti ihr seinen dunkelblauen Kapuzenpulli mit dem Ankermotiv geliehen hatte, obwohl sie dreimal Nein gesagt hatte, war es eigentlich immer noch zu kühl gewesen, um so lange draußen zu sitzen. Aber sie wollte den Abend auf keinen Fall abbrechen, nur weil sie fror. Dafür war es einfach zu schön gewesen. Nicht nur das leckere Essen bei Namine Witt im Bistro und der wunderbare Wein, der alles noch unwirklicher, leichter erscheinen ließ, sondern all das andere auch. Die Gespräche, die sich anfühlten, als wären sie immer schon da gewesen, die Nähe, die so vertraut und doch neu war. Das Kribbeln im Bauch, das nicht sein durfte, weil es nicht ging. Weil er seine Insel liebte und sie für nichts und niemanden verlassen würde.

»Und was macht dein Golfkurs?«, versuchte sie Willi abzulenken, bevor er auf die Idee kam, weitere Fragen zu stellen.

»Mein … Ach so, ja. Der Golfkurs! Was soll ich sagen … spannend!«

»Spannend?!«, hakte Nike nach, legte ihre Umhängetasche ab, zog Bastis Kapuzenpulli aus, nahm sich ein Glas Wasser und setzte sich in den Sessel, Willi gegenüber.

»Ja. Die Menschen zu beobachten, die ganze Szenerie, ein Kosmos für sich, so scheint es. Aber auch anders, als ich dachte. Zumindest in Teilen.«

»Du hast Menschen beobachtet? Ich dachte, du hast Golf gespielt. Muss man sich da nicht auf einen kleinen Ball konzentrieren?«, fragte Nike, die es sich sehr gut vorstellen konnte, wie Willi mit verschränkten Armen auf einer Bank saß und sich das Treiben ansah. So wie er ein Gemälde, ein Kunstwerk oder eine Installation betrachtete. Eine lebende, in diesem Fall. Aber warum in aller Welt hatte er Zeit dafür? Oder hatte er die Menschen bei einem Glas Bier nach seinem Training beobachtet?

»Was dachtest du denn, was dich erwartet?«, wollte sie wissen, weil Willi nicht gleich antwortete. Sie trank einen Schluck, stellte das Glas auf den Couchtisch und beugte sich vor, um ihre Schuhe auszuziehen.

»Ein lebendes Vorurteil. Ich hatte ein Bild davon, das nicht der Realität, dem Bild entsprach, auf das ich traf«, murmelte er und zuckte mit den Schultern.

»Dass alle in spießigen Bundfaltenhosen, Polohemden, Pullundern und weißen Golfschuhen rumrennen, zum Beispiel«, meinte Nike und sah ihn belustigt an. »So laufen deine Freunde in Kiel doch sicher auch nicht rum. Kann ich mir zumindest nicht vorstellen.«

»Ach, wenn du wüsstest!«, Willi machte eine Handbewegung, die unterstreichen sollte, dass seine alten Freunde nicht mehr die waren, die seine Tochter in Erinnerung hatte. Er klappte das Buch zusammen und legte es beiseite. Nike erkannte es wieder. Es hatte heute

Morgen auf seinem Nachttisch gelegen. *The Big Five For Live*.

»Und?«, wollte sie wissen und wunderte sich etwas über seine Wortkargheit. War ja nicht so willitypisch. Aber vielleicht lag es auch an der Uhrzeit.

»Ging eigentlich. Klar, hier und da hat man ein paar alteingesessene Golferinnen und Golfer in ihrer Klubtracht gesehen, aber ansonsten machte der Laden einen ganz entspannten Eindruck. Vor allem das Essen im Klubhaus! Super. Du kannst ja mal mitkommen«, schlug er vor.

»Ach, ich weiß nicht. Dann gehe ich lieber mit dir an den Hafen und hole frische Krabben zum Pulen.« Nike nahm noch einen Schluck Wasser und stand auf. »Ich pack mich hin – bin total platt. Wollen wir morgen zusammen Krabben kaufen oder eine Wattwanderung machen?«

»Na, dazu muss man sich ganz sicher anmelden, oder?«

»Stimmt. Dann lass uns schauen, welche Gutscheine noch in der Schachtel sind, die wir hier einlösen können«, schlug sie vor und ging Richtung Treppe, um sich unten im Bad neben der Sauna – im Souterrain, wo sie ihre Sachen stehen hatte – frisch zu machen.

»Es kommt ja nicht darauf an, was wir machen«, hörte sie Willi hinter sich. Leise, kaum hörbar hatte er das gesagt. So, als redete er mit sich selbst.

Nike blieb abrupt stehen, wartete einen Moment, drehte sich um und ging wieder hoch.

»Wie meinst du das?«, wollte sie wissen und sah zu Willi runter, der immer noch auf dem Sofa saß, die Hände rechts und links neben sich ruhend, und auf einen undefinierten Punkt irgendwo vor sich auf dem Boden sah.

Nike beugte sich leicht vor, um seinen Blick einzufangen und auf sich aufmerksam zu machen.

»Was?«, fragte er, als wäre er mit seinen Gedanken völlig woanders. Dann sah er zu ihr hoch und nahm das Buch in die Hand. Er hatte seine bequeme dunkelblaue Stoffhose und ein T-Shirt an, das er oft als Nachtshirt nutzte und dann damit zu Hause den ganzen Sonntag durchs Haus und manchmal auch in den Garten lief. Es war mindestens so alt wie Nike.

»Du könntest dir mal einen schönen Pyjama kaufen«, schlug sie vor. »Lass uns morgen mal nach einem Ausschau halten. In Wyk gibt es bestimmt ein Geschäft, das Nachtwäsche hat.«

»Brauche ich nicht.«

»Na ja …«

»Hat ja bisher auch keine Frau gestört«, meinte er und stand langsam vom Sofa auf.

»Wie hast du das eben gemeint?«

»Was?«

»Dass es nicht so wichtig ist, was wir unternehmen«,

sagte sie, während er mit seinem Buch unterm Arm an ihr vorbei zur Treppe ging.

»Es kommt nicht darauf an, welchen Gutschein wir einlösen, sondern auf die Zeit, die wir zusammen verbringen.« Willi war stehen geblieben und sah sie an, dann drehte er sich wieder um und schritt langsam die Stufen der Holztreppe nach oben. Es war eher ein angestrengt wirkendes Schlurfen, stellte Nike fest, während sie ihm nachsah. Vielleicht hatte er sich beim Golfen doch etwas übernommen. Er machte ja sonst keinen Sport, abgesehen von seinen Fahrradtouren. Das würde morgen sicher einen schönen Muskelkater geben!

»Gute Nacht«, murmelte Willi, kurz bevor er oben angekommen war.

»Schlaf gut«, sagte sie. Sie sah ihm nach, ließ seine Worte im Raum stehen, spürte ihnen nach, ihrem inneren Widerstand. Sie erinnerte sich an das, was auf seinem Zettel am Bett stand, versuchte zu ergründen, was sie hier wirklich machten, und warum es ihr so verdammt schwer fiel, ihn einfach mal in den Arm zu nehmen.

Dann ging sie sich die Zähne putzen.

# 7.

Das Museum Kunst der Westküste war bei dem Wetter da draußen definitiv die bessere Idee. Die Krabben mussten warten. Der Himmel hatte sich über Nacht zugezogen, und hin und wieder kam ein Schauer runter, über den sich die Natur sicher freute. Nur Nike vermisste in diesem Moment die Sonne oder zumindest ihren Mini. Mit dem Rad durch den Nieselregen nach Nieblum war nicht unbedingt das, worauf sie Lust hatte, aber irgendetwas mussten sie beziehungsweise *wollten* sie ja unternehmen.

Willi war wieder der alte Frühaufsteher und voller Tatendrang. Zumindest tat er so. Nike nahm es ihm nicht ganz ab, da er nicht so aussah, als fände die nächste Golfpartie zeitnah statt. Was auch immer die da mit ihm gemacht hatten – die Abschläge ließen ihn abgeschlagen wirken, so sah sie es. Da konnte er so tun, wie er wollte, als wäre er fit. Er war es nicht. Sie kannte ihn einfach zu gut.

Die Möwen meckerten über ihnen an dem grauen Himmel, die Krähen zogen ihre Runden und Willi trat in die Pedale. Dabei pfiff er leise vor sich hin, und Nike wurde den Eindruck nicht los, dass er betont fröhlich und fit wirken wollte. Ihr Vater war ein Künstler. Er konnte, das ließ sich nicht abstreiten, vieles sehr gut. Nur eines lag ihm überhaupt nicht: schauspielern. Irgendetwas hatte er. Nike spürte es.

Sie zog den Reißverschluss ihrer Regenjacke noch etwas höher, die Kapuze ihres Pullovers über den Kopf, weil der Gegenwind zunahm, und fuhr Willi auf dem Weg neben der Landstraße Richtung Nieblum hinterher.

»Nun sag schon. Ich bin doch kein Krabbenfischer«, pflegte er früher immer zu sagen, wenn er Nike etwas gefragt und sie nicht mit der Sprache hatte rausrücken wollen. Als sie noch klein war, hatte er ihr mal erzählt, dass Krabbenfischer am liebsten im Trüben fischten, da die Nordseegarnelen, die wir Krabben nennen, dann unterwegs waren.

Heute kam sie sich vor wie eine Krabbenfischerin. Sie ahnte etwas, konnte aber nicht bis auf den Grund schauen. Sie meinte etwas zu sehen, aber es war zu verschwommen, um die Umrisse zu erkennen, um sagen zu können, was es war. Also fuhr sie ihm durch die nasse Landschaft nach Nieblum, das selbst im Regen hübsch anzusehen war, hinterher, an dem Bistro vorbei, in dem sie gestern die schönsten Stunden verbracht hatte, aus Nieblum wieder raus, die Landstraße weiter bis nach Alkersum. Während sie so radelten, kam es ihr plötzlich vor, als stünde dieses Bild, das sie boten, für etwas. Zwei

Menschen auf Rädern, die durch den Regen hintereinanderherfuhren. Eine Parabel für ihr Nebeneinanderherleben, die Art ihrer Kommunikation. Für alles.

Vorhin beim Frühstück hatte sie Willi auf seinen Zettel, auf das, was darauf stand, etwa den Verkauf des Hauses, ansprechen wollen. Aber es ging nicht. Sie hatte es nicht geschafft. Hin- und hergerissen zwischen der Neugierde auf das, was er vorhatte, und der Furcht vor einem Monolog, von denen sie schon zu viele in ihrem Leben gehört hatte. Sie war müde davon.

Das weiße Gebäude lag an der Hauptstraße. Es sah so ganz und gar nicht friesisch aus, wie sie fand, während sie ihr Fahrrad abstellte. Sie hatte sich ein altes Haus vorgestellt und konnte noch nicht einmal sagen, warum. Denn das war es absolut nicht. Hinter den weiß gestrichenen Steinmauern verbarg sich ein hochmodernes, wunderschönes Museum, das sie ohne Willis Hinweis sicher nicht aufgesucht hätte.

»Das passt doch«, meinte Willi, als sie in dem Museum standen, ihre Regenjacken auszogen und sich neugierig umsahen.

»Was meinst du?«, wollte Nike wissen und betrachtete die nassen Flächen auf ihren Oberschenkeln, für die der Schutz der Regenjacke nicht gereicht hatte.

»Als Otto Heinrich Engel 1901 auf Föhr ankam, hat es auch geregnet. Trotzdem hat er sich in die Insel verliebt. Und sie und ihre Bewohner gemalt.«

»Ob mich das jetzt wirklich tröstet, weiß ich nicht. Ein Heißluft-Händetrockner auf der Toilette, der aus meiner nassen Jeans eine trockene zaubert, würde da schon eher helfen.«

»Soll ich dir meine leihen?«, fragte Willi und tat so, als würde er sie ausziehen wollen.

Nike hob die Hand. »Danke, superlieb, aber ich glaube, alles ist gerade ganz plötzlich getrocknet. Schau mal! Ein Wunder!«

Willi lachte, packte seine Sachen in das Schließfach, das als Garderobe diente, und ging vor in den ersten Ausstellungsraum. Nike legte ihre Sachen dazu, schloss ab, sah sich kurz um, entschied dann aber doch, ihrem Vater einfach zu folgen. So wild war es jetzt auch nicht, und die Hose würde wieder von allein trocknen. Ihren Kapuzenpullover gab sie an der Garderobe mit ab. Der nasse Stoff am Hals war wirklich nicht schön.

An den weißen Wänden hingen Bilder, die Situationen aus dem Leben der Menschen, die auf der Insel lebten, vor hundert Jahren und auch heute noch eingefangen hatten. In Öl, mit schweren, alten, goldenen Rahmen, ohne Rahmen, als Fotografie, als Figuren. Tobende Wellen, die aussahen, als würde man von der Gischt in der nächsten Sekunde nass gespritzt werden, ruhige Sonnenuntergänge über dem Watt, ein toter Fischer, der betrauert wurde. Das Bild hinterließ bei Nike das Gefühl, in diesem Moment in dem niedrigen Raum vor dem alten Holztisch zu stehen, auf dem der Fischer, aus dessen Haaren Wasser triefte, lag und betrauert wurde von den geschockten Menschen, die ihm nahestanden.

Als ihre Oma gestorben war, hatte man sie gefragt, ob sie sie noch einmal sehen wollte. Sie hatte sich dagegen entschieden. Während sie das Bild betrachtete, erinnerte sie sich daran. So viele Jahre hatte sie nicht mehr an diesen Moment gedacht. Sie sah die Trauer in den Gesichtern der anderen Fischer, dachte noch einmal an ihre Großmutter, dann holte sie tief Luft und ging weiter.

Nike war fasziniert von der Architektur, den hellen Räumen, den teilweise bodentiefen Fenstern, dem wunderschönen Holzfußboden und dem Garten, den man durch die riesigen Scheiben sehen konnte, als wäre er ein Teil des Gebäudes. Eine grüne, lebende Tapete. Die Grenze zwischen innen und außen verschwamm.

Nike schlich, wie sie es meist bei Besuchen von Kunsthallen oder Ausstellungen tat, Willi mit leichtem Abstand hinterher. Er hielt dabei die Hände hinterm Rücken, was ihn älter machte, als er war, und schlenderte von Bild zu Bild. Wenn eines längerer Aufmerksamkeit würdig war, blieb er stehen. Faszinierte es ihn, egal auf welche Art, dann sah er sich nach einer Bank oder einem Stuhl um, schlug die Beine übereinander und verschränkte die Arme. Mit Abstand betrachtet sah es aus, als ob er sich verknotet hätte. Dabei war der eigentliche Knoten in solch einem Moment in seinem Kopf, das wusste Nike. Er versuchte, ihn zu lösen, und grummelte leise vor sich hin, was Nike dazu veranlasste, den Abstand zu ihm noch ein wenig zu vergrößern oder einfach schon mal weiterzugehen.

In der Regel hatten Kunsthallen ein Café oder einen Museumsshop, in dem es Allerlei zu sehen gab, was sie oft mehr interessierte als die Objekte. Kunstbände, in denen man blättern konnte, Postkarten, teilweise auch Drucke der jeweiligen Ausstellung.

Heute war es anders. Sie mochte die Bilder, fand sie faszinierend. Und damit war sie nicht allein. Es war wieder so ein Willi-Grummel-Tag. Leicht verknotet saß er auf einer der schlichten Holzbänke in der Mitte des Raumes vor einem Bild und machte keine Anstalten, sich weiter zu bewegen. Nike wusste, sie brauchte weder nachzufragen, was er glaube, wann er weitergehen würde, noch irgendetwas anderes zu tun. Deshalb ließ sie es auch heute und besichtigte die anderen Ausstellungsräume.

Irgendwann landete sie doch in einem lichtdurchfluteten Museumsshop mit den von ihr so geliebten großen Bildbänden, einer riesigen Auswahl an Karten, Postern und Geschenken.

Sie sah sich gerade die Bücher auf dem Verkaufstisch

an, als ihr Handy die Ankunft einer Nachricht verkündete. Zu ihrer großen Überraschung entdeckte sie nicht nur eine, sondern gleich zwei Nachrichten von Basti. So schnell hatte sie nicht damit gerechnet, dass er sich melden würde. Ihr Herz pochte. Nike dachte an gestern Nacht. An den Moment, in dem klar war, dass er sie nach Hause begleiten würde. Je mehr sie sich dem Ferienhaus genähert hatten, mit jedem Meter, den sie sich der Stelle näherten, die alles entscheiden würde. Waren sie nur zwei Menschen, die sich sympathisch waren? Oder zwei Menschen, die sich nicht nur sympathisch fanden, die mehr füreinander empfanden? Viel mehr.

*Ich denke an dich*, stand in seiner ersten Nachricht und zauberte ihr Lächeln ins Gesicht.

*Was gibt es zum Abendessen? Lass mich raten. Krabbenbrötchen? Falls du Lust auf etwas anderes hast, melde dich.* Dahinter ein Smiley.

Lust auf etwas anderes, dachte Nike und fragte sich, ob sie zu viel aus dieser Nachricht herauslas, ob Basti doch ein Urlauberinnen-Vernascher war oder ob er wirklich nur ein Abendessen meinte.

*Aktuell sieht es nach Krabbenbrötchen aus*, tippte sie zurück. Dann löschte sie es wieder.

Sie konnte Willi nicht den zweiten Abend in Folge allein im Haus sitzen lassen. Und wenn, dann musste sie es zumindest mit ihm absprechen. Auf der anderen

Seite hatte ihr Vater sein Leben lang gemacht, worauf er Lust hatte. Warum sollte sie es nicht auch tun?

*Das Krabbenbrötchen läuft noch durch die Kunsthalle. Ich spreche gleich mal mit ihm. Vielleicht bekomme ich ja heute Abend frei.* Dahinter ein Smiley. Sie las die Nachricht noch mal durch und noch einmal. Dann schickte Nike sie ab. Meine Güte, dachte sie, was war nur mit ihr los? So ein Kribbeln im Bauch hatte sie seit Jahren nicht mehr gehabt. Kopfschüttelnd starrte sie völlig gedankenverloren auf ihr Handy, als Willy plötzlich vor ihr stand.

»Ach, hier bist du! Na, dann können wir ja«, meinte er.

»Das klingt, als hättest du die letzten Stunden mit Suchen verbracht«, konterte sie, stand auf und steckte ihr Handy weg. Suchen nach seiner verlorenen Tochter. Dabei war es die Suche nach etwas anderem. Nach dem, was der Maler gedacht haben mochte, als er vor seiner Staffelei gestanden hatte, was er gefühlt hatte.

»Und? Was sagst du?«

»Ich bin … bewegt.«

»Schön. Von innen und außen. Das volle Programm«, meinte sie und knuffte ihm kumpelhaft in die Seite.

»Was hast du heute eigentlich noch so vor?«, wollte sie wissen, als sie Richtung Ausgang gingen. Draußen hatte es aufgehört zu regnen. Die Rückfahrt würde also wesentlich angenehmer verlaufen.

»Deine Frage ist nur eine Hülle. Eine Schale, hinter der sich eine andere Frage verbirgt«, erwiderte Willi und sah sie direkt an.

Nike fühlte sich wie ein kleines Kind, das dabei ertappt worden war, heimlich etwas aus dem Glas mit den Süßigkeiten stibitzt zu haben.

Es hatte keinen Sinn, sich dumm zu stellen. Sie hielt seinem Blick stand, während er sich eine Strähne hinters Ohr steckte. Dann ließ er Nike stehen und ging in den Verkaufsraum.

»Ich nehme diesen Kunstband. Dann habe ich etwas, das ich studieren kann, solange meine Tochter sich die Insel anschaut«, meinte er zu der Verkäuferin und legte ein dickes, großes Buch auf den Tresen. Er drehte sich zu Nike um und zwinkerte ihr zu.

*Eigentlich lerne ich gerade zwei Männer kennen*, dachte sie, während sie Willi dabei beobachtete, wie er sich mit der Verkäuferin unterhielt und sie charmant, wie er immer war, um den Finger wickelte und bezahlte.

Die Tüte am Lenkrad baumelnd, fuhren sie weiter. Der Himmel war immer noch grau, aber es hatte etwas aufgelockert und war trocken. Die Bilder der Insel, wie andere sie gesehen, festgehalten hatten, früher und heute, schwangen in ihnen nach, während sie die Landschaft im Vorbeifahren betrachteten. Die Bäume, die an ihnen vorbeizogen, die Pferde auf den Wiesen, die Wassergräben.

»Was würdest du malen, wenn du hier leben würdest, Papa? Was wäre dein erstes Motiv?«

»Du«, sagte er schneller, als sie erwartet hatte.

»Mich? Mich kannst du auch in Kiel malen. Davon mal abgesehen, dass du es noch nie getan hast.«

»Deshalb ja. Ich kenne keine Frau mit so einem schmalen, schönen Hals und mit so klaren Augen. Solch einem Blick.«

»Bist du betrunken?«, fragte sie.

Willi bremste so abrupt, dass sie ihm fast hintendrauf gefahren wäre. Kopfschüttelnd kam sie schräg neben ihm zum Stehen.

»Wir müssen jetzt leben, Nike. Jetzt! Nicht irgendetwas malen, was sich in x Jahren irgendwer ansieht. Wenn ich dich male, dann, weil ich dich in dem Moment betrachten kann, so wie du bist. Deshalb male ich. Um etwas auf den Grund zu gehen.«

»Du musst bei mir nicht auf den Grund gehen. Du hättest in den letzten Jahren mehr Zeit mit mir verbringen können als mit all deinen Freundinnen zusammen«, sagte sie schroff.

Nike schob ihr Rad an ihm vorbei, stieg auf und fuhr weiter.

»Ja, du hast recht«, hörte sie ihn hinter sich sagen.

Es tat ihr leid, dass es jetzt hier mitten auf der Landstraße zwischen zwei Dörfern zu diesem Ausbruch gekommen war. Aber der Eimer war voll. Und was auch immer mit Willi los war, warum sprach er denn nicht mit ihr? Oder sie mit ihm?

Sie bremste wieder ab und wartete, bis er sie eingeholt hatte.

»Was ist los, Papa? Warum sind wir hier? Was soll das alles plötzlich?«

Willi sah sie einen Moment lang an, dann wich sein Blick aus, blieb irgendwo an den Gräsern am Straßenrand hängen. Lange sagte er nichts. Dann hob er wieder den Blick und sah ihr in die Augen.

»Es tut mir leid. Das, was war und was eben auch nicht war. Ich möchte einfach mit dir zusammen sein.«

»Da bist du nicht allein. Ich treffe heute Abend einen Bekannten.«

»Aha.«

»Ist das okay oder hast du etwas anderes geplant?«

Willi zuckte mit den Schultern. »Nö, nicht direkt. Ich wollte eigentlich ein bisschen in meinem neuen Kunstband blättern.«

»Gut. Dann passt das ja«, stellte sie fest und fuhr einfach weiter.

Sie ärgerte sich. Warum war sie so? Ihr Vater bemühte sich doch wirklich. Warum konnte sie nicht einfach mal nett sein? War es denn wirklich so schwer?

Nike atmete tief ein und wieder aus und fuhr langsam weiter. So langsam, dass Willi irgendwann neben ihr fuhr.

»Wollen wir am Hafen ein Krabbenbrötchen essen? Was meinst du?«, fragte sie ihn über ihre Schulter.

»Guter Plan. Lass uns das machen.«

Am Hafen schlossen sie die Räder ab, und Nike ging auf den Stand zu, während Willi auf die Fußgängerzone zusteuerte.

Verwirrt sah sie ihm nach. »Äh, hallo? Wo willst du denn hin?«

Willi antwortete nicht und verschwand mit seiner blauen Regenjacke zwischen einer Horde bunt gekleideter Touristen.

Nike schob sich ihre Wollmütze zurecht, stemmte die Hände in die Hüfte und sah ihm kopfschüttelnd hinterher.

»Tja, so ein Urlaub ist wie eine Familienaufstellung«, stellte der Mann im blauen Seemannshemd hinterm Tresen fest.

»Das kann man wohl sagen.« Nike runzelte die Stirn. »Da denkt man, man macht gemeinsam Urlaub und dann …«

»Manch einer ist gemeinsam gekommen und getrennt gefahren. Oder allein gekommen und geblieben. Oder allein gekommen und gemeinsam gefahren. Alles schon passiert. Können Sie mir glauben!«

»Und manch einer ändert sich nie.«

»Auch wahr!«, meinte er und nickte. »Ihr Mann?«

»Mein Vater!«

»Oh. Sorry.«

»Ach, schon gut. Ich nehme zwei Krabbenbrötchen.«

»Zum Mitnehmen?«

Nike schaute noch einmal Richtung Menschenmenge. »Ja. Sieht ganz danach aus.«

Nike hatte gerade bezahlt und wollte nach der Tüte mit den eingepackten Fischbrötchen greifen, als sie Willi neben sich hörte.

»So, wir können.«

Er hielt wie ein kleiner Junge, der den ersten Preis im Malwettbewerb gewonnen hatte, etwas Langes, in Plastik Eingepacktes in den Händen.

Nike hatte einen Verdacht. »Ein Drachen?«

»Yes!«, sagte er, als ginge es um eine extrem wichtige Mission.

Nike konnte nicht anders. Sie musste grinsen. Willi war einfach Willi.

»Erst ein Krabbenbrötchen oder muss es sofort sein …?«

»Nein. Ein bisschen halte ich es noch aus. Erst das Krabbenbrötchen!«

Ein wildes Herz und ein freier Geist. Im Grunde genommen ein Kleinkind in dem Körper eines Sechzigjährigen, der aus irgendwelchen Gründen attraktiver, aber nicht älter wurde. Zumindest nicht so wie die anderen, dachte Nike, während sie sich am Strand umsah. Sie beobachtete ihren Vater, der barfuß und mit hochgekrempelter Leinenhose, den Kopf in den Nacken gelegt, den Blick nach oben in den Himmel gerichtet, am Strand hin und her stolperte, während er mit einem bunten Lenkdrachen kämpfte.

Nike hatte sich in einen freien Strandkorb gesetzt und beobachtete die Szene amüsiert. Willi hatte nicht nur den Drachen gekauft, sondern auch einen wasserfesten Stift, mit dem er ihn zu einem Unikat gemacht hatte. Ein Unikat mit echtem Drachengesicht. Genauso, wie er eines war.

Der Drachen flog eine große Kurve, segelte knapp über eine junge Frau hinweg, die erschrocken den Kopf eingezogen hatte und jetzt – Gott sei Dank – lachte.

*Was ist mit dir, Willi? Was hast du?* fragte Nike sich. Natürlich war er schon immer dieser Wildfang gewesen, aber jetzt, hier auf Föhr, hatte sie das Gefühl, es wäre noch etwas anders, noch mehr von seinem Ich-mach-mir-die-Welt-wie-sie-mir-gefällt-Lebensstil. Die Frage war nur, warum. Wollte er ihr etwas beweisen? Wollte er ihr zeigen, was für ein cooler Vater er war? Der Verdacht, dass es sich hier um eine verspätete Midlife-Krise handelte, verfestigte sich allmählich. Während Willi an den Seilen zog, den Drachen zu lenken versuchte, dachte sie über ihn nach und nahm sich vor, ihn einfach noch einmal zu fragen, was los war. So schwer konnte es ja nun auch nicht sein.

»Wusstest du, dass die Chinesen die Drachen an möglichst langen Leinen haben fliegen lassen, um diese dann zu kappen, sodass die Drachen vom Wind davongetragen wurden?«, fragte Willi, als er eine Ewigkeit später auf sie zukam und die Seile des Drachen dabei zusammenrollte.

Nike schüttelte den Kopf. »Warum haben sie das gemacht?«, wollte sie wissen, während eine Horde Möwen kreischend an ihnen vorbei auf das offene Meer hinausflog.

»Sie dachten, dass dann auch alle Sorgen und Gefahren davonfliegen würden. Die Drachen sind unter anderem ein Zeichen für Glück und Frieden.«

»Deshalb hast du ihn nicht fliegen lassen? Du hast keine Sorgen?«

Willi wickelte das letzte Stück des dünnen Seiles zusammen, steckte es zusammen mit dem Drachen in die schmale Polyestertasche und sah sie an. »Deshalb und weil es schon zu viel Plastik im Meer gibt. Da hätte gleich wieder irgendwer gemeckert.«

»Zu Recht«, meinte Nike und zwinkerte ihm zu.

»Was ist denn jetzt mit deinem Date?«, wollte er plötzlich wissen und lenkte so geschickt von sich selbst ab. »Apropos Glück.«

»Was für ein Date?«, tat Nike unwissend.

»Bitte! Das ist echt nicht fair. Jetzt verkauf deinen alten Vater nicht für dumm!«, beschwerte er sich und nahm neben ihr in dem Strandkorb Platz.

»Du erzählst mir doch auch nicht alles«, entgegnete sie, ohne ihn anzusehen.

»Ist das so?«, hakte er nach, und Nike spürte seinen Blick auf ihrem Gesicht.

»Ja. Das ist so. Oder wollen wir morgen mal zusammen zum Golfkurs gehen, und du stellst mir deinen Lehrer vor?« Nike hielt die Luft an. Sie hatte gepokert. Mehr nicht. Aber dieser Golfkurs passte einfach nicht zu Willi. Genau wie einiges andere auch nicht. Das Mosaik war verschoben. Ein Teilchen in dem Bild fügte sich nicht so, wie es sollte, und verzerrte damit das Ganze, den Gesamteindruck. Das Teilchen war nicht groß, es waren vielleicht nur minimale Veränderungen, aber die Wirkung auf die anderen Mosaiksteine war das, was Nike wahrnahm, was sie spürte. Kaum sichtbar, aber da. Was auch immer es war.

»Das mache ich gerne, aber ich glaube, der hat schon eine Freundin«, riss Willi sie aus ihren Gedanken.

»Wer?« Sie drehte sich zu ihm und sah ihn fragend an.

»Florian. Mein Golflehrer.«

»Haha. Sehr lustig!« Sie schüttelte den Kopf und sah wieder auf das nasse Watt, durch das kleine Kinder mit Plastikeimern rannten, Leute mit angeleinten Hunden wateten und verliebte Pärchen barfuß Hand in Hand stapften, den Blick nach unten gerichtet, als suchten sie etwas. Nie im Leben wäre sie in der Lage, dachte Nike, solch eine Szene in einem Bild einzufangen.

Sie dachte an die Ausstellung und ihre Werke. Und an Willi, der neben ihr saß und sich doch so weit weg anfühlte.

Sie gab sich einen Ruck. »Was ist denn eigentlich los, Papa? Ich werde das Gefühl einfach nicht los, dass irgendetwas nicht stimmt. Die Kartons in Kiel, diese Reise«, sie sah ihm direkt in die Augen, »und komm' mir jetzt nicht mit den Gutscheinen!«

Willi sah stur aufs weite Meer hinaus. Nike folgte seinem Blick und fragte sich, ob sie den Zettel an seinem Bett ansprechen sollte, den Hausverkauf.

Sie sahen auf das Meer, das nicht mehr da war, wo es gerade noch gewesen war, und das man nur noch erahnen konnte.

»Was soll denn schon sein?«, murmelte er nach einer Weile, als sie schon nicht mehr mit einer Antwort gerechnet hatte, stand auf und ging dorthin, wo kein Wasser mehr war, weil Ebbe war. Wo bald wieder Wasser sein würde. Als wäre es nie weg gewesen. Als wäre nichts gewesen.

*Ich verstehe es nicht*, dachte Nike, während sie Willis Silhouette betrachtete, die Richtung Halligen sah. Die Hände in den Hosentaschen vergraben. Er erzählte doch sonst immer alles ungefiltert. Ob sie es hören wollte oder nicht. Was war denn nur dieses Mal anders, dass er nicht mit der Sprache rausrückte? Oder war wirklich nichts, und sie bildete sich das alles nur ein?

Willi kam jetzt mit gesenktem Blick langsam wieder durch den weichen, hellen Sand zurück, blieb vor ihr stehen. »Rechts oder links?«

»Wie?« Nike sah ihn verständnislos an. Dann hielt sie die Luft an. Ein Gedanke schoss ihr plötzlich durch den Kopf. Was, wenn Willi die ganze Zeit versuchte, ihr etwas zu sagen, und sich nicht traute? Wenn er einfach nicht wusste, wie er anfangen sollte? Was, wenn er sich so verliebt hatte, dass er heiraten wollte? Daher die Kartons in Kiel. Was, wenn er es nicht übers Herz brachte, ihr zu sagen, dass er weggehen würde. Ins Ausland. Übersee. Irgendwohin, wo sie ihn noch seltener sehen würde.

»Rechte Hosentasche oder linke Hosentasche?« Er sah runter zu seiner Leinenhose, bewegte die Hände in den Hosentaschen und sah sie verschmitzt an. »Na?«, wollte er wissen.

»Bitte? Ähm … Hmmm, ja, dann nehme ich deine linke Tasche«, stotterte sie völlig verdutzt.

»Sehr gute Wahl«, sagte er und zog zu ihrer Überraschung einen ihrer Gutscheine raus. »Wir machen morgen den Wunschsamstag!«, verkündete er, als ginge es um eine Meisterschaft.

»Morgen ist aber nicht Samstag. Morgen ist Freitag«, meinte sie augenzwinkernd, während Willi seine Jacke, die er für den Kampf gegen Nordseewind und Drachen ausgezogen hatte, wieder anzog und nach der Tasche griff.

»Na und? Wen interessiert das?«, meinte er, breitete die Arme aus, drehte sich nach links und nach rechts und rief, so laut er konnte: »Interessiert es hier jemanden, dass morgen nicht Samstag ist?!« Er sah sich fragend um. »Haaallooo? Ist das für irgendjemanden von Bedeutung?!«

»Nööö!«, rief ein Vater, der das Buddeln mit seinem kleinen Sohn kurz unterbrochen hatte, zurück und winkte mit der Schaufel zum Gruß. Alle anderen taten so, als hätten sie es nicht gehört.

»Super!«, rief Willi zurück und ließ die Arme wieder fallen. »Guck. Total egal.«

Nike, die solche Aktionen ihres Vaters zur Genüge kannte, schüttelte leicht den Kopf, lächelte ihn an, stand auf und rückte den Träger ihrer Latzhose zurecht, der ihr über die Schulter gerutscht war.

»Ich habe ja auch nicht gesagt, dass es relevant ist. Ich habe nur gesagt, dass nicht Samstag ist.«

»Prima! Dann spielen wir einfach, es wäre Samstag!«, schlug Willi vor, und Nike erinnerte sich in dem Moment an einen Bericht über ältere Menschen, die wieder zu Kindern wurden. Sie dachte an all die alten

Leute in der Reportage, die weiße Haare hatten, in Rollstühlen saßen, auf ihre Plüschbären blickten und Kinderlieder sangen. Nein, so war Willi nicht. Ganz und gar nicht. Davon war er weit entfernt. Und trotzdem benahm er sich wie ein Kind, zumindest hin und wieder. Nicht erst seit Kurzem, sondern immer schon. Ohne längere Unterbrechung.

»Alles klar. So wird's gemacht!«, sagte sie und packte ihre Sachen zusammen. »Wir spielen Samstag.«

# 8.

»Ich muss noch kurz etwas erledigen. Du kannst ja sonst schon mal vorfahren«, meinte Willi, als sie bei den Rädern standen.

Nike sah ihren Vater fragend an. »Machst du noch eine Runde mit Florian oder gibt es doch eine junge Frau, die du zwischen Muscheln und Meer durch Zufall getroffen hast?«, neckte sie ihren Vater, der erstaunlicherweise dieses Mal gar nicht darauf einging.

»Ich möchte mir nur noch ein bisschen den Wind um die Nase wehen lassen.«

Nike sah ihn mit hochgezogenen Augenbrauen an. »Echt jetzt? Noch 'ne Tüte Frischluft? Verkauf mal deine alte Tochter nicht für dumm!«, äffte sie ihn in seiner Stimmlage nach.

»Ein echter Gentleman genießt und schweigt – auch Seeluft«, erklärte Willi und stieg aufs Rad.

Nike hatte ihr Rad an die Hüfte gelehnt, um die Hände frei zu haben. Sie zog sich ihre blaue Wollmütze noch ein Stück weiter über die Ohren, um zu signalisieren, dass sie genug erfahren hatte.

»Danke! Keine weiteren Informationen bitte!«, flehte sie, hob eine Hand, stieg aufs Rad und winkte zum Abschied. »Viel Spaaaß!«, rief sie ihm noch nach, dann trat sie in die Pedale, die Straße entlang durch Wyk, Richtung Nieblum.

Wie hat er das denn nur wieder so schnell angestellt, fragte sie sich. Hatte er hier wirklich jemanden kennengelernt, oder war es vielleicht doch so, dass er sich mit einer Frau gezielt auf Föhr verabredet hatte? Er verheimlichte doch sonst kein Verhältnis. Obwohl ihr das manches Mal lieber gewesen wäre. Vor allem die Affäre mit ihrer Klassenlehrerin damals. Mehr war es nicht gewesen. Eine echte LAG war Frau Hasendorf – dem Himmel sei Dank – nicht geworden. Aber wenn es hier jemanden gab, warum wollte er das Treffen unbedingt mit einer Reise mit Nike verbinden? Und warum stand dann genau das auf seiner Liste ganz oben? Bei seinen *Top Five Of Life*. Es ergab alles keinen Sinn.

Nike bremste, drehte sich um, versuchte ihn doch noch irgendwo zwischen all den anderen Urlaubern zu erkennen, aber umsonst. Einen kurzen Moment spielte sie mit dem Gedanken zurückzufahren, ihn zu suchen und heimlich zu beobachten, verwarf den Gedanken aber schnell wieder und fuhr weiter. Sollte er doch machen, was er wollte. Dann hatte sie ein bisschen Willi-frei und konnte Basti in Ruhe treffen. So betrachtet hätte ihr ja nichts Besseres passieren können. Und was wusste sie schon; vielleicht wollte er ja wirklich nur ein bisschen allein sein und die Seeluft genießen.

Auf der Fahrt zurück zum Ferienhaus kam ihr ein Gedanke, der sie schon die ganzen letzten Tage beschäftigt hatte. Warum hatten sie all das erst jetzt? Die gemeinsame Zeit, diese gemeinsamen Momente, am Strand, im Haus, während der Fahrradtour, gestern, heute, morgen. Warum war es so wie jetzt nicht immer schon gewesen? Jetzt, hier, war eine Zeit, zu der sie diesen Wunsch gar nicht mehr hatte. Das Gesehenwerden war so lange ein Thema für sie gewesen und natürlich immer noch vorhanden, aber es beschäftigte sie nicht mehr so wie früher einmal. Sie hatte es beiseitegelegt. So gut es ging. Und ausgerechnet jetzt kam es zu ihr zurück. Wie ein Boomerang, den sie vor langer Zeit ausgeworfen und beinahe vergessen hatte und der jetzt sanft auf sie zugeflogen kam.

»Geht es nicht um das, was jetzt ist? Ich kann dich verstehen, aber versuch es doch einfach anzunehmen. Als Ergebnis deines jahrelangen Wunsches. Das Universum hat dich offenbar gehört, würde meine Oma jetzt sagen. Leicht zeitversetzt, okay, aber immerhin«, meinte Basti, als sie spät abends im Strandkorb saßen und dem Sonnenuntergang zusahen. Der Himmel war in Orange-Rot getaucht, und das in allen Nuancen, die es gab. In solch einer Farbenpracht, so intensiv, so kitschig und so nah hatte sie ihn schon lange nicht mehr erlebt. Nike hob ihr Bier und stieß mit Basti an. Er hatte sie zu ihrer Überraschung angerufen, als sie gerade am Ferienhaus angekommen war, und gefragt, ob sie Lust hätte, mit ihm an den Strand zu fahren. Natürlich hatte sie Lust! Was für eine Frage. Sie zog sich kurz um und stieg wieder aufs Rad Richtung Utersum. So viele Kilometer wie hier auf der Insel war sie vermutlich in ihrem ganzen Leben nicht mit dem Fahrrad gefahren. Und verwundert stellte sie fest, wie viel Spaß es ihr machte. Auch wenn der Wind auf Föhr offenbar immer von vorn kam, egal, wohin man fuhr.

Sie hatte ihr Rad am Haus des Gastes abgestellt, war auf den Deich gegangen und hatte Basti schnell erkannt. Er trug eine hellblaue Hose, einen dunklen Kapuzenpullover, eine dünne Windjacke, eine Cap und hatte an dem Treppengeländer gelehnt, das zum Strand runterführte. Er hatte sich sichtlich gefreut, als er sie entdeckte, war ihr entgegengegangen und hatte sie in den Arm genommen, als hätten sie sich monatelang nicht gesehen. Und es hatte sich so gut angefühlt! Authentisch und von Herzen kommend, ehrlich.

Nach einem langen Spaziergang und einem Snack direkt am Wasser in einem Bistro hatten sie sich an den Strand gesetzt und bestaunten nun den wunderschönen Sonnenuntergang am Himmel zwischen Amrum und Sylt.

»Es ist immer nur der Moment, der zählt. Und das, was man daraus macht. Sagt meine Oma zumindest«, meinte er, nachdem Nike erzählt hatte, was sie gerade beschäftigte. Willis Wandel. Seine ganzen Fragen, was ihr Leben anbetraf, sein Interesse an ihr, sein neues Hobby, das Golfen, einfach alles. Es war einfach zu schön, um wahr zu sein. Jahrelang hatte sie sich danach gesehnt und jetzt? Jetzt kam es ihr komisch vor. Im Grunde verrückt, musste sie sich selbst eingestehen.

»Ja, recht hat sie. Ich nehme es jetzt einfach mal so hin, wie es ist.« Nike trank einen Schluck, dann ergänzte sie: »Ich versuche es zumindest.«

»Abgemacht?«, wollte Basti wissen, und Nike sah den Schalk in seinem Blick.

»Abgemacht«, versprach sie, sah wieder raus aufs Meer und fragte sich, ob Basti, so sehr sie ihn mochte, wirklich nachvollziehen konnte, wie sie sich als Kind gefühlt hatte, was sie vermisst hatte. Er war hier aufgewachsen, inmitten einer Bilderbuchfamilie. Seine Eltern lebten zusammen, liebten sich vermutlich auch, die ganze Familie war füreinander da. Sie feierten gemeinsam Weihnachten, Geburtstage, Sommerfeste. Sicherlich schien auch bei ihnen nicht immer nur die Sonne, aber es war etwas anderes. Ihre beiden Leben waren grundverschieden. Und doch hatte sie dieses Gefühl, ihn schon lange zu kennen, diese Vertrautheit, wie sie es noch nie zuvor erlebt hatte. Unabhängig von allem anderen. Und das wollte sie sich so gerne erhalten, es festhalten. Sie, die Einzelkämpferin.

»Mir ist so etwas noch nie passiert.«

»Was meinst du?«

»Na ja, ich radele über eine Insel, schaue in ein Haus, falle vor Schreck beinahe hin und lande in deinen Armen«, meinte sie und drehte sich zu ihm.

»Klingt wirklich etwas kitschig«, musste Basti zugeben.

»Definitiv!«

Die beiden mussten lachen.

»Was das angeht, sprengt der Sonnenuntergang allerdings den Rahmen«, fand er und deutete mit der Bierflasche in der Hand Richtung Himmel.

»Ja, stimmt! Mehr geht nicht! Vielleicht sollte ich eine Umschulung zur Liebesromanautorin machen«, überlegte Nike laut. »Ich gucke gleich mal nachher auf der Homepage der Agentur für Arbeit, ob die so was anbieten.«

»Mit Sicherheit. Da gibt es bestimmt ein Wochenendseminar!«

»Das dürfte reichen. Stoff habe ich ja reichlich.«

»Mega Plan! Und dann kommst du immer wieder her, zur Recherche.« Er hob sein Bier zum Prost.

»So wird's gemacht!«

Die Flaschen klirrten zusammen.

»Nee, sag mal, was meintest du denn gerade …?«, hakte er nach und sah sie fragend an.

»Wir sitzen hier wie alte Freunde, dabei kennen wir

uns gerade zwei Tage. Das meinte ich.« Sie sah ihn an. Die sonnengebräunte Haut, die vom Meersalz aufgehellten Haare, die schönen Augen. All das und seine Ausstrahlung, die ihr das Gefühl gab, dass er einen weichen Kern hatte, ein feiner Kerl war.

»Ja, stimmt. Da kann sich jede Dating-App gehackt legen«, meinte Basti und lachte. Dann drehte er sich zu ihr, kam näher, sah ihr lange in die Augen, stellte sein Bier ohne hinzusehen neben sich ab und umfasste ihr Gesicht mit beiden Händen. Er hörte nicht auf, sie anzusehen. Nike klopfte das Herz so sehr, dass sie es kaum aushalten konnte. Ihre Gedanken sprangen zwischen ihrem Kopf und Herzen hin und her. Alles, was jetzt kommen würde, war nicht das, womit sie gerechnet hatte, als sie ihren Koffer in Hamburg gepackt hatte. Es hatte sie erwischt, mit voller Wucht, und sie wartete auf das, was in Filmen in solchen Momenten passierte. Hätte sie bloß nicht den Salat mit dem Knoblauchdressing genommen! Und für ein Kaugummi war jetzt auch keine Zeit mehr. So ein Mist.

Aber es kam ganz anders. Basti sah sie an, strich ihr eine der kurzen blonden Strähnen, die unter ihrer Mütze rauslugte, aus der Stirn, lächelte sie an und zog den Träger der Latzhose, der unter ihrer Regenjacke verrutscht war, wieder über ihre Schulter. Dann ließ er seine Hände wieder sinken.

»Übrigens steht niemandem Latzhose mit geringeltem Langarmshirt, gelbem Friesennerz und Wollmütze so gut wie dir.«

»Und mit niemandem schmeckt das Bier im Strandkorb so gut wie mit dir«, ergänzte sie.

»Ich habe den blöden Verdacht, dass die Liste der Dinge, die mit dir zusammen schöner sind, lang ist, und ich weiß nicht, ob sie noch so schön sind, wenn du wieder weg bist.« Er strich ihr mit der Hand über die linke Wange und gab ihr einen zarten Kuss auf die andere Seite. »Das wollte ich dir nur mal kurz gesagt haben, bevor du wieder auf die Fähre springst. Sonst ärgere ich mich nachher mein Leben lang, dass ich es nicht getan habe.«

»Das wäre auch nicht gut!«, stimmte sie ihm zu und lächelte ihn verlegen an. Dann sah sie runter auf die Bierflasche in ihren Händen und fragte sich, ob sie halb voll oder halb leer war.

»Ich habe mir etwas vorgenommen«, sagte sie leise, kaum hörbar, als wäre es ein Geheimnis oder als spräche sie mit sich selbst.

Basti sah sie neugierig an und schlug die Beine übereinander. »Jetzt bin ich aber gespannt.«

»Wenn ich jemanden finde, mit dem die Dinge auf dieser Liste so viel schöner sind, als wenn ich sie allein mache, möchte ich ihn jederzeit sehen können, wenn mir danach ist. Und nicht erst …« Sie machte eine kurze Pause, weil sie es im Grunde kaum über die Lippen brachte. Denn diese Worte, wenn sie ausgesprochen waren, würden eine Konsequenz mit sich bringen. Eine Veränderung des Augenblicks, das Ende der Magie, der Spannung zwischen ihnen. Es wäre danach nie wieder so, wie es jetzt war. Das war ihre Angst.

»… stundenlang zu ihm fahren müssen«, brachte sie den Satz zu Ende und spuckte die Wörter beinahe aus, nur um sie schnell loszuwerden. Aus ihrem Kopf. Ihr Herz hätte das niemals gesagt. Aber ihr Herz hatte ihr auch nicht durch dieses Leben geholfen, das so oft den Kopf gebraucht hatte, um mit alldem fertig zu werden, was sich ihr in den Weg gestellt hatte.

Nike hob ihren Kopf, sah Basti in die Augen, versuchte seinem tiefen Blick standzuhalten, doch es ging nicht. Es war genauso, wie sie befürchtet hatte. Es hatte sich etwas verändert.

»Dann bleib!«, schlug er vor und überraschte sie damit so sehr, dass sie mit dem Oberkörper ein Stück zurückwich.

»Basti, wir kennen uns seit gestern. Ich kann doch nicht meine Wohnung und meinen Job …« Sie stockte. Es gab keinen Job mehr. An den Gedanken musste sie sich erst noch gewöhnen. »Den Job, den ich mir noch suchen muss, und überhaupt alles einfach aufgeben.« Das Wort *alles* schwang in ihrem Kopf nach, und sie versuchte, es zu reduzieren, aber es gelang ihr nicht.

Das klang ja fast so, als hätte er vorgeschlagen, hier und heute zu heiraten. Andererseits: Was hatte sie in Hamburg aktuell zu verlieren außer ihrer Wohnung? Ihre Mutter konnte sie am Wochenende besuchen. Aber diese Insel? Für immer? Nein, das ging einfach nicht. So schön sie es hier auch fand, jetzt, in diesem Moment. Aber was war im Herbst? Wenn es vielleicht jeden Tag regnete? Oder im Winter? Was machte sie dann hier? Und wovon sollte sie leben?

All diese Fragen schwirrten durch ihren Kopf. Aber keine davon teilte sie ihm mit. Es ging nicht. Sie wollte ihn nicht verletzen. Auf keinen Fall. Und sie wusste ja auch gar nicht, ob er das meinte, was sie dachte.

»Manchmal muss man auch etwas … wagen«, schlug er vor.

»Föhr wagen?« Sie sah sich um. »Verlockend. Wirklich. Aber das hier, das ist Urlaubsstimmung.« Sie breitete die Arme aus und deutete auf alles, was sie umgab: das Meer, den Strand, die Düne, die Strandkörbe, die Weite.

»Für mich nicht«, entgegnete er. »Für mich ist das hier Alltag. Das«, jetzt breitete er die Arme aus und machte es ihr nach, »ist mein Leben.«

»Ja, genau. Es ist deins. Aber meins, das ist woanders.« Sie hatte die Arme fallen lassen und sah ihn an, als hätte sie mit ihm Schluss gemacht. Dabei waren sie noch nicht einmal ein Paar. Kein Kuss, kein Händchenhalten. Sie sprachen über eine Liebe, die noch gar nicht existierte. Oder doch?

»Du könntest ja bei der Agentur für Arbeit fragen, ob die Umschulung zur Schnulzenautorin auch online geht. Oder einfach per Fernstudium«, schlug er vor und knuffte sie liebevoll in die Seite.

»Mach ich! Ich setze dich dann gleich cc!«

Nike lehnte ihren Kopf an seine Schulter und hoffte, er würde nicht aufstehen oder seine Schulter wegziehen, weil er jetzt, wo sie gesagt hatte, was sie dachte, keine Perspektive für sie beide mehr sah.

Aber er blieb genauso sitzen.

# 9.

»Ich habe zwei Touren für heute ausgearbeitet. Du darfst entscheiden. Tour eins oder Tour zwei?«, wollte Willi wissen, als Nike am nächsten Morgen komplett übermüdet die Treppe runterschlurfte.

Der Duft von frisch aufgebrühtem Kaffee hatte sie sanft geweckt, aber dann hatte die schreiende Möwe draußen dazu geführt, dass sie senkrecht im Bett stand. Sie hätte das Fenster gestern Nacht doch schließen sollen, hatte sie sich geärgert. Aber dafür war es nun zu spät. Wenn sie wach war, war sie wach. Egal, wie spät sie ins Bett gegangen war – oder wie früh.

»Ich muss erst mal aufwachen«, murmelte sie deshalb. »Danach kann ich gerne über eine Tour nachdenken.« Sie ging an ihrem Vater, der mit Becher und Notizblock in den Händen vor ihr stand, vorbei und schenkte sich einen Kaffee ein. Dann lief sie erneut an ihm vorbei, da er sich keinen Zentimeter bewegt hatte.

»Alles gut bei dir?«, wollte Nike wissen, die sich auf das Sofa gesetzt hatte und jetzt einen Schluck trank.

Draußen sah es alles andere als einladend oder nach einem schönen Strandtag aus. Ganz im Gegenteil. Der Himmel war bewölkt und machte nicht den Eindruck, als würde er es sich heute noch mal anders überlegen.

»Bei mir? Ja. Ausgezeichnet.« Willi nickte. »Ich mache mir eher über dich Gedanken.«

»Ach ja? Warum das denn plötzlich?«

»Sagen wir es mal so: Du siehst etwas übernächtigt aus.«

»Meine Gesichtserkennung am Handy hat funktioniert. So schlimm kann es also nicht sein.«

Willi sagte nichts.

Nike nahm noch einen Schluck, dann stand sie auf, ging in den winzigen Flur, in dem ein kleiner Spiegel an der hellgrauen Wand aus Holz hing, und sah sich an. »Okay. Ich gebe dir recht. Mein Handy muss ich wohl reklamieren. Warum auch immer es dachte, ich wäre es, und sich entsperrt hat … ich weiß es nicht. Vielleicht hätte es das auch gemacht, wenn ich eine Packung Butter in die Kamera gehalten hätte. Keine Ahnung.« Sie zuckte mit den Schultern und schlappte zurück zum Sofa. »Egal.«

Willi sah sie belustigt an, dann setzte er sich auf den Sessel ihr gegenüber, legte den Notizblock auf dem Couchtisch ab und lehnte sich zurück. »Hast du so schlecht geschlafen? Ich schlafe, seitdem ich hier bin, wunderbar!«

Seit er hier war? Und in Kiel? Nike fragte sich, wann

sie das letzte Mal bei ihm übernachtet hatte. Es musste verdammt lange her sein.

»Ich bin ein E-Herd. Die brauchen etwas länger. Nicht jeder ist so ein Gasherd wie du.«

Sie erntete einen verdutzen Gesichtsausdruck.

»Na, du stehst auf und bist, wenn du nicht gerade am Abend eine Ausstellungseröffnung oder eine Flasche Wein mit einer deiner Studentinnen geleert hast, gleich auf hundert Prozent. Ich bin da … in ein paar Minuten. Eventuell.«

»Und was ist der Grund?«

»Keine Ahnung. Meine Gene. Was weiß ich. Mutter Natur.« Sie trank den Rest aus dem Becher und stellte ihn auf den Tisch.

»Ich meinte eher, was der Grund für den wenigen Schlaf ist. Also, wenn ich fragen darf.«

»Dein Golflehrer ist es jedenfalls nicht«, meinte sie und zwinkerte ihm freundlich zu.

»Dachte ich mir.«

»Erzähl mal. Was machen wir heute? Es ist ja dein Wunschsamstag.«

»Ja, genau. Oder besser Wunschfreitag. Also. Ich habe zwei Touren. Sag einfach eine Zahl. Eins oder zwei?«

»Eins«, sagte Nike, ohne weiter nachzudenken. Sie hatte ja eh keine Ahnung, was er ausgeheckt hatte, und müsste außerdem sowieso alles mitmachen. Es war ja sein Tag. Egal, was kam.

»Prima! Wir machen eine Ortstafeln-Tour«, sagte Willi und strahlte sie übers ganze Gesicht an.

»Bitte, was?«

»Eine Ortstafeln-Tour«, wiederholte er mit einem Gesichtsausdruck, als würde ihm gleich das Bundesverdienstkreuz verliehen. Er war wie von Zauberhand ein Sitzriese geworden und mindestens drei Zentimeter gewachsen. Innerhalb von Sekunden.

»Meinst du nicht ernst, oder?« Kurz hatte sie die Hoffnung, er wolle sie nur auf den Arm nehmen, weil sie noch nicht ganz wach war.

Pustekuchen!

»Wusstest du, dass die Insulaner ihre eigene Sprache haben? Hier auf Föhr ist das Fering. Und auf Amrum Öömrang. Um ganz genau zu sein, ist es ein Dialekt des Nordfriesischen. Neun verschiedene gibt es da übrigens!«

»Aha«, murmelte Nike und wartete auf die Auflösung. Auf einen Hinweis, dass das Ganze ein Scherz war.

»Und was hat das mit den Ortsschildern zu tun?«, wollte sie wissen, weil Willi aufstand, sich seinen Becher nahm und zu der Küchenzeile ging.

»Auf den Schildern stehen die Ortsnamen.«

»Macht Sinn.«

»Und darunter stehen die Namen in Friesisch.«

»Super. Und was genau möchtest du damit machen?

Dich daneben stellen und ein Selfie schießen? Sorry, aber …« Sie musste plötzlich loslachen. Erst war es nur ein leichtes Prusten, aber dann konnte sie nicht mehr an sich halten. Vermutlich war es die immer noch anwesende Müdigkeit durch eine viel zu kurze Nacht und eine viel zu laute Möwe, die sie so albern machte. »Ich verstehe es nicht.«

Willi kam zurück und sah sie irritiert an. Aber da war noch mehr. Er freute sich. Worüber auch immer.

»Okay. Du nimmst mich nicht ernst. Nicht schlimm.«

»Doch!«, protestierte Nike. »Total! Wir fahren mit unseren Rädern von«, sie musste noch mal lachen, es ließ sich nicht unterdrücken, »von Schild zu Schild«, versuchte sie einigermaßen verständlich zu sagen, holte tief Luft und setzte sich wieder etwas gerade hin. »Okay!« Sie nickte. »Alles klar. Ist sonst noch etwas für heute geplant, oder füllt das den ganzen Tag aus? Ich meine … wie viele Ortsschilder gibt es denn hier?«

»Siebzehn«, schoss es aus Willi heraus, als würde er in einer Quizshow sitzen. »Davon gehe ich zumindest aus. Es gibt schließlich eine Stadt, also Wyk, und sechzehn Orte.«

»Hast du heute Nacht wachgelegen und den Inselführer studiert?«

»Nö«, stellte er klar, »Komm, dann lass uns losziehen.«

»Äh …« Nike sah an sich runter, an ihrem Pyjama,

dann wieder zu ihm hoch. »Ich glaube, ich muss noch kurz ins Bad. Und Frühstück wäre auch nicht so verkehrt.«

»Ich lade dich zum Frühstück ein. Ist nicht weit von hier.«

»Picknick am Ortsschild?« Sie stand auf und ging zur Treppe.

»Nee. Keine Angst! Ganz und gar nicht!«, beruhigte Willi sie.

»Puh, dann hab ich ja Glück gehabt.«

»Sowieso!«, meinte er.

Nike blieb auf der Treppe stehen und drehte sich zu ihm um. »Meinst du?«

»Ja. Ich glaube schon.«

Willi hatte nicht zu viel versprochen. Dafür, dass es eigentlich sein Wunschsamstag war, war es mehr, als sie je erwartet hatte. Zu ihrer Überraschung fuhr er auf dem Rad in Richtung Wyk, ohne an dem Ortsschild anzuhalten, weiter durch den Ort bis zu einem modernen, großen Hotel, das sich direkt am Wasser befand. Nike sah sich neugierig um. Alles sah neu, skandinavisch und einladend aus.

»Und was machen wir hier?«, fragte sie, während er sein Rad abstellte.

»Frühstück mit Meerblick. Komm!«, forderte er sie auf.

Willi ging durch den großen, hellen Eingangsbereich, grüßte die Damen an der Rezeption links, als wären sie alte Bekannte, und lief weiter geradeaus, während Nike sich umsah. Zu ihrer Rechten befand sich ein offener Raum, der an eine riesige Bibliothek erinnerte und zum Verweilen einlud, geradeaus erkannte man eine Terrasse und dahinter, am Horizont, das offene Meer. Sie gingen an Sitzecken und einer Bar vorbei und nahmen an einem Tisch Platz, von dem aus man einen traumhaften Blick hatte – über die Holzterrasse, die Dünengräser und einen Pool, der sich an der linken Seite des Gebäudes befand.

»Wow! Das ist ja hübsch«, stellte sie fest. »Du warst schon einmal hier, oder?«

Willi nickte und reichte ihr die Karte, die bereits auf dem Tisch gelegen hatte.

»Wer ist denn der Glückliche? Willst du mir nicht langsam mal von ihm erzählen?«, fragte Willi, nachdem die sympathische Kellnerin ihnen alles gebracht hatte, was sie bestellt hatten. Der Tisch war gedeckt mit Brötchen, Croissants, Obstsalat, einer Käseplatte, verschiedenen Marmeladen. Sogar Champagner hatte Willi bestellt.

Nike sah sich den Tisch in Ruhe an und fragte sich, wie sie das alles schaffen sollten. Dann nahm sie einen Schluck Cappuccino, lehnte sich zurück, sah aus dem Fenster und fing schließlich an zu erzählen. Von dem kleinen Reetdachhaus, das sie auf ihrer Fahrradtour entdeckt hatte, von ihrem Schrecken, als sie durch das Fenster gesehen und innen plötzlich jemand gestanden hatte. Von Basti, der sie aufgefangen hatte wie in einem Rosamunde-Pilcher-Film, und von den Gesprächen, die sie seitdem mit ihm geführt hatte. Die sich so anfühlten, als wäre er immer schon da gewesen, in ihrem Leben, als würden sie sich seit Jahren kennen und würden die Gespräche, die sie irgendwann unterbrochen hatten, einfach nur weiterführen nach einer langen Pause.

»Weißt du, was ich meine?«, wollte sie wissen, während sie sich ein dunkles Brötchen nahm.

Willi sah sie an, sagte nichts und schüttelte einen Moment später den Kopf. »Nein. Ich glaube nicht«, meinte er, strich sich eine Locke aus dem Gesicht, tunkte das Croissant in seinen Milchkaffee und biss von dem tropfenden Stück ab.

»Du hast nie das Gefühl gehabt, dass du jemanden schon lange kennst, obwohl ihr euch gerade erst kennengelernt habt?«

Ein langer Augenblick verging, bis er erneut den Kopf schüttelte. Zögerlich, langsam, so, als wäre es falsch.

»Mir ist es bisher auch nur«, sie überlegte kurz, »ich glaube, zwei Mal passiert.« Sie hatte den Eindruck, das sagen zu müssen, um ihm das Gefühl zu nehmen, dass etwas mit ihm nicht stimmte. Obwohl sie genau das dachte.

»Wer ist die andere Person?«, wollte er wissen und sah sie an, während der Kaffee aus dem Croissant auf seinen hellgrauen Teller tropfte.

»Mein Beziehungsfehler«, erklärte sie kurz und biss ab. Ex klang so sachlich. Natürlich beinhaltete es die Tatsache, dass es vorbei war, aber Beziehungsfehler war einfach aussagekräftiger.

»Okay. Kein gutes Thema«, sagte Willi und sah sie an. »Wenn du nicht darüber … Also, das ist schon okay!«

»Darum geht es gar nicht. Du hast einfach noch nie nach meinen Beziehungen gefragt. Vielleicht liegt es daran. Dass ich es einfach nicht gewohnt bin, mit dir darüber zu sprechen. Und an … der Sache an sich.«

Willy erwiderte nichts. Er hielt sein Croissant immer noch genauso in der Hand, bewegte sich keinen Millimeter, als liefe ein unfassbar spannendes Fußballspiel oder als ginge es hier um Leben und Tod und jede Bewegung könnte die falsche, die letzte sein.

»Okay! Wenn du es unbedingt wissen willst. Er war ein Arsch!«, sagte Nike so laut, dass es jetzt auch alle umliegenden Gäste wussten. Eine junge Frau drehte sich zu ihnen um, grinste verständnisvoll und sah ihren Freund an, als könne er etwas dafür, eine andere Dame zog nur kurz die Augenbraue hoch und las weiter in ihrem Klatschblatt. Den Rest der Hotelgäste kümmerte es nicht weiter.

»Wie definierst du Arsch?«, wollte Willi wissen und biss jetzt doch von seinem Croissant ab.

Nike sah ihn mit großen Augen an.

»Ab wann ist man bei dir ein Arsch?«, formulierte er seine Frage noch einmal neu.

»Wenn man sich mit der Nachbarin im gemeinsamen Bett amüsiert, bevor die Freundin nach sechs Stunden Zugfahrt endlich ankommt«, sagte sie mit einem Blick, der klarmachte, dass diese Information keine Grundlage für weitere Fragen bot. »Und man vergisst, ihre rote Spitzenunterwäsche aus dem Bett zu entfernen. Die der Nachbarin. End of Story«, schob sie nach, um sicherzugehen, dass auch wirklich keine weitere Frage käme.

Willi sah sie mit großen Augen an, nickte, biss noch mal ab und schwieg.

Nike überlegte einen Moment, dann seufzte sie und erzählte von der Beziehung zu ihrem Ex, der in München lebte und den sie nur alle paar Wochenenden hatte sehen können. Der nie da gewesen war, wenn sie sich nach ihm gesehnt hatte, sondern immer nur dann, wenn sie einen ganzen Tag im Zug gesessen hatte. Der Ex, den sie so sehr geliebt hatte, dass sie alles für ihn getan hätte. Die Abende allein auf dem Sofa hatte sie sich schöngeredet und ihren Freundinnen erzählt, wie viel

Freiraum sie dadurch für sich habe, und dass die weite Entfernung die Beziehung schließlich jung hielte, ihrer Liebe einen Kick gäbe und es ihr nichts ausmachte, dass er dort sein Leben lebte und sie in Hamburg. Dabei war diese Liebe längst tot gewesen. Er hatte nur nicht den Mut gehabt, es ihr zu sagen, dass schon lange etwas mit seiner attraktiven Nachbarin gelaufen war. All die Male davor, wenn sie bei ihm gewesen war und ihn gefragt hatte. Der Ex, der nicht ehrlich gewesen war, nicht die Beziehung beendet hatte, der mit Nike geschlafen hatte, während unter ihr die rote Spitzenwäsche der Nachbarin gelegen hatte – bis sie unter sich gegriffen hatte, weil etwas an ihrem Rücken gekratzt hatte. Wie in einer billigen Soap. Einer richtig schlechten, billigen Soap.

»Und genau deshalb erzähle ich auch nichts von dem, den ich hier durch Zufall kennengelernt habe. Weil er zu weit weg wohnt, weil ich zu nah an dieser alten Geschichte bin und … Ach, egal!«

Willi nickte, als wüsste er, was sie meinte, dabei war sie fest vom Gegenteil überzeugt.

»Alles in Ordnung bei Ihnen?«, wollte die Kellnerin wissen und sah prüfend auf ihren Tisch, ob etwas fehlte.

»Alles bestens, danke«, sagte Nike und nahm sich das Schälchen mit dem Obstsalat.

»Er ist kein Urlauber. Er lebt hier, richtig?«, schlussfolgerte ihr Vater und sah sie an.

Nike nickte und nahm einen Löffel Obstsalat.

Regional, vermutlich. Sie musste an Bastis Eltern denken, die einen landwirtschaftlichen Betrieb hatten, Obst anbauten. Basti, der auch keine Lust mehr hatte auf Urlaubsflirts. Der seine Insel, seine Heimat liebte und sich nichts anderes vorstellen konnte. Für den das hier das Schönste war, was es gab.

»Worüber haben wir uns denn sonst so unterhalten, bisher?«, wollte Willi wissen, als wäre er selbst dabei nicht anwesend gewesen.

»Wir beiden? Wie kommst du denn jetzt darauf?«, fragte Nike verblüfft.

»Na ja«, meinte er, trank einen Schluck frisch gepressten O-Saft und stellte das Glas wieder weg, »du hast ja gesagt, dass du nie mit mir über deine Freunde gesprochen hast.«

»Habe ich auch nicht.«

»Warum nicht?«

»Weil du nie gefragt hast. Darum.« Nike sah ihren Vater kopfschüttelnd an.

»Aber über irgendetwas müssen wir uns unterhalten haben. Du musst mir doch etwas erzählt haben«, grübelte er, und es klang tatsächlich so, als dächte er ernsthaft darüber nach.

Nike legte den Löffel beiseite, lehnte sich zurück und sah Willi an. An ihrem Tisch kam ein junges Paar vorbei, das fertig gefrühstückt hatte und sich jetzt sicherlich ins Zimmer zurückzog oder an den Strand ging. Eine der Kellnerinnen räumte einen Tisch ab, eine andere servierte frischen Kaffee am Nebentisch. Ein kleines Kind lief den Gang entlang, gefolgt von der Mutter, die seinen Namen rief und es aufforderte stehen zu bleiben. All das nahm Nike wie in einem Film wahr, den sie sich ansah, aber in dem sie keine Rolle spielte. So wie in dem Film von Willis Leben, in dem sie nie eine große Rolle gespielt hatte. In dem es um ihn und seine Freunde ging, seine Frauen, seine Kunst. Und irgendwann, viel später erst, um Nike.

Dann hörte sie plötzlich ihren Namen, war sich aber nicht sicher, ob sie wirklich gemeint war.

»Nike?«, hörte sie es jetzt lauter und klarer. Willi sah sie mit zusammengezogenen Augenbrauen an. Er hatte den Oberkörper weit vorgelehnt und den Kopf leicht schräg gelegt. So, als würde er sie betrachten. Als würde er in einem Bild den Fehler suchen.

»Ich bin kein Gemälde!«, sagte sie schroff und griff nach dem Saftglas.

»Bitte?!«

»Du guckst mich an, als wäre ich ein Bild, bei dem du dich verpinselt hast.«

»Wenn du ein Bild wärst«, er lehnte sich entspannt wieder zurück, »dann hätte ich keinen Grund, dich so anzusehen, denn dann wäre es das Beste, was ich je geschaffen habe.«

»Bin ich aber nicht.«

»Stimmt. Du bist besser als jedes Gemälde. Du bist meine Tochter.«

Nike sah ihn an und schluckte das, was sie dachte, runter. Bastis Worte klangen in ihrem Kopf nach. Es so hinnehmen, wie es jetzt war.

Sie schaffte es, nichts zu sagen, obwohl das nicht leicht war.

»Was hast du denn heute noch so vor? Abgesehen von den siebzehn Ortsschildern«, fragte sie schließlich.

Willi lächelte sie an. Das Lächeln hatte etwas Erleichtertes. »Eins haben wir ja schon«, meinte er, zwinkerte ihr zu und hob sein Champagnerglas zum Prost.

»Na, wenn das so ist«, sie nahm ihr Glas und hielt es ihm entgegen, »dann können wir uns die Ortsschilder der anderen Inseln ja auch noch angucken. Wenn wir eh hier sind.«

Die beiden lachten, stießen die Gläser aneinander und tranken einen Schluck.

»Was gibt es denn zu feiern?«, wollte Nike wissen. »Das sieht alles so aus«, sie deutete auf den reich gedeckten Tisch, »als wenn du ein Bild verkauft hast. Oder was steckt dahinter?« Sie senkte den Blick und sah auf ihren Teller, um so zu tun, als wäre es ihr nicht wichtig. Dabei ging es hier schon wieder um nichts anderes als genau diese eine Frage: *Was ist los?*

»Das Leben«, meinte Willi mit vollem Mund.

Der Champagner ließ den Kopf leichter werden, aber der Rest des Frühstücks machte die Tour eher schwerer. Oder es waren die Stunden Schlaf, die ihr schlichtweg fehlten: Nike hätte sich lieber wieder zurück ins Bett gelegt, anstatt im Gegenwind an Schafen und Kühen vorbeizufahren, die sie Gras kauend ansahen, als stimme etwas mit ihr nicht. Sie hatte das Gefühl, dass sämtliche Urlauber sie überholten. Von rechts und links. Im Minutentakt. Offenbar war sie die langsamste Radfahrerin seit Entdeckung der Insel. Selbst Willi hielt hin und wieder an und sah sich nach ihr um. So wie jetzt. Sie waren irgendwo hinter Wyk. Willi war vom Rad abgestiegen und versuchte, über einen Holzzaun und kinnhohe Heckenrosen auf ein Grundstück zu schauen, auf dem ein altes Friesenhaus stand.

Nike bremste, stellte ihre Füße ab und sah ihn fragend an. »Vermieten die Betten? Mir würde auch eine Stunde reichen«, stöhnte sie.

»Ich glaube eher nein«, sagte er und machte weiter einen langen Hals.

»Suchst du was Bestimmtes?«

»Ich? Nein«, sagte er, stieg wieder auf und fuhr weiter.

Nike fuhr ihm nach, den ruhigen Weg zwischen Feldern und Gräben entlang, Gräsern, windschiefen Hecken, Hasen und Pferden. Sie hatte aufgehört, sich über ihren Vater zu wundern. Keiner wunderte sich über das, was für ihn normal war. Kein Kind kam auf die Welt und wunderte sich darüber, wie es aufwuchs. Oder stellte es infrage. Das Sich-Wundern und Infrage-Stellen begann erst, wenn sich der Normalzustand änderte. Oder man andere Normalzustände kennenlernte. Sie kannte Willi nur so, wie er war. Seit sich sein Normalzustand allerdings veränderte, fing das Wundern an. Oder war am Ende doch alles wie immer?

Er war es, der vor ihr auf dem Rad fuhr, sich umsah, die Welt mit seinen Augen so anders wahrnahm als sie. Der sich umdrehte, ihr zuwinkte wie ein kleiner Junge. Der die Füße von den Pedalen nahm, die Beine rechts und links geradeaus streckte und in Schlangenlinien die Straße entlangradelte. Der wild klingelte, wenn ihnen andere Radfahrer entgegenkamen, die fröhlich winkten und zurück klingelten. Er zauberte den Menschen ein Lächeln ins Gesicht, dachte Nike, während sie hinter ihm herfuhr, bis sie langsamer wurde und schließlich anhielt, weil ihr Vater vom Rad gestiegen war. Nicht irgendwo, sondern an dem Haus, das sie bereits kannte. Nicht nur von außen. Auch von innen. Und sogar die Terrasse und ihren wunderschönen Blick über die Marsch. In ihrer Wolke aus Müdigkeit und Gedankenwirrwarr hatte sie gar nicht realisiert, dass sie hierher gefahren waren. Es war aber auch nicht die Straße gewesen, die sie zuvor geradelt war. Sicher lag es daran. Aber warum in aller Welt war Willi ausgerechnet hier vom Rad gestiegen? Hatte sie ihm erzählt, wo das Haus stand, an dem sie Basti kennengelernt hatte? Sie erinnerte sich nicht mehr. Sie war einfach nicht in der Lage, irgendeinen Zusammenhang zu erkennen.

Nike sah sich um und versuchte auszuspähen, ob Basti oder sein Kollege gerade im Haus waren. Das wäre ihr mehr als unangenehm, wenn sie hier auch noch mit ihrem Vater auftauchen würde! Warum auch immer der jetzt sein Rad abstellte und auf die Tür zuging.

»Papa? Sorry, aber kannst du mir mal kurz erklären, was du da machst? Musst du mal? Dahinten kommt gleich ein Café!«, sagte sie schnell und blickte sich weiter hektisch um, weil ihr der Gedanke unfassbar unangenehm war, dass ihr Vater hier irgendwo eine ruhige Ecke suchte, um sich zu erleichtern und in dem Moment am besten auch noch Basti aus dem Haus käme. Mehr ging wirklich nicht. Erst erzählte sie ihm, dass eine Fernbeziehung nicht infrage kam, und dann pinkelte ihr Vater auch noch in den Garten des Hauses, in dem er arbeitete. Hilfe!

»Papa!«, rief Nike mit Nachdruck, doch Willi schlich weiter ums Haus, als wäre er taub. Das gab's doch gar nicht. Was machte er denn?!

»Moin!«, hörte sie eine Männerstimme hinter dem Haus, stellte schnell ihr Rad ab und folgte Willi, den sie nicht mehr sehen konnte, um die Ecke.

»Moin!«, erkannte sie die Stimme ihres Vaters.

»Kann ich Ihnen irgendwie weiterhelfen? Haben Sie einen Besichtigungstermin oder …«

»Nein, nein, ich wollte mich nur mal umschauen. Wenn das okay ist«, erklärte Willi gerade, als Nike um die Hausecke nach hinten zur Terrasse kam.

Matti stand, die Terrassentür in der Hand haltend, im Türrahmen und sah Willi fragend an.

»Ach, du bist es!«, sagte er jetzt, ließ die Tür los, kam raus und begrüßte Nike.

»Hi!«

»Hi! Basti ist heute gar nicht da. Ich glaube, der …«, fing Matti an, doch Nike unterbrach ihn.

»Nee, alles gut! Danke. Ich bin … Also, mein Vater und ich, wir machen eine Radtour und sind nur gerade durch Zufall hier lang gekommen. Alles bestens!«

»Ach so. Na gut. Dann … schaut euch gerne um. Oder«, er wies zum Innenraum, »wolltet ihr das Haus ansehen?«

»Nein. Das ist lieb, aber wir«, Nike drehte sich hilfesuchend zu Willi um, der inzwischen mit ein paar Metern Abstand vom Haus in Richtung der grünen Marsch blickte, die das Grundstück umgab. Die Hände rechts und links in die Seiten gestemmt, sah er sich um, als suche er etwas. »Wir haben hier nur kurz einen Stopp eingelegt. Danke! Wir fahren gleich weiter!«

Matti nickte und sah zu Willi rüber, als sei er nicht so richtig von dem überzeugt, was er gerade gehört hatte.

»Er, also mein Vater, ist Maler.«

Matti nickte erneut.

»Er sucht neue … Motive«, versuchte sie das merkwürdige Verhalten ihres spät- und endlos pubertierenden Vaters zu erklären. Nike kreuzte die Arme vor dem Oberkörper und nickte, um dem, was sie gesagt hatte, mehr Gewicht zu verleihen. Die Wichtigkeit des Momentes. Der Künstler inmitten der Landschaft, hoch konzentriert, weil er sie unbedingt festhalten wollte. Diese Atmosphäre, diesen nie wiederkehrenden Augenblick, in sein Inneres transportieren, speichern, einfrieren und dann auf der Staffelei verewigen, in seinen Farben. So, wie er es sah. Jetzt.

»Kann ich das Klo mal benutzen?«, fragte Willi, ohne sich dabei zu ihnen umzudrehen.

Matti sah Nike an, als hätte sie eine Erklärung parat. Die zuckte nur mit den Schultern.

»Ja. Natürlich. Ich zeige sie Ihnen«, sagte Matti und ging vor ins Haus. Willi sah noch ein paar Sekunden auf die Wiesen, dann drehte er sich wie in Zeitlupe um und folgte Matti ins Haus.

Als er an ihr vorbeigegangen war, ließ Nike den Kopf hängen und schlug die Hände vors Gesicht.

Warum, fragte sie sich. Warum war er so?

Matti würde Basti hundertprozentig von dieser skurrilen Situation erzählen.

Kopfschüttelnd ging Nike zurück zu ihrem Rad und wartete dort. Doch es dauerte. Willi kam und kam nicht wieder. Schließlich ging sie zur Eingangstür und wollte gerade an die Scheibe klopfen, als die Tür geöffnet wurde.

»Da bist du ja!«, schoss es aus ihr heraus, als Willi endlich aus dem Haus kam. Am liebsten wäre sie im Erdboden versunken. Wie konnte man sich denn so lange auf der Toilette aufhalten? Und dann auch noch in einem fremden Haus! Hoffentlich hatte er sich wenigstens hingesetzt.

»Danke!«, sagte Willi, gab Matti die Hand und ging auf sein Rad zu.

»Dann noch einen schönen Abend!«, wünschte Matti, hob die Hand zum Gruß und schloss die Tür wieder.

»Oh, Mann. Was hast du denn die ganze Zeit da drin gemacht?!«, wollte Nike wissen, als sie ein Stück vom Haus entfernt waren und langsam weiter die Landstraße entlangfuhren.

»Ich war auf'm Klo. Und es war schön«, meinte Willi und fuhr pfeifend weiter, als wäre nichts gewesen. War es aus seiner Sicht ja auch nicht.

»Das Klo oder was konkret jetzt?«

»Das Klo, das Haus, alles.«

»Aha«, murmelte Nike und fuhr ihm mit gerunzelter Stirn hinterher. Es hatte keinen Sinn. Sie würde ihn nicht ändern. Nicht mehr in diesem Leben. Es war sein Wunschsamstag. Seine Wunschwoche. Sein wildes Willi-Leben. So war's.

Im Grunde konnte sie froh sein, dass er nicht bei irgendwelchen anderen wildfremden Leuten geklingelt und dort gefragt hatte, ob er einmal die Toilette benutzen konnte.

»Fünf haben wir geschafft«, stellte Willi zufrieden fest, als sie am späten Nachmittag in Nieblum ankamen und draußen an einem der Holztische auf der Terrasse von Namine Witt saßen. »Genusshandwerk Föhr« stand draußen an der hellen Steinwand unter dem Namen des schönen, neuen Bistros, an welches das dazugehörige Restaurant grenzte. Es gab regionale Delikatessen aus der eigenen Produktion und Weine in den offenen Regalen zum Mitnehmen. Der Steinboden, die Stühle, die Farben – alles sah sehr ansprechend und einladend aus.

Willi hob sein Wasserglas und trank es in einem Zug leer. »Herrlich!«, stellte er fest und sah in die Speisekarte.

»Fünf was?«, wollte Nike wissen, die inzwischen von

der ganzen frischen Luft nicht nur wach war, sondern auch hungrig wie zehn Seemänner.

»Ortsschilder! Hast du gar nicht mitgezählt?«

»Nee, sorry.« Nike sah in die Karte und fragte sich, womit sie anfangen sollte. Am liebsten hätte sie die Gerichte von oben bis unten einmal bestellt. Es klang alles so verdammt lecker und ihr Hunger machte die Auswahl nicht unbedingt leichter.

Ein frischer Abend kündigte sich an. Der Wind hatte die letzten Wolken über die Nordsee gepustet, und die Sonne schien inzwischen, wärmte aber kaum. Nike zog den Reißverschluss ihrer Jacke so hoch es ging und die Wollmütze noch ein Stückchen tiefer in die Stirn. Willi hatte sich seine dunkelblaue Wolljacke übergezogen, die Beine übereinander geschlagen und sah nachdenklich über die wildromantisch bepflanzten Blumenkästen, die eine Grenze zur alten Dorfstraße bildeten, hinweg. Nike folgte seinem Blick, der an den wilden Gräsern auf der anderen Seite der flachen Kopfsteinpflaster vorbeiführte, wo sich eine kleine Bushaltestelle befand, die lediglich aus einem gelben Schild bestand, bis zu den Bäumen, die an den Friedhof grenzten.

Sie wollte gerade die Karte weglegen und sich nach der Kellnerin umsehen, um die Bestellung aufzugeben, als ein Mann abrupt an ihrem Tisch stehen blieb.

»Ach! Das ist ja eine Überraschung. Guten Tag! Also,

mit Ihnen habe ich hier ja gar nicht gerechnet, muss ich sagen.« Der Mann sah erst Willi, dann irgendwann Nike an, da von Willis Seite keine Reaktion kam. So, als hätte ihr Vater Kopfhörer auf und bekäme nichts von dem mit, was hier gerade gesprochen wurde.

»Wie geht es Ihnen denn?«, fragte der Mann jetzt und erntete wieder nur Stille.

Was sollte das denn, fragte Nike sich, die sich innerlich zwischen peinlich berührt und fremdschämen bewegte. So kannte sie ihren Vater gar nicht. Er sah, anstatt aufzustehen und dem Mann zur Begrüßung die Hand zu geben oder ihn anderweitig irgendwie zu begrüßen, bedrückt auf die Tischplatte, als wäre er nicht anwesend.

Nike wusste sich nicht zu helfen, schüttelte hilflos den Kopf und zuckte unwissend mit den Schultern, als der Mann sie fragend ansah.

»Ja ja, alles bestens«, murmelte Willi schließlich und hielt den Kopf immer noch gesenkt.

Nike hatte das Gefühl, die Situation irgendwie retten zu müssen, bevor es noch unangenehmer wurde. Was auch immer die beiden miteinander am Wickel hatten, man konnte ja wenigstens kurz grüßen.

»Hallo«, sagte sie, stand auf und reichte dem Mann die Hand. »Ich bin Nike, die Tochter.«

»Dr. Leopold, guten Tag! Freut mich, Sie kennenzulernen. Dann machen Sie hier gemeinsam Urlaub?«, fragte Dr. Leopold zögerlich. So als wäre die Idee, ausgerechnet auf Föhr Urlaub zu machen, so abwegig wie ein Oktoberfest auf Hawaii. Eine völlig absurde Idee. Urlaub auf Föhr? Total verrückt.

Nike sah Dr. Leopold an, bei dem sich die Stirn in Falten gelegt hatte, dann zu Willi und schließlich wieder zurück zu Dr. Leopold.

»Ja. Wir machen hier ein paar Tage Urlaub, genau«, erklärte sie.

Willi schien die für ihn aus irgendwelchen Gründen unangenehme Situation durch Stille ausblenden zu wollen. Als würde es ihn unsichtbar machen. Er saß es einfach aus.

»Na, dann. Haben Sie noch eine gute Zeit zusammen«, sagte Dr. Leopold nach einer gefühlten Ewigkeit und nickte ihnen zu. »Und wenn etwas ist oder Sie Redebedarf haben, melden Sie sich gerne jederzeit. Sie haben ja meine Nummer.«

Nike sah Willi an, der immer noch auf die Tischplatte starrte und mit der Hand darüber wischte, als suche er dort die Antwort. Auf was auch immer.

»Sag mal, ist alles okay bei dir?! Warum redest du denn nicht mit dem Mann?«, fragte Nike bestürzt, als Dr. Leopold gegangen war.

»Was kann ich Ihnen bringen?«, hörte sie in dem Moment die Kellnerin fragen, die jetzt an ihrem Tisch stand und auf die Bestellung wartete.

»Hallo?«, hakte Nike nach und erntete von der Frau einen irritierten Blick. »Kannst du mal was sagen?«

Willi hob den Blick. »Ich nehme die Friesische Krabbensuppe. Und noch ein Wasser, bitte. Das wär's. Danke.«

»Ich bitte auch!«, sagte Nike schnell und gab der Kellnerin die Karte zurück. »Vielen Dank.«

»Gerne«, sagte die junge Frau und ging weiter zum nächsten Tisch.

Das Bistro war gut gefüllt, sowohl drinnen als auch draußen auf den Holzbänken, wo sie saßen und von wo sie Dr. Leopold mit dem Blick folgten, der jetzt mit einem schwarzen Schirm, den er als Wanderstock zu nutzen schien, Richtung Ortsmitte weiterging.

»Sag doch mal! Was war das denn? Redebedarf? Hast du einen Therapeuten? Das muss dir doch nicht peinlich sein.« Nike beugte sich leicht vor, um Willis Blick aufzufangen. Doch es gelang ihr nicht. Er war woanders. Irgendwo zwischen hier und einem Punkt in den Bäumen. Oben, in der Krone der Laubbäume. Oder dahinter, in den Wolken. Nichts war so schwer zu malen wie Wolken, hatte er einmal gesagt. Das war viele Jahre her und seitdem musste sie immer daran denken, wenn sie Wolken sah. Die verschiedenen Formen, die Größe, die Stimmung.

Willis Stimmung war jedenfalls nicht die, die man haben sollte, wenn gerade der eigene Wunschsamstag war.

»Entweder du sagst mir jetzt, was los ist, oder …«

»Ich kann nicht. Das war so nicht geplant. Ich wollte einfach nur ein paar Tage mit dir verbringen, und dann kreuzt dieser Typ hier auf und …«

»Wer ist denn *dieser Typ?*« Nike sah ihren Vater an, als hätte er etwas verbrochen, als wäre er das Kind und sie die Erziehungsberechtigte, die hier den Schlamassel ausbaden durfte.

»Dr. Leopold«, erklärte Willi ohne sie anzusehen.

»Ja, seinen Namen hat er genannt«, entgegnete Nike und wartete ab.

Einen Moment passierte gar nichts, und Nike ließ ihren Vater in Ruhe, denn sie sah ihm an, dass er nach den richtigen Worten suchte. Nach dem, was das gerade eben erklären konnte. Und vielleicht noch mehr. Das sagte ihr ihr Gefühl.

Willi hob seinen Blick, der inzwischen wieder auf der Holzplatte gehaftet hatte, und sah sie an. Seine Miene war versteinert. »Mein Onkologe.«

»Dein was?«, hakte sie nach, obwohl sie genau wusste, was ein Onkologe war. Aber ihr Vater Willi und dieser Doktor Leopold, der offensichtlich Onkologe war, was hatten die beiden miteinander zu tun? Sie verstand es nicht. Sie weigerte sich, es verstehen zu wollen. Es war eine Information, die zwischen ihr und Willi wie in einem Paralleluniversum schwebte. Ein kleiner Planet, der sich zwischen ihnen bewegte, den sie wahrgenommen hatte, aber nicht wahrhaben wollte.

»Wozu brauchst du einen Onkologen? Was ist denn los, Papa? Und warum guckt dich dieser Arzt so an, als …?«

»Weil ich eigentlich einen Termin in der Klinik habe. Aber ich habe mich dagegen entschieden. Ich mache das nicht. Ich möchte die Zeit mit dir verbringen und nicht im Krankenhaus an irgendwelchen Schläuchen hängen, meine Haare verlieren, mich übergeben, eine OP haben, Bestrahlung, um danach dann eine Überlebenschance von ein paar Prozent zu haben. Ich möchte jetzt hier mit dir meinen Wunschsamstag verbringen. Ich möchte gleich mit dir am Strand spazieren gehen, ich möchte mit dir Krabbensuppe essen, noch ganz viele gemeinsame Krabbenbrötchen – obwohl ich die gar nicht mehr so gut essen kann –, und ich möchte so gerne wissen, wer dieser Typ ist, den du kennengelernt hast. Das möchte ich. Nichts anderes.«

Nike hatte das Gefühl, alle Geräusche um sie rum wären dumpf, ja, würden sogar noch leiser, so, als würde jemand die Lautstärke an einer Musikanlage runterdrehen, bis alles weg war und sie nur noch unter einer Glasglocke zu sitzen schien. Abgetrennt von der Welt. Eine Filmszene, dachte sie. Wie in einer Filmszene. Es ist nicht echt. Willi steht gleich auf, lacht lauthals, alle drehen sich um, er steht wieder im Mittelpunkt, setzt sich dann wieder und sagt ihr, dass es nur ein Scherz war. Natürlich! Was denn sonst? Ein dummer, wird sie dann antworten und kopfschüttelnd anfangen, ihre Krabbensuppe zu essen.

Aber er stand nicht auf. Er lachte nicht zu laut. Es drehte sich niemand zu ihnen um. Das Leben der anderen ging weiter. Ihres war stehen geblieben. Vor einem langen Augenblick, einem Moment, von dem sie gar nicht genau sagen konnte, wann und ob er wirklich eingetreten war oder ob sie sich das alles vielleicht nur eingebildet hatte.

Nike sah Willi an, der ihrem Blick standhielt.

»Es tut mir leid«, nuschelte er unverständlich.

»Es tut dir leid«, wiederholte Nike, die spürte, dass ihr Tränen über das Gesicht liefen. »Was tut dir denn leid? Dass du es mir nicht gesagt hast, dass du … krank bist? Dass du mir keine Antwort gegeben hast, als ich gefragt habe, warum du mit mir verreisen willst? Oder was tut dir leid? Dass du keine Behandlung willst? Was genau … Ich verstehe das nicht. Was denn?«

Die Kellnerin blieb mit dem vollen Tablett am Tisch stehen, sah Nike an, als wäre sie nicht sicher, ob es wirklich eine gute Idee war, die beiden Suppen hier abzustellen. Dann schaute sie Willi fragend an, der ihr ein aufmunterndes Zeichen gab.

»So, da haben wir die friesische Krabbensuppe«, erklärte sie also und nahm die beiden Teller vom Tablett. »Guten Appetit!«

Die beiden sahen auf ihre Suppen, als könne man sie gar nicht essen. Die Krabbensuppe, auf die Nike sich so gefreut hatte, weil ihr Magen knurrte, war innerhalb von Sekunden zu dem Unwichtigsten auf diesem ganzen, riesengroßen Planeten geworden.

Willi saß eine Weile nur da, dann griff er nach seinem Löffel und fing an zu essen. Er pustete, rührte, schmeckte, nickte, als Zeichen dafür, dass die Suppe ihm schmeckte. Nike beobachtete ihn dabei, versuchte die Fragen, die sekündlich mehr wurden, in ihrem Kopf zu sortieren, sich zu beruhigen.

Es konnte nicht sein, es war völlig ausgeschlossen, dass er etwas Ernsthaftes hatte, redete sie sich selbst ein. Er war doch hier, bei ihr. Und er sah gesund aus. Sie hatten eine Fahrradtour gemacht, er saß hier und aß. Nike ging in Gedanken die letzten Tage, Wochen, Monate durch, blätterte in ihren Erinnerungen und suchte nach Anzeichen, nach Indizien für eine Erkrankung. Nach etwas, das sie nicht gesehen, nicht erkannt, nicht richtig gedeutet hatte.

»Was hast du denn?«, fragte sie leise und hoffte, seine Krankheit wäre etwas, was man gut behandeln konnte, halb so wild, eine Krankheit, die schon Hunderte vor ihm hatten, eine Standardbehandlung, und danach wäre er wieder der Alte.

Noch bevor Willi antwortete, fiel ihr sein Satz wieder ein, er wolle sich nicht behandeln lassen. Sie ahnte die Reichweite, die Schwere dieser Entscheidung und den Grund, den er dafür hatte, und scheute jetzt die Antwort zu hören, die im Grunde unwichtig war.

Denn er hatte bereits alles gesagt. Er war unheilbar erkrankt.

»Bauchspeicheldrüsenkrebs«, sagte er in einem Ton, der eigentlich tonlos war. Emotionslos. So, als würden sie sich über das Wetter unterhalten. Im Grunde zwei Dinge, die man nicht ändern konnte. Die einfach da waren. Das Wetter und Krebs.

Nike spürte, wie sie sich in Gedankengerüsten verirrte, die keinen Sinn ergaben und die nur einem Zweck dienten. Flucht vor der Realität, Ablenkung, jenseits jeder Logik.

»Ich habe Metastasen in verschiedenen Organen und …«, begann Willi zu erzählen.

Nike sah, wie sich Willis Mund bewegte, sie versuchte, seinen Worten zu folgen, und spürte doch, wie sie sich von ihm, von dieser Situation entfernte. Sie hörte seinen Bericht über eine Diagnose, die viel mehr war als das. Sie versuchte zu verstehen, was hinter diesen ganzen Untersuchungen, dem Ultraschall, der Biopsie, den Blutabnahmen, um die Tumormarker festzustellen, dem MRT, der Metastasensuche durch das CT steckte. Was es wirklich hieß. Nicht in

Zahlen, Statistiken. Sondern für sie. Für Willi und für sie.

Willi aß weiter, als ginge es um die Aufzählung der Bilder, die er in seiner neuen Ausstellung gerne präsentieren würde. Er hatte eine Art Abstand aufgebaut zwischen dem, was er erzählte, und sich selbst, obwohl es ihn betraf. Und Nike fragte sich, ob er selbst seine Krankheit und deren Folgen eigentlich schon richtig realisiert hatte. Doch, da war eine Traurigkeit in ihm, während er sprach. Hatte er sie die ganze Zeit überspielt? Hatte er sie unterdrückt und ihr etwas vorgemacht? Ja, schlussfolgerte sie. Er hatte versucht, sein altes Leben einfach weiterzuleben. Mit dem Unterschied, dass er es jetzt mit ihr zusammen leben wollte. Jetzt, wo es plötzlich endlich war.

»Aber ich verstehe das nicht. Warum willst du dich nicht behandeln lassen? Wieso, also ich meine, warum versuchst du es nicht zumindest? Es muss doch eine Möglichkeit geben, irgendjemanden, irgendwelche Fachärzte, was weiß ich wo, die sich damit auskennen. Warum machst du nicht so eine scheiß Chemo und dann … dann sterben bestimmt die Krebszellen ab. Das ist doch Sinn und Zweck so einer Behandlung. Willst du einfach so aufgeben?«

Willi antwortete nicht. Er hielt kurz inne, betrachtete seinen leeren Löffel, holte tief Luft, drückte seinen Rücken etwas durch und aß schließlich wortlos weiter.

»Willst du nicht kämpfen? Ich meine … Ich … Ich verstehe das nicht! Du kannst doch nicht einfach so aufgeben!« Nike hielt die Hände rechts und links in die Luft, ruderte mit ihnen, schüttelte den Kopf, ließ die Hände wieder fallen.

Die Leute an den Nebentischen sahen kurz zu ihnen rüber, dann betreten wieder weg.

»Woher willst du das denn wissen?«, fragte er und sah sie jetzt direkt an. »Und überhaupt, dieses *kämpfen*. Ich würde ja kämpfen, wenn es sich zu kämpfen lohnte. Glaub mir!«

»Was haben die Ärzte denn gesagt?«, bohrte sie weiter.

Aber Willi schüttelte nur den Kopf und machte mit der freien Hand eine Bewegung, die zeigen sollte, dass er darüber nicht mehr reden wollte oder es keinen Sinn machte.

Und dann erzählte er doch. Von dem, was die Ärzte über diese, seine Krebsart wussten, über das Stadium, die Aussichten. Mit Behandlung und ohne. Er erzählte, dass sie ihm ganz klar gesagt hatten, wie es aussah. Und dass sie ihm, aus der Sicht der Mediziner, die ihren Eid abgelegt haben, Menschenleben zu retten, selbstverständlich zu einer Behandlung raten würden. Auch wenn diese keine Chance auf Heilung mit sich brächte. Es wäre nur ein Versuch, noch ein wenig länger zu leben.

»Ich will das nicht, Nike. Ich habe Berichte gelesen von Menschen, die sich in meiner Situation nicht haben behandeln lassen, eine gute Zeit hatten und dass lediglich die letzten Wochen schwer waren. Will ich das oder will ich eine wochen- oder monatelange Behandlung, die mir Lebenszeit und Energie raubt und die an sich schon ein Risiko birgt? Wofür denn?« Er schüttelte den Kopf. »Nein. Für mich kommt das nicht infrage!«

Nike konnte es nicht fassen. Sie war immer diejenige, die überall mit anpackte, die weitermachte, wo andere aufgaben, die vorangegangen war, privat und beruflich. Und die es genau aus diesem Grund – weil Aufgeben keine Option war – nicht verstehen konnte. Ihr Vater war krank. Das war das eine. Aber warum wollte er sich nicht helfen lassen? Die Ohnmacht, die sie überkam, die Erkenntnis, dass er sich entschieden hatte, sich nicht behandeln zu lassen, die Tatsache, dass sie sein Leben nicht ändern konnte, versetzte sie in einen tiefen Schock.

Und dann kam da dieser Gedanke, für den sie sich schämte, aber der da war.

»Kannst du es nicht für mich tun? Wenn du es schon nicht für dich tun willst? Lohnt es sich denn nicht … für mich zu kämpfen?«

Sie stellte sich vor, wie es wäre, wenn sie heiraten würde, irgendwann, eines Tages. Wenn Willi nicht da wäre, um sie an den Traualtar zu führen. Wie sie mit einem kugelrunden Bauch ins Krankenhaus gehen würde, um ihr erstes Kind zu entbinden. Weihnachten. Einschulung. All diese wichtigen Momente zogen wie in einem Zeitraffer an ihr vorbei. Auf keinem dieser Bilder, die sie vor ihrem inneren Auge sah, war Willi.

Nike liefen die Tränen über das Gesicht. Vor Verzweiflung, Fassungslosigkeit, Trauer, Wut. Warum hatte sie nicht mehr Zeit mit ihm verbracht? Sie wusste nicht, auf wen sie mehr wütend war: auf ihren Vater oder auf sich selbst.

»Weißt du eigentlich, dass ich dir jahrelang Zeit mit mir geschenkt habe? Und du? Sammelst sie in einer Box, schaust es noch nicht einmal richtig an, anstatt sie mit mir zu verbringen. Und dann – huch – hast du plötzlich diese Eingebung, diesen inneren Wunsch, mit mir Zeit zu verbringen und alle Gutscheine auf einmal einzulösen.« Nike sah ihren Vater an, während alle anderen um sie herum betreten schwiegen oder weiteraßen. »Nein, Papa. Das war nicht dein innerer Wunsch. Das war – wenn ich es richtig verstanden habe – ein Arzt, der dir gesagt hat, wie krank du bist und wie viel Zeit dir noch bleibt. Und du, du verkaufst es mir als deinen Wunsch, mit mir die Zeit zu verbringen, was ich mir die ganzen letzten Jahre gewünscht habe. Ich. Nicht du! Sorry, aber … ich brauche mal einen Moment … Zeit zum Nachdenken. Es tut mir leid.«

Sie wischte sich eine Träne von der Wange, stand auf, ging benommen zu ihrem Rad, stieg auf und fuhr die alte Straße runter, durch den Ort bis zum Strand.

Ihr Körper bebte, die Tränen flossen warm über ihr Gesicht, ließen alles um sie herum verschwommen erscheinen. Ein Auto hupte, ein Radfahrer bremste. Nike war es egal. Sie fühlte sich leer, betäubt, nicht sie selbst.

# 10.

Am Strand stieg Nike vom Rad, denn sie spürte, dass sie es nicht mehr unterdrücken konnte. Ein Weinkrampf, der ihren ganzen Körper schüttelte, überrollte sie, bis ihr übel wurde. Sie dachte, sie müsste sich übergeben. Sie ließ das Rad fallen, ging ein paar Schritte und brach weinend im hellen Sand zwischen den feinen, langen Dünengräsern zusammen. Nike kniete, griff mit beiden Händen rechts und links in den Sand und warf ihn schreiend von sich. Ein Spaziergänger blieb auf dem sonst völlig menschenleeren Dünenstück stehen und fragte, ob sie Hilfe brauchte, aber sie schüttelte einfach nur den Kopf. Irgendwann kehrte Leere ein. Leere und Gleichgültigkeit, die sie ausfüllten. So, als wäre alles raus, das raus musste. So, als würden nie wieder Tränen kommen. Als wäre es egal, was morgen war. Taubheit von innen. Ihr Körper zitterte nicht mehr, die Übelkeit verschwand.

Nike kämpfte sich hoch, spürte ihre Beine kaum, weil sie so lange auf den Knien gesessen hatte, ging ein paar Meter und setzte sich auf eine Holzbank, von der aus sie auf das Meer sehen konnte. Auf Kitesurfer, Möwen, auf Kinder und ihre Väter, die zusammen am Strand spielten, auf Amrum, das sie nicht kannte. *Ich muss meine Mutter anrufen*, dachte sie und verwarf den Gedanken ein paar Wellen später wieder, die sanft und beruhigend an den Strand gespült wurden. Jede Welle ließ sie ruhiger werden, wieder in einem normalen Rhythmus atmen. *Ich muss gar nichts*, stellte sie fest. *Ich muss überhaupt gar nichts.*

Wozu noch funktionieren? Anderen gerecht werden. Ihr Job war weg. Ihr Vater würde sterben. Was gab es noch, das jetzt wichtig war?

Nike dachte an die Kartons, an die Gutscheinbox, an seine Geburtstagsfeier, zu der sie nicht gegangen und die vielleicht seine letzte gewesen war. Sie dachte an die Staffelei, die er ihrer Mutter schenken wollte, an den Zettel an seinem Bett. An das Buch auf seinem Nachttisch. An den Golfkurs, an den sie immer noch nicht glaubte. Was hatte er in der Zeit gemacht?

Es überkam sie ein schlechtes Gewissen, dass sie einfach weggefahren war. Dass sie ihn dort hatte sitzen lassen, mit seiner Suppe, seiner Krankheit, seinem Wunsch, mit ihr Zeit zu verbringen.

Das Klingeln ihres Handys riss sie aus den Gedanken, die sich um Dinge drehten, von denen sie nicht wusste, ob sie wichtig waren. Oder was überhaupt noch wichtig war. Willi, dachte sie, während sie ihr Handy aus der Umhängetasche kramte. *Föhr-Basti* stand zu ihrer Überraschung auf dem Display. Noch ein, zwei

Mal klingelte es, dann verstummte das Handy und Nike steckte es wieder zurück. Da sie ihren Kollegen Basti auch gespeichert hatte, brauchte es einen Zusatz, damit sie nicht dem Falschen, der sie regelmäßig in den Wahnsinn trieb, versehentlich nette Nachrichten schickte.

*Dies ist der vermutlich ungünstigste Zeitpunkt, den man sich überhaupt vorstellen kann. Für alles. Es tut mir leid. Ich würde dir so gerne etwas anderes schreiben, aber es wäre nicht die Wahrheit. Es hat nichts mit dir zu tun, bitte denke das nicht.*

Das schrieb Nike Basti, nachdem die Mailbox eine Nachricht angekündigt hatte. Sie hatte sie nicht abgehört. Wozu auch. Aber gar nicht zu reagieren, war auch unfair.

*Wo bist du?*, wollte er zwei Sekunden später wissen. Nike sah vom Display hoch, über den Strand, zum Meer und schrieb *Dort, wo dein Leben ist. Nicht meins.*

*Und Willis auch nicht*, dachte sie und steckte ihr Telefon wieder weg.

Nach einer Weile hörte sie hinter sich plötzlich ein Rascheln. Nike drehte sich um und erkannte Basti, der in kariertem Flanellhemd und Jeans auf sie zukam.

»Woher weißt du, wo ich bin?«, murmelte sie.

»Viele Möglichkeiten gab es ja nicht«, sagte er und zeigte auf den Platz neben ihr. »Darf ich?«

Nike nickte.

»So klein ist die Insel nun auch nicht, dass man jemanden sofort findet«, entgegnete sie und spürte, wie froh sie war, dass er da war. Sie lehnte ihren Kopf an seine Schulter, so wie sie es schon einmal getan hatte. Denn sie wusste, es fühlte sich gut an, sicher, es gab ihr Halt.

»Dein Vater war bei euch am Haus. Er war gerade angekommen und meinte, ihr wärt in Nieblum gewesen, und dann wärst du mit unbestimmtem Ziel weitergefahren. Da hab ich mir gedacht, dass du bestimmt am Strand bist.«

»Unbestimmtes Ziel«, wiederholte Nike leise und fragte sich, was Willi wohl jetzt machte.

Ihr schlechtes Gewissen machte sich wieder bemerkbar. Aber es gab ein Gefühl, das jetzt, in diesem Moment, noch viel präsenter war, und das war Hunger. Ihr Magen knurrte inzwischen unüberhörbar.

»Okay. Ich glaube, wir sollten etwas dagegen unternehmen. Nicht, dass du mir hier noch umkippst, und ich muss dich durch die Dünen tragen«, scherzte Basti und strich ihr über die Mütze. »Nimmst du die eigentlich auch mal ab? Oder trägst du die immer?«

»Immer!«, bestätigte Nike und musste lächeln, obwohl ihr nicht danach war. Zumindest nicht richtig. Nur ein ganz klein wenig. »Nachts trage ich einen Pyjama und Mütze. Wenn ich ins Büro gehe, also, wenn ich wieder mal ins Büro gehe, trage ich Latzhose mit Mütze. Zum Bewerbungsgespräch Hosenanzug mit Wollmütze und unterm Weihnachtsbaum ein rotes Samtkleid mit Wollmütze. Ich glaube, ich werde mit Wollmütze heiraten, und vielleicht veranlasse ich es, dass ich mit Mütze beerdigt werde. Ich denke mal darüber nach.«

»Ich mag dich mit und ohne Mütze«, sagte Basti und sah ihr schon wieder viel zu lange in die Augen. Nike stand auf und schaute zu ihm runter.

»Wenn du keine Lust hast, mich hier durch die Walachei zu schleppen, dann komm. Ich sterbe gleich vor Hunger.«

»Das ist ein Argument!«, meinte Basti, stand auf, klopfte sich den Sand von der Hose und griff nach ihrer Hand.

»Überall hin. Nur nicht zu Namine Witt.«

Basti blieb abrupt stehen. »Okay. Und warum nicht?«, wollte er wissen.

»Ich war da gerade eben.«

»Ähm … Und war es nicht gut? Oder warum hast du jetzt schon wieder Hunger?!«

»Weil ich die Krabbensuppe stehen gelassen habe. Und gegangen bin.«

»Lass mich raten. Es lag nicht an der Suppe«, tippte er.

»Nee. An der auf keinen Fall. Die sah sogar ziemlich gut aus.«

»Verstehe«, sagte Basti, obwohl man ihm ansah, dass er es definitiv nicht verstand. »Ich kenne noch etwas, das dir gefallen wird! Es ist gleich hier vorn. Waterkant Nieblum. Anders, aber auch sehr gut. Komm!«

Sie schlossen Nikes Rad ab, obwohl Basti meinte, das wäre nicht nötig, weil hier nichts wegkäme, und gingen am Strand entlang, vorbei an Sandburgen und Sonnenanbetern, jungen Familien und älteren Pärchen, bis sie an einem Bistro hielten, das leicht zurückversetzt und windgeschützt zwischen den Dünen lag und eine Terrasse mit direktem Blick auf das offene Meer bot.

»Willst du der Krabbensuppe noch eine Chance geben oder lieber etwas anderes nehmen? Wobei die Arme ja nichts dafür konnte«, fragte Basti und sah auf die Speisekarte.

»Ich glaube, ich brauche etwas mehr. Ich nehme Fish and Chips«, meinte Nike.

»Du kannst ja schon mal nach einem Platz Ausschau halten. Ich lade dich ein.«

Nike fand einen freien Tisch direkt an der Glasscheibe, die vor dem Wind schützen sollte und von der aus man einen fantastischen Blick hatte. Ein paar Minuten später kam Basti mit zwei Flaschen Bier zurück zum Tisch. »Sorry, hatte ich jetzt gar nicht gefragt. Möchtest du?«

»Ja, gerne!«

»Na, dann Prost!«

»Prost!«

»Aufs Leben«, meinte Basti, nahm einen großen Schluck und stellte die Flasche auf dem Tisch ab.

Nike hielt die kalte Flasche in der Hand und sah ins Leere.

»Alles gut?«, hörte sie Basti fragen und spürte seinen Blick. »Nike?«

»Nichts ist gut«, sagte sie und spürte den Schock, der sie wieder überkam und sich nicht mehr unterdrücken ließ. Dieses Gefühl, das einfach da war und nie wieder weggehen würde. Zumindest fühlte es sich in diesem Moment so an.

Basti sagte nichts, und das tat gut. Er sah sie nur an und wartete, bis sie von allein anfing zu erzählen, darüber zu sprechen, was sie selbst gerade erst erfahren und nicht verstanden hatte. Es gab so viele Fragen, merkte sie, während sie das Wenige, das sie wusste, erzählte.

Als sie fertig war, sah sie Basti an und hatte das Gefühl, in seinem Gesicht das zu sehen, was sie selbst empfand. Schock, Fassungslosigkeit, fehlende Worte für das, was nicht in Worte zu fassen war. Sie sahen durch die trübe Glasscheibe auf den Strand und schwiegen.

Dieser Mai war wärmer als alle anderen, überlegte

sie, während sie in den hellblauen Himmel sah. Es ging zwar immer ein leichter Wind, aber in dieser windgeschützten Ecke war es wirklich richtig angenehm. Das fanden die Möwen offenbar auch und flogen immer wieder über die Dünen, an ihnen vorbei, landeten vorn im Sand und sahen sich danach um, was Menschen verloren hatten.

Die Fish and Chips wurden gebracht, Nike bedankte sich, aß, schwieg und sah durch die Scheibe zum Horizont, der so trüb war, so unwirklich wie dieser Moment. Sie hatte das Gefühl, all dies nicht wirklich zu erleben. Als sei es ein Traum, aus dem sie jeden Moment aufwachte. Als würde gleich jemand klopfen, sie wecken. Aber es kam niemand.

Und doch gab es etwas, das sich real und auch gut anfühlte. Das Essen in ihrem Magen und Basti neben sich zu wissen, der sie ließ. Er rückte etwas näher an ihren Stuhl ran, legte seinen Arm um sie. Das war mehr, als jedes Wort hätte bewirken können. Er war einfach da.

»Wonach ist dir jetzt?«, wollte er irgendwann wissen, als die Tüte mit den Pommes schon lange leer und das Bier ausgetrunken war.

Nike zuckte mit den Schultern. »Keine Ahnung. Ich weiß gar nichts mehr.«

Sie sah Basti an, versuchte zu lächeln, ließ es bei dem Versuch und war sich sicher, dass er es gar nicht erwartete. Er war anders als alle Männer, die sie bisher in ihr Leben gelassen hatte. Er hatte eine Klarheit, eine tiefe Ehrlichkeit, die sie spürte, war aufmerksam, charmant, strahlte Ruhe und Stärke aus, war attraktiv auf seine Art und ein Kumpel, den sie nicht mehr missen wollte. Mit den schönsten, klarsten Husky-Augen, die sie jemals gesehen hatte. Der Mann, den sie kaum kannte und dessen Anwesenheit sich anfühlte, als wäre es etwas, das genau so hatte kommen müssen. Eine logische Konsequenz. Ein fehlendes Puzzleteil, ein Stück von ihr. Wäre da nicht die Entfernung.

Und dann war da dieser andere Mann, den sie so viele Jahre kannte und der ihr doch nie so nah gekommen war und jetzt, in einem Moment, in dem sie das Gefühl hatte, dass er sich ihr annäherte, gehen würde. Für immer.

»Ich glaube, ich muss zurück«, sagte Nike und sah Basti an. »Ich bin einfach aufgestanden und weggerannt. Das war nicht fair und ich weiß auch gar nicht, wie es ihm jetzt geht. Ich habe ihn ja einfach sitzenlassen.«

»Das verstehe ich. Ich habe keine Ahnung, was ich machen würde, aber wenn du auf dein Gefühl hörst, kann es nur richtig sein. Komm, ich bring dich ein Stück«, schlug Basti vor und nahm sie an die Hand. Wie selbstverständlich. Als wäre es schon immer so gewesen. Und trotzdem war da dieses Kribbeln im

Bauch, diese leichte Aufregung, wenn er ihr mit dem Daumen über die Hand strich, das leichte Herzrasen. Und die Frage, wie sie sich verabschiedeten. Ob er sie heute küssen würde? Nein, dachte Nike. Fish and Chips hin oder her. Nach diesem Tag ganz sicher nicht. Das würde er nicht tun. Weil er wusste, dass sie mit Kopf und Herzen woanders war.

Und sie behielt Recht. Basti küsste sie auf die Wange, zog ihr die dunkelblaue Wollmütze liebevoll zurecht und fuhr mit seinem Rad weiter. »Bis morgen«, rief er noch und winkte.

Nike schob das Rad über den Weg, der zu ihrem Feriendünenhaus führte, stellte es neben der Eingangstür ab und blieb stehen. Es war noch hell, aber im Haus brannte schon ein kleines Licht.

Sie ging um das Reetdachhaus zur Terrasse und entdeckte, dass die Glastür offen stand. Willi saß, die Beine übereinandergeschlagen, auf dem Sofa, ein Glas Rotwein in der Hand und hörte klassische Musik. Er hatte seinen gestreiften alten Bademantel an. Wäre da nicht das Weinglas, hätte Nike getippt, dass er gerade in der Sauna gewesen war. Aber vielleicht war er ja auch spontan ins Meer gegangen. Sich die Sorgen abspülen, ein paar ältere Damen begeistern und junge Mädchen verschrecken. Mit geschlossenen Augen wippte er mit dem Kopf zum Takt der Musik. War das nicht *Die Un-*

*vollendete* von Schubert, die er so liebte? Nike meinte das Stück wiederzuerkennen. Nicht nur aus Hitchcocks *Vertigo*. Willi liebte diese alten Filme. Und er liebte klassische Musik. Als sie noch kleiner war, hatte er ihr immer erzählt, von wem welche Musik komponiert worden war, welcher Dirigent sie seiner Meinung nach am besten interpretierte und was diese Musik mit einem machte, wie tief, wie weit ihre Wellen reichten, etwas bewegten, berührten, was keine andere Musik jemals schaffen würde. Seine Vorträge reichten von der klassischen Musik über die Kunst und den Menschen zum alles Umfassenden, Universellen. Nike hatte ihm damals gelauscht, war fasziniert von ihm gewesen, von seinen Geschichten, die sie nicht alle verstanden hatte. Aber Willi war für sie als Kind das eigentliche Kunstwerk. Das unnahbare Genie, das nie wirklich anwesend war, das durch die Räume flog, mal hier war, mal dort. Und selten da, wo sie war.

Und doch hatte er sie, seine Tochter, geliebt, liebte sie. Er war nicht immer für sie da gewesen, so wie sie es als kleines Kind und auch als Jugendliche gebraucht hätte, es sich gewünscht hatte, aber er war da. Auf seine Art, so wie er es konnte. Er hatte sie gefördert, sich frei entfalten lassen, ihr den Weg zur Kunst, zur Kultur geöffnet. Das war es, was er ihr hatte geben können. Und er hatte sie nie eingeschränkt, nie gehalten, sie ziehen und wiederkommen lassen. Ihm wäre vermutlich gar nicht in den Sinn gekommen, dass sie sich nach etwas anderem sehnte, weil er es gar nicht anders kannte. Klar war er egozentrisch, egoistisch. Aber nie ablehnend.

Es hatte sie gegeben, diese Nähe. Das erkannte sie jetzt. Und es gab sie immer noch, das wurde Nike in diesem Moment, während sie ihn beobachtete, bewusst.

Er wollte die Zeit – die ihm blieb – mit ihr verbringen. Mit niemandem sonst. Und ließ dafür alles andere, was bisher sein Leben bestimmt und erfüllt hatte, hinter sich.

Willis Hand schwebte durch die Luft, als säße er vor dem Orchester, das dieses Meisterstück gerade spielte. Nike blieb vor der Tür stehen und beobachtete ihn, wie er dasaß, sich der Musik so hingab, und entdeckte etwas, was sie nicht erwartet hatte. Kaum sichtbar, aber durch den leichten Glanz doch erkennbar, sah sie die Spuren von Tränen, die über sein Gesicht liefen, seinen Hals. Und von dem Kragen des alten Bademantels aufgesogen wurden.

Wusste sie, wie er sich fühlte? Was diese Diagnose, diese Aussage der Ärzte über das, was ihn erwartete, mit ihm machte? Was er für Pläne hatte? Was er wollte? Ob er Schmerzen hatte? Wie lange er von seiner Krankheit wusste? Nein, sie wusste all das nicht.

Nike klopfte an das Glas der Scheibe, und Willi öffnete in der gleichen Sekunde die Augen, setzte sich ein wenig gerader hin und stellte sein Glas auf den schwarzen Beistelltisch neben sich. »Schön, dass du da bist«, sagte er. »Magst du«, er zeigte auf den Sessel, »ich hab auch noch ein Glas Wein.« Er wollte gerade aufstehen, doch Nike schüttelte den Kopf und gab ihm mit der Hand ein Zeichen sitzen zu bleiben. »Nein, danke, das ist nett, aber ich mag gerade nicht.« Sie nahm ihre Mütze ab, setzte sich und sah auf ihre Hände, die sich an der Mütze festhielten. Es verging ein langer Moment, in dem keiner etwas sagte. Der Raum, das Haus war gefüllt bis unters Dach mit dem, was man nicht hörte. Mit so vielen Fragen, Gefühlen, unausgesprochenen Wünschen, dass man sie fast greifen konnte.

Die alten Bilder in den antiken Rahmen, der Kachelofen, das ganze Haus hatte seine Geschichte, die Spuren hinterlassen hatte. Aber wie würde ihre Geschichte, die von Willi und ihr, weitergehen, fragte Nike sich, während sie ihn ansah. Sie saßen hier wie in einer Theaterkulisse. Ohne Souffleur.

Welche Spuren würde er hinterlassen? Was blieb, wenn er ging? Nike schloss für einen kurzen Augenblick die Augen, als würden die Gedanken dadurch verschwinden, wegfliegen wie lästige Fliegen, die niemand gebeten hatte zu kommen. Sie wollte nicht daran denken, dass er nicht mehr da sein könnte irgendwann, und was dann wäre. Willi saß ihr gegenüber. Er lebte, und er sah auch nicht so aus, als wäre er krank. Nicht blass, nicht abgemagert, nicht lustlos. Nur traurig.

»Wie geht es dir eigentlich?«

Willi nahm die Fernbedienung und stellte die Musik etwas leiser. »Meinst du körperlich? Ob ich irgendwelche Schmerzen habe? Oder die Sache mit dem Verfallsdatum?« Er schlug seine Beine in die andere Richtung übereinander und griff wieder nach seinem Weinglas.

»Insgesamt. Wie lange weißt du es schon? Dass du krank bist?«

Willi schien nachzudenken, und Nike fragte sich, ob er vielleicht Angst vor ihrer Reaktion haben könnte, wenn er jetzt antwortete. Denn er schwieg.

»Okay«, schlussfolgerte sie, »du weißt es schon eine Weile.«

Willi nahm einen Schluck und nickte. »Seit März, ungefähr. Es waren einfach so viele Untersuchungen und noch dieser Facharzt und noch jener, und die ganze Zeit hofft man, dass sich doch etwas anderes rausstellt als das, was die Ärzte vermuten, und dann, dann hast du es plötzlich auf so einem Zettel stehen und bekommst einen Behandlungsplan, den du abarbeiten darfst wie die Stationen in einem Fitnesscenter. Mit dem Unterschied, dass man in diesem Fall am Ende nicht besser aussieht als vorher.«

»Wann warst du denn mal in einem Fitnesscenter?«, wollte Nike wissen und zwinkerte.

»Tatsächlich einmal«, sagte Willi, und ein Lächeln huschte über sein Gesicht. »Ich habe es mir zumindest mal angesehen. Ich hatte Rückenprobleme und Horst hatte mir empfohlen, die Muskulatur zu stärken, aber so ein Affenhaus, nee, das ging einfach nicht.«

»Könnte ich mir wahrlich auch nicht vorstellen, muss ich zugeben.« Nike legte ihre Mütze beiseite und sah Willi direkt an. »Erkläre es mir noch mal. Ich muss das verstehen. Bitte!«, bat sie eindringlich und kam mit dem Oberkörper vor. »Warum willst du keine Behandlung? Ich glaube dir ja, dass eine Chemotherapie keine Wattwanderung bei Sonnenaufgang ist, aber warum willst du denn nicht irgendetwas machen? Es muss doch etwas geben, das du tun kannst! Und wenn es ...«

»Nike!« Willi hob die Hand und schüttelte den Kopf. »Bitte. Glaub mir. Ich werfe hier nichts unüberlegt hin. Ich liebe das Leben, wirklich. Und ich liebe dich. Ich gebe nichts auf, ohne zu kämpfen, auch wenn es für dich vielleicht so aussehen mag.« Er machte eine Pause, und Nike hatte den Eindruck, dass ihm das Sprechen nicht leichtfiel. Wie denn auch? Es war noch nie so sehr um ihn gegangen, in all den Jahren. Es ging nicht um seine Bilder, seine Kunstwerke, seine Statuen. Es ging um sein Leben. Um das Ende seines Lebens.

Er schluckte, als wollte er einen viel zu großen Kloß runterkriegen, und holte tief Luft. »Man könnte es einfach so sehen, dass mein Verfallsdatum näherrückt. Das ist ja letztendlich mit allen Menschen so. Wir tragen alle dieses Datum mit uns herum. Die meisten kennen es nur eben nicht.« Er zuckte mit den Schultern. »Der Unterschied ist«, er trank den letzten Schluck und brachte das Glas zur Spüle, »ich schon.«

Nike brauchte einen Moment, um das alles sacken zu lassen.

»Und wie fing es an?«, fragte sie nach einer Weile. »Also, was war denn los, dass du dich überhaupt hast untersuchen lassen. Ist es durch Zufall rausgekommen oder …«

»Ich hatte Schmerzen. Bauchschmerzen. Nicht schlimm, aber sie gingen halt nicht weg und Horst meinte, ihm gefiele das nicht, und hat mich an einen Kollegen überwiesen. Ich war etwas müder als sonst, hatte nicht so viel Hunger. Das Problem ist, dass diese Form von Krebs meist erst dann entdeckt wird, … wenn es zu spät ist.« Er sah aus dem Fenster zum Deich, blieb einen Augenblick so stehen, schien der Musik zu lauschen, die den Raum füllte, der schon gefüllt war.

Sie versuchte es noch einmal. Es musste eine Möglichkeit geben.

»Was ist mit dem Ausland? Amerika? Die sind doch oftmals in der Forschung viel weiter als wir. Ich habe schon so viel gelesen über die Forschung in Deutschland und dass die richtig Guten abwandern und …«

»Nike!«, flehte Willi, ohne sie anzusehen. Sein Blick war gesenkt, seine Hände hielten sich rechts und links an der Arbeitsfläche der Küche fest, an die er sich angelehnt hatte. »Horst hat mit x Kollegen gesprochen. Ich habe mir das alles angehört. Auch das, was Dr. Leopold vorgeschlagen hat, den du ja nun kennengelernt hast – durch Zufall. Ich kann alles Mögliche machen, meinetwegen nur noch vegan leben, meditieren, beten, gefiltertes Mondwasser trinken, aber es ändert nichts an der Tatsache, dass es für eine Heilung zu spät ist. Ich kann mit diesem Behandlungsplan vielleicht ein paar Monate länger leben. Vielleicht sterbe ich auch schon an der Chemotherapie. Ich habe mir das alles sehr gut überlegt, und ich habe keine Kraft, meine Entscheidung zu verteidigen. Der Krebs liegt an einer Stelle, an der nicht operiert werden kann. Und er hat bereits gestreut.« Er schüttelte stumm den Kopf. »Es ist mein Leben, Nike. Mein Weg.«

»Und wann, wann wolltest du es mir sagen? Ich meine, dieser Arzt, Dr. Leopold, der kommt dir vielleicht gerade total ungelegen, aber ganz ehrlich: Ich bin ihm sehr dankbar. Wann hätte ich denn sonst davon erfahren? Am Tag deiner Beisetzung?«

Schweigen. Zu viel Schweigen. Zu lange schon, dachte Nike und stand auf.

»Jetzt bleib doch hier, bitte!«, sagte Willi und kam auf sie zu, obwohl sie gar nicht vorhatte wegzugehen. Sie wollte einfach nur mal aufstehen, sich bewegen. Vielleicht auf die Terrasse gehen. Sie konnte nicht still sitzen bleiben. Nicht jetzt. Willi blieb vor ihr stehen, nahm sie in den Arm und drückte sie an sich. Es fühlte sich falsch an, dachte Nike. Musste sie ihn nicht in den Arm nehmen und trösten?

Willi ließ sie wieder los und sah sie aus verweinten Augen an, wie sie jetzt erkannte, als er ihr direkt gegenüberstand. »Ich wollte es dir sagen. Nach dieser Woche. Ich … Ich brauchte einfach noch einen Moment, und außerdem«, er machte eine Pause, »hatte ich Bedenken, dass die Zeit, wenn du weißt, wie krank ich bin, nicht mehr so sein würde, wie sie bis jetzt war. Sondern dass sich dann einfach alles nur darum dreht.«

*Es dreht sich doch eh immer alles um dich, Papa*, dachte sie und schluckte es hinunter. Es war ungerecht, unpassend und egal.

Sie strich ihm eine seiner gelockten Strähnen aus dem Gesicht und sah ihn an. »Glaub mal nicht, dass ich damit einverstanden bin, wenn du dich so einfach aus dem Staub machen willst!«, sagte sie und spürte, wie ihre Stimme zitterte und die Tränen liefen.

»Deine«, Willi deutete mit dem Finger unter seine Augen, »Farbe.«

»Ach, herrje. Mein Mascara. Hätte ich wohl doch

den wasserfesten einpacken sollen. Aber das kann ja auch keiner ahnen – ist bestimmt total attraktiv mit den Pandaaugen«, versuchte sie zu scherzen und sah Willi an. »Apropos attraktiv. Warum rennst du hier eigentlich in deinem alten Bademantel rum?«

»Willst du nicht wirklich wissen«, erklärte er und musste lachen.

»Okay. Soll ich raten?« Nike sah ihren Vater fragend an.

»Bitte!«, forderte er sie auf.

Nike betrachtete den Bademantel, als würde er ihr die Antwort verraten. Das Ding kannte sie, seitdem sie denken konnte, und es gehörte definitiv nicht zu den Stücken aus seinem Kleiderschrank, mit dem man Frauen aufreißen konnte. Eher vergraulen.

»Ist eine Frage erlaubt?«

»Unbedingt!«, sagte Willi großzügig mit ausgestreckten Armen.

»Wo ich dich da gerade so sitzen sehe. Ich könnte dir, fällt mir gerade auf, statt eines Gutscheines besser einen neuen Morgenmantel zu Weihnachten schenken«, sagte sie und stockte. Weihnachten. Das waren, sie zählte schnell nach, noch sieben Monate. War er dann noch da? Würden sie überhaupt noch ein Weihnachtsfest zusammen feiern? Oder …?

»Nike?«, hörte sie ihren Vater fragen.

»Ja, ich dachte nur gerade … an Weihnachten.«

Er hielt sie rechts und links an den Oberarmen fest und sah sie an. »Ich spiele den Weihnachtsmann, wenn ich noch da bin. Versprochen. Okay?«, versuchte er sie aufzumuntern.

»Wenn du noch da bist.«

»Ja«, sagte er und ließ sie los.

»Was passiert denn, ich meine, wenn du jetzt diese Behandlung nicht machst. Wie lange lebst du dann noch?«

Willi ging zu dem Sessel und ließ sich hineinfallen. Er schüttelte den Kopf, hob die Hände, ließ sie wieder fallen. »Das kann ich dir nicht sagen. Ich weiß es nicht. Der Krebs wächst nicht sonderlich schnell, wurde mir gesagt.«

Nike nickte, als würde sie verstehen. Dabei war all das nicht zu verstehen. Nichts davon. Es war zu viel auf einmal, es ging zu tief und wiederum auch nicht, weil es sich nicht echt anfühlte, nicht wirklich.

»Man sieht es mir im Moment vielleicht noch nicht so an, aber ich bin todkrank. Wie lange es so, wie es jetzt ist, weitergeht? Das kann keiner sagen. Vielleicht ein paar Monate, ein Jahr. Vielleicht mehr. Oder weniger.«

Nike dachte an die Tabletten im Bad oben, die sie durch Zufall entdeckt hatte. Schmerztabletten?

»Ich bin dir noch eine Antwort schuldig«, sagte Willi und Nike hatte keine Ahnung, was konkret er meinte.

Ihrer Meinung nach war es mehr als eine Antwort, die er ihr schuldete.

»Welche konkret meinst du?«

»Warum ich dieses wunderschöne Exemplar trage«, erinnerte er sie.

»Stimmt!«

»Also, was habe ich gemacht?«

»Ganz ehrlich. Ich weiß es nicht. Warst du in der Sauna?«, tippte Nike und stellte fest, dass die Musik aus war. Auch schön, fand sie. Es war ihr sowieso zu viel gewesen. Zu viel von allem.

»Möchtest du einen Tipp?«, fragte er und stemmte seine Hände in die Hüfte.

Sie nickte.

»Es hat etwas mit Wasser zu tun.«

»Jetzt sag nicht, du warst duschen, du verrücktes Ding!«

»Fast! Ja, aber nein«, erklärte er und kreuzte die Arme vor der Brust.

»Du warst quasi duschen, aber nicht wirklich?« Nike sah ihn mit hochgezogenen Augenbrauen an. »Was um Gottes willen hast du gemacht? Einen Tanz mit dem Gartenschlauch da draußen?«

Willi schwieg.

»Nicht dein Ernst!«, platzte es aus Nike. »Du hast nicht im Garten geduscht! Du weißt schon, dass man vom Strandweg aus sehr guten Einblick hier aufs

Grundstück hat? Wobei … das hat dich ja noch nie gestört.«

Er machte eine abwehrende Handbewegung. »Stimmt. Aber es ist auch nicht ganz richtig. Der Garten ja, aber nicht der Gartenschlauch. Obwohl? Ein bisschen was hat er damit schon zu tun.«

»Das wird ja immer wilder. Ich bekomme Angst.«

Nike ging an ihrem Vater vorbei in den Garten und entdeckte den Gartenschlauch, der einmal quer über den Rasen gezogen worden war und am Rasensprenger endete.

Sie konnte nicht mehr an sich halten und fing aus vollem Herzen an zu lachen. »Du bist über den Rasensprenger gehüpft? So wie wir es früher zusammen gemacht haben? Allein?«, stellte sie begeistert fest.

»Was sollte ich tun? Du warst ja nicht da«, scherzte er. »Und das beste Mittel gegen Trübsalblasen ist Tanzen und kaltes Wasser.«

Nike sah ihrem Vater lange in die Augen. Und endlich spürte sie das alte Gefühl der Verbundenheit wieder, das so lange in ihr vergraben gewesen war, hinter vielen unerfüllten Wünschen. Doch, sie liebte ihren Vater, so, wie er war. Der wilde Willi. Auch wenn es nicht immer leicht war, wenn es anders war als bei anderen Familien. Und sie war sich sicher, nein, sie wusste, dass er sie auch liebte. Auf seine Art und eben so, wie er es konnte. Jetzt, rückblickend, erkannte sie die Zeichen seiner Liebe, seiner Zuneigung. Es gab dieses unsichtbare Band zwischen ihnen – sie hatte es nur irgendwann losgelassen.

Nike war in sein Leben gepurzelt, damals vor dreißig Jahren. Völlig ungeplant. Und doch war er, der bindungsunfähige Künstler, der nie ein Familienmensch hatte sein wollen, nie das innere Bedürfnis gehabt hatte, Vater werden zu wollen, da gewesen. Für sie. Nicht als sie ganz klein war, da hatte er lediglich den Unterhalt gezahlt, aber später, als sie laufen konnte, sprechen. Als ihre Mutter es meinte verantworten zu können, dass Willi auf sie aufpasste. Dann hatte er sie an die Hand genommen, hatte sie eintauchen lassen in seine Welt und ein Teil davon werden lassen. Ein wichtiger Teil, das wusste sie inzwischen. Und genau das hätte er nicht machen müssen. Er hätte einfach weiter nur Unterhalt zahlen können. Ein Geschenk schicken zu Weihnachten oder zum Geburtstag. Aber Willi hatte sich auf sie eingelassen, soweit er es konnte, in der Welt, in der er lebte – in seinem Williversum.

»Du kannst dich nicht einfach aus dem Staub machen, Papa. Es wird so verdammt langweilig ohne dich«, sagte sie und spürte schon wieder eine Träne über ihr Gesicht laufen. Eine und noch eine. Ihr Oberkörper bebte.

Willi kam, nahm den Ärmel seines Bademantels

und wischte ihr Gesicht trocken. Zwei, drei Sekunden hielt es. Dann folgte die nächste Träne.

»Komm, ich ziehe mir etwas über und wir setzen uns raus, in den Strandkorb. Was meinst du?«

Nike nickte. »Ich würde dann aber doch noch ein Glas Wein nehmen.«

»Abgemacht.«

Die beiden saßen bis weit nach Mitternacht unter dem sternenklaren Himmel im Strandkorb, tranken Wein und versuchten über das zu sprechen, wofür es keine Worte gab. Und keine Antworten.

Willi war todkrank. Wie lange er noch leben würde, konnte niemand sagen. Ohne Behandlung konnte es schnell gehen, aber auch das war eine Variable.

Das Einzige, was wirklich feststand, war, dass es keine Wunderheilung geben würde.

# 11.

Als die Sonne sie weckte, hatte Nike das Gefühl, gerade erst eingeschlafen zu sein. Hatte sie alles nur geträumt?

Sie blieb einen Moment liegen, lauschte den Geräuschen des Windes, der Vögel, dann kroch sie aus dem gemütlichen Bett unter der Dachschräge, öffnete das Fenster noch weiter als den Spalt, den sie es über Nacht offen gelassen hatte, schloss die Augen, nahm einen langen Atemzug, genoss die frische Nordseeluft und blieb einen Moment so stehen.

Es war kein Traum. Schlagartig kehrte sie zurück in die Realität. Willi würde sterben. Die Trauer, der Schock über diese Nachricht, das Gefühl, es nicht glauben zu können, die Hoffnung, dass es doch nicht wahr war, alles wachte wieder auf. Alles war wieder da.

Nike befestigte den Haken am Fenster, damit es nicht zuschlagen konnte, und ging runter. Sie brauchte dringend einen Kaffee.

»Die Kartons in Kiel, was hat es mit denen auf sich? Willst du wirklich renovieren?«, wollte sie wissen, während sie wartete, dass das Wasser kochte.

Willi saß auf dem Sofa, trug immer noch seinen altmodischen Bademantel, und sie fragte sich, ob er überhaupt im Bett gewesen war oder hier seit der Nacht immer noch saß. Während sie ihn ansah, hatte sie das Gefühl, etwas wäre von ihm abgefallen. Als wäre er jetzt erst er selbst, als hätte er ihr die ganze Zeit etwas vorgemacht, weil er nicht wollte, dass sie etwas merkte, dass sie wusste, wie es wirklich um ihn stand.

Sie wartete. Willi sah sie an, dann sah er auf den Kaffeebecher in seiner Hand. Sie wollte es von ihm hören, wollte wissen, was er plante. Obwohl sie ja seinen Zettel am Bett gelesen hatte.

Der Wasserkocher pfiff. Nike drehte sich zu ihm um, griff nach dem Kaffee und suchte in der Schublade nach einem Löffel, um das Pulver in die kleine Glaskaraffe zu löffeln und es dann mit dem heißen Wasser aufzugießen.

»Ich werde das Haus verkaufen«, sagte er, als wäre es das Selbstverständlichste der Welt.

Also doch, dachte sie, spürte eine Schwere in sich und schloss für einen kurzen Moment die Augen. In diesem Haus war sie groß geworden. Wenn auch nur an den Wochenenden und in manchen Ferien, aber ihre Kindheitserinnerungen, die Sommer im Garten, die Winter vor dem großen Kamin, all das wäre weg. Für immer. Genau wie Willi.

»Aber warum denn? Das, also ich meine, das kann man doch auch gut vermieten oder …«

»Weil ich mir meine Träume erfüllen möchte. Und

dazu gehört ein kleineres Haus. Das Haus in Kiel war mir schon lange zu viel, zu groß, zu unfrei, einfach alles.«

Nike sah in ihren Becher und erinnerte sich an all die schönen Momente in dem Haus. Aber auch an langweilige Stunden, in denen ihr Vater gearbeitet hatte, seine Zeit gebraucht, an einem seiner Bilder oben im ersten Stock oder an seinen Statuen im Garten gewerkelt hatte. Wie sie dann durch die Räume geschlichen war, alles betrachtet hatte, wie in einem Museum, sich Geschichten ausgedacht, sich in Schränken versteckt hatte, weil sie weg hatte sein wollen. Verschwunden. Und er, Willi, sich hätte Sorgen machen müssen, sie suchen.

Aber er war nie gekommen, hatte nie gerufen und war nie in Sorge gewesen. Einmal war sie dabei sogar eingeschlafen, weil sie so lange gewartet hatte. Als sie die Stufen von oben langsam wieder runtergeschlurft gekommen war, hatte er auf dem Sofa gesessen und etwas gelesen.

»Da bist du ja!«, war das Einzige gewesen, was er gesagt hatte.

»Ich habe schon so lange den Wunsch, ein kleines Haus am Meer zu haben. Wenig Möbel, ein Raum zum Malen, mehr nicht.«

Mehr nicht. Diese beiden Worte hallten in ihrem Kopf wider. Mehr nicht. Sein Haus in Kiel war auch ihr Haus. Es war ihre Heimat, die sie verlor. Mehr nicht.

Kiel lag an der Förde. Rundherum gab es schöne, kleine Orte, die direkt am Wasser lagen. Auch weiter außerhalb, die Ostseeküste entlang. Und mit dem Geld durch das Haus und seine Ersparnisse, die sie nur schätzen konnte, hatte er sicher alle Möglichkeiten, sich diesen Traum zu erfüllen.

»Schilksee? Heikendorf? Oder an was hattest du da gedacht?«, wollte sie wissen. Es waren die Gegenden, in denen er sich gerne aufhielt, also waren diese Vermutungen für sie am wahrscheinlichsten.

»Föhr«, sagte er und trank einen Schluck.

Nike traf es wie eine kalte Dusche. Föhr? Das wurde ja immer abstruser. Wie bitte schön sollte sie ihn hier regelmäßig besuchen? Sich um ihn kümmern, wenn es ihm nicht gut ging? Gab es hier überhaupt gute Ärztinnen und Ärzte? Eine Klinik? Ein Palliativ-Team? Natürlich lag Föhr nicht auf dem Mond, aber trotzdem war es einfach mitten in der Nordsee.

Sie ließ den Kaffee stehen, den sie sich gerade eingeschenkt hatte, und drehte sich zu ihm um. »Wie stellst du dir das denn vor, Papa? Du hier auf Föhr, ich in Hamburg und dann? Wer kommt denn hierher und ist für dich da, wenn es dir schlecht geht? Eine deiner Freundinnen?« Nike sah ihren Vater fragend an. »Sorry, bitte verstehe mich nicht falsch! Ich habe absolut keinen blassen Schimmer, was ich machen würde, wenn ich so eine Diagnose erhalten würde, aber du musst doch bei allen Wünschen, die du dir erfüllen möchtest, auch wissen, was passiert, wenn«, sie machte eine kurze Pause, »wenn es dir nicht mehr so gut geht … wie heute.«

»Meine fürsorgliche Tochter«, flüsterte er und sah sie sanftmütig an.

Nike griff nach dem Kaffeebecher und setzte sich zu ihm. »Sag doch mal! Was, also, wie stellst du dir das denn vor? Nichts gegen deine romantische Seite und deinen Wunsch vom Leben am Meer, aber wo willst du denn hier wohnen?« Während sie die Frage stellte, baute sich in ihr ein Bild zusammen, ein Mosaik, dessen Stücke sich zu einem Ganzen fügten, das einen Sinn ergab und all ihre Fragen beantwortete, ihre Verwunderung über sein merkwürdiges Verhalten auflöste.

»Du warst nie beim Golfen. Du hast dir Wohnungen angesehen«, schlussfolgerte sie, bevor er eine Chance hatte zu antworten. »Du hast in Kiel die Kartons gepackt, hast alle Segel eingezogen, hast deinen Heimathafen verlassen und bist mit mir hierhergekommen. Um zu bleiben.« Es traf sie wie ein Schlag, während sie sprach. Das Gefühl, sich unter einer Glasglocke zu befinden, in Watte gehüllt zu sein, abgeschnitten von der Welt, das sie nach der Nachricht über seine Krankheit gestern gehabt hatte, war innerhalb von Sekunden weg.

Willi wollte gar nicht wieder zurück nach Kiel. War es so?

»Papa?!« Nike sah ihren Vater an und wartete, dass er ihr endlich sagte, was er vorhatte. Was sein Plan war.

Willi nickte und mit jeder sanften, langsamen Bewegung seines Kopfes wurde aus ihrer Vermutung Gewissheit. »Ich lasse das Haus renovieren, weil es verkauft wird. Und ja, du hast recht«, er zwinkerte, »ich muss zugeben, dass ich nicht beim Golfen war. Aber ich habe etwas eingelocht! Sozusagen!« Willis Gesicht hellte sich auf. Er hatte einfach immer noch den Schalk im Nacken, und Nike konnte nicht anders, als sich darüber zu freuen, trotz allem. Er kam mit dem Oberkörper vor, strahlte sie an. Wie ein kleines Kind, dachte sie, das es nicht mehr aushielt, ein Geheimnis für sich zu behalten und sich darauf freute, es jetzt endlich ausplaudern zu dürfen, das vor Aufregung darüber fast platzte.

»War klar«, murmelte Nike. »Schieß los. Was hast du gemacht?« Sie nahm einen Schluck und sah ihn neugierig an.

»Das mit den Segeln einziehen, das hast du schön gesagt. Ich hatte im Vorfeld Besichtigungstermine vereinbart und habe mir drei Häuser angesehen.«

Er hatte einen Makler getroffen, alles von langer Hand geplant. Nur sie hatte von nichts gewusst. Nikes Herz klopfte. Was kam denn jetzt?

»Eines der Häuser kennst du schon«, sagte er langsam und mit Bedacht. So, als wäre er unsicher, wie sie jetzt reagieren würde.

»Das ist nicht dein Ernst!«, Nike schüttelte ungläubig den Kopf. Das konnte doch nicht sein! Wie viele Häuser standen denn auf Föhr zum Verkauf? Wie hoch war die Wahrscheinlichkeit, dass …

»Ich habe es mir schon angeschaut, bevor wir gemeinsam daran vorbeifuhren, und wollte nur sehen, wie du reagierst. Ob vielleicht irgendeine Reaktion von dir kommt. Mich hat es nämlich gleich angezogen, weil ich das Gefühl hatte, es wäre das Haus aus meinen Träumen, aus meinen Vorstellungen. So, als wäre es schon lange meins und würde auf mich warten. Es war gar keine Besichtigung, so wie bei den anderen beiden. Es war … nach Hause kommen. Endlich ankommen. Ja, so hat es sich angefühlt.«

Willis Augen glänzten. Er war berührt, erleichtert, traurig.

Nike nahm sich genau in diesem Moment etwas vor, von dem sie ahnte, wie wichtig es jetzt war. Für Willi, für sie. Es so hinzunehmen, wie es kam, wie er es wollte. Es war sein Wunsch, sein Leben, sein Weg. Außerdem hatte sie es noch nie geschafft, ihm seine Ideen auszureden oder ihn zu beeinflussen. Sie stellte fest, dass es sich sogar gut anfühlte, wenn auch nur ein kleines Stück weit.

»Und irgendwann gehört dir das alles«, hörte sie ihn sagen und fragte sich im gleichen Moment, warum das, was sie sich in Bezug auf ihn vornahm, immer nur so kurz hielt.

Er sah Nike an, und jetzt erblickte sie weit mehr als Trauer und Freude oder Erleichterung. Sie sah eine Ruhe in seinen Augen, die sie so selten gesehen hatte. Aber was bitte schön sollte sie mit diesem Satz anfangen? Mit dieser Information, die alles beinhaltete, was sie nicht hören wollte. Weil es so unfassbar unwichtig war, weil es darum überhaupt nicht ging. Keinen Millimeter.

Nike stand auf und sah ihren Vater an. »Was soll ich mit irgendwelchem Geld, einem Haus auf Föhr oder was weiß ich was?«

»Du hast alle Möglichkeiten, Nike. Du kannst dir jeden Wunsch erfüllen«, entgegnete Willi, zuckte mit den Schultern und verstand ganz offensichtlich nicht, was sie hatte.

»Nein!«, protestierte sie. »Genau das kann ich nicht. Ich habe überhaupt keine Möglichkeiten! Denn wenn ich die hätte, würdest du nicht sterben. Wenn ich dein Haus erbe, dein Geld, dann heißt das«, sie musste kurz Luft holen, um nicht in Tränen auszubrechen, »dass du nicht mehr da bist!«

Nike ging durch die Terrassentür raus in den Garten, legte ihren Kopf in den Nacken und sah in den Himmel. Möwen zogen vorbei, Kinder riefen etwas, was sie nicht verstand, ein Hund kläffte – das Leben ging einfach weiter. Eine Sekunde lang hatte sie das Bedürfnis, über den grasgrünen Deich zu laufen, oben stehen zu bleiben und alle da draußen anzuschreien, die so taten, als wäre nichts. Die einfach so weitermachten, als wäre Willi nicht todkrank. Als wäre er nicht gekommen, um zu bleiben. Für immer.

Es war einfach zu viel. Das alles. Diese Reise mit all ihren plötzlich aufpoppenden Nachrichten, diese Informationen, die alles änderten, sein Leben, ihres, die sie überhaupt nicht einordnen, realisieren, begreifen konnte.

Sie ging zurück ins Wohnzimmer. »Es tut mir leid Papa, aber ich muss mich mal bewegen, einfach mal kurz allein sein. Hier raus und … keine Ahnung. Mir die Luft um den Kopf wehen lassen. Okay? Kann ich dich ein bisschen allein lassen?«

Willi nickte. »Natürlich kannst du das. Ich bin ja kein gebrechlicher alter Mann.« Er zwinkerte ihr zu.

Nike ging auf ihn zu, setzte sich neben ihn und nahm ihn in den Arm. »Ich drehe eine Runde mit dem Rad, und nachher essen wir etwas zusammen. Abgemacht?«

»Abgemacht!«

Als Nike kurze Zeit später auf ihrem Rad saß und die Sackgasse verließ, in der sich das Ferienhaus befand, hatte sie das Gefühl, dass das das Beste war, was sie hatte tun können. Sich aufs Rad setzen und gegen den Wind anfahren. Ihre Wut, ihre Traurigkeit, diese ganze Machtlosigkeit in die Pedale zu treten, den Kopf durch die körperliche Bewegung ein klein wenig freier zu bekommen – sofern das überhaupt ging.

Sie bog an der Landstraße links ab und nahm nur aus dem Augenwinkel das hübsche Bienenhaus der Wiese wahr. Doch, es war befreiend. Und es war der erste Moment, seit sie auf Föhr angekommen war, in dem sie dankbar war, tief dankbar, dass sie hier war. Dass sie von Willi keinen Anruf in Hamburg erhalten hatte und er ihr am Telefon all das erzählt hatte, was er ihr hier – wenn auch etwas unglücklich, da ungeplant – hatte sagen wollen. Allein in ihrer Wohnung wäre sie vielleicht noch verzweifelter, als sie es jetzt schon war. Hier mit ihm zusammen zu sein und doch auch die Möglichkeit zu haben, allein für sich sein zu können, war die bessere Variante. Hier draußen, mitten in der Nordsee, weit weg von ihrem Alltag, fühlte es sich viel intensiver an. Man konnte sich nicht ablenken mit anderen Dingen. In die Arbeit stürzen, Freunde treffen, die Wohnung putzen, feiern gehen. Hier war es, wie es war. Es gab kein Weglaufen. Nicht innerlich und auch nicht anders. Sie waren auf einer Insel. Natürlich gab es eine Fährverbindung, aber es war eben doch etwas anderes als in Kiel oder Hamburg. Sie war sozusagen abgeschnitten von ihrem anderen Leben. Und das war gut so.

Die Felder zogen an ihr vorbei, die Baumalleen, die schönen Friesenhäuser, die sie heute kaum beachtete. Sie nahm kaum wahr, was sich rechts und links des Weges befand, während sie durch Nieblum Richtung Witsum, Hedehusum, Utersum fuhr. Das Radfahren war beinahe meditativ. Sie genoss es, nicht nachdenken zu müssen, das Abschalten, wenn auch nur für kurze Momente, bevor wieder ein Gedanke kam, eine Frage, eine Antwort fehlte und das Grübeln erneut begann. Dann riss der Wind sie aus ihren Gedanken, als wollte er sagen: »Komm, lass das, fahr einfach. Das Leben ist jetzt!«

Und sie fuhr. Fuhr weiter und weiter, bis sie irgendwann hinter Dunsum abstieg, das Rad an einen Holzpfahl lehnte und auf den Deich ging. Die Schafe blökten sie an, als würden sie sie begrüßen, dabei war es vermutlich eher die Frage, was sie hier wollte. Eine berechtigte Frage. Nike zog ihre Jacke aus, legte sie auf den Deich, setzte sich und sah rüber nach Sylt, das heute klar und deutlicher als sonst zu erkennen war. Sie dachte an das, was Willi gesagt hatte, dass sie alle Möglichkeiten hatte. Sie stellte sich vor, wie es sein würde, wenn sie das, was er besaß, erben würde. Und sie wusste, sie wäre nicht glücklich, sie wäre nicht freier. Schon gar nicht reicher.

Sie zog ihr Handy aus der Jacke und rief ihre Mutter

an. Als würde sie direkt neben ihr sitzen, nahm Nike die Wirkung dieser Nachricht wahr. Ihre Mutter tat, was sie immer tat. Sie hörte zu, fragte nach, fühlte mit, nahm Nike – ohne, dass sie anwesend war – gefühlt in den Arm. Sie war kein Fels in der Brandung. Sie war ihr Heimathafen, in den man immer wieder zurückkehren konnte. Egal, wann.

Während die Schafe ein Stück entfernt von ihr ihrer Arbeit als Rasenmäher und Deichfeststampfer nachgingen, stand Nike langsam wieder auf, sog noch einmal die Weite des Meeres ein, die einen Gegenpol zu der Enge in ihrem Herzen bildete, ließ ihren Blick über das Wasser, die Wellen und den Horizont ziehen und atmete tief ein. Dann ging sie zurück zu ihrem Rad.

»Wusstest du davon?«, fragte sie Basti, als er die Tür öffnete und sie überrascht ansah.

»Hey, was machst du denn hier?« Er sah sich hinter ihr um, als erwartete er, dass noch jemand da wäre. »Willst du reinkommen? Ich bin zwar noch nicht ganz fertig, aber …«

»Hast du das gewusst?«

»Was denn?«

»Dass Willi sich dieses Haus angesehen hat?«

»Matti hatte mir erzählt, dass ihr hier wart, aber …«

»Das meine ich nicht. Ich meine, ob du wusstest, dass mein Vater das Haus kaufen will?«

»Dieses? Kaufen?« Er sah sie mit großen Augen an und schüttelte den Kopf. »Nein. Woher sollte ich das wissen? Wir«, er drehte sich um und deutete in den Innenraum, wo sich vermutlich irgendwo sein Kollege befand, »machen hier nur den Innenausbau. Ich bin ja kein Makler.«

»Nein, ich weiß, aber ... es hätte ja sein können. Ich dachte nur, du wusstest es vielleicht und hast es mir nicht gesagt. Wobei das auch egal wäre. Sorry.«

Basti ging einen Schritt auf sie zu und nahm sie in den Arm. Es tat so gut, dachte Nike und hörte sich selbst leicht ausschnaufen. So, als würde eine Last von ihr fallen. Doch: Was machte sie hier nur? Auf dieser Insel? Bei diesem Mann?

»Möchtest du einen Moment reinkommen?«, fragte er und sah sie mit leicht schräg gelegtem Kopf an.

Nike schüttelte den Kopf. »Danke, aber ich bin schon eine Weile unterwegs und habe das Gefühl, ich muss mal zurück.«

Sie lächelte ihn an, nahm seine Hand und hörte sich dann etwas sagen, was sie so, in dieser Form, überhaupt nicht vorgehabt hatte. Es kam einfach, spontan, intuitiv.

»Basti, ich glaube, du ahnst, wie sehr ich dich mag.« Sie stockte kurz, stellte aber fest, dass es zu spät war, das Ruder jetzt noch rumzureißen. »Aber ich kann keine Fernbeziehung mehr haben. Ich möchte etwas anderes.

Und ich habe keine Ahnung, wie es mit Willi weitergeht. Er hat lauter Flausen im Kopf, und ich … Ach, keine Ahnung. Ich kann das einfach nicht. In Hamburg sein, dich vermissen. Ich will das nicht mehr.« Sie sah mit gesenktem Blick auf seine Hand, die sie hielt, ließ sie los und schaute ihn an. »Es geht nicht.«

Dann stellte sie sich auf die Zehenspitzen, gab ihm einen Kuss auf die Wange, stieg wieder aufs Rad und fuhr davon. Ohne sich noch einmal umzudrehen.

Hinter ihr stand ein Mann, den sie lieben könnte, in einem Haus, in dem ihr Vater leben wollte. Und sie? Sie verlor beide. Den einen ungewollt, den anderen gewollt.

Was war nur los mit ihr?

# 12.

Nike fuhr, so schnell sie konnte, im Stehen zurück Richtung Nieblum. Es war nie leicht gewesen, ihr Leben hatte sich oft nach Kämpfen angefühlt. Nichts war ihr in den Schoß gefallen, alles hatte sie sich selbst erarbeitet, oft mit Einsatz ihres ganzen Willens, all ihrer Kraft. Aber jetzt, hier und heute, mit dem Wind im Gesicht und der Schwere in ihrer Brust, hatte sie das Gefühl, nicht das Ruder in der Hand zu halten. Sie fühlte sich wie in einem Boot auf offener See, das von den Wellen hin- und hergetrieben wurde. Sie wollte so gerne zurück in ihren Hafen, in dem sie sicher war. Die Zeit zurückdrehen, bis zu der Stelle, wo alles noch in Ordnung gewesen war.

Ihr kam ein älteres Pärchen auf einem Tandem entgegen. Die zwei fuhren an ihr vorbei, lächelten sie fröhlich an und grüßten. Nike setzte sich auf ihren Sattel und grüßte zurück.

Das Bild der beiden begleitete sie bis zu ihrem Ferienhaus, das in der Sonne lag und auf sie zu warten schien – so ruhig und friedlich, als wäre nichts passiert, als wäre die Welt in Ordnung.

Willi lag im Strandkorb und schlief. Nicht in seinem

Morgenmantel, wie Nike erleichtert feststellte. Sonst hätte sie sich wirklich noch mehr Sorgen gemacht, als sie es eh schon tat. Willi hatte immer Stil gehabt und an dem Tag, an dem sich das änderte, wäre er nicht mehr er selbst.

»Hey, da bist du ja!«, hörte sie ihn hinter sich, als sie sich gerade an ihm vorbei ins Wohnzimmer schleichen wollte.

»Ich dachte, du schläfst.«

»Ach, ich habe nur mal kurz den Reset-Knopf gedrückt. Wie geht es dir?«

Nike blieb stehen und fragte sich, wann er das zuletzt gefragt hatte.

»Das ist mein Text. Da musst du die Zettel durcheinandergebracht haben«, erklärte sie und lächelte ihn an.

»Mist. Und ich hatte mich schon gewundert, was für merkwürdige Sachen sich die Drehbuchautorin da ausgedacht hat.«

»Also, dann frage ich mal. Wie geht es dir denn?«

»Gut! Warum?«

»Warum? Weil du krank bist.«

Willi stand auf, stellte sich breitbeinig hin, hob die Arme wie Popeye, der seine Muskeln tanzen ließ.

»Papperlapapp! Wer sagt denn so etwas? Nur weil das auf irgendeinem Papier steht, ist man noch lange nicht krank!«

Nike lächelte ihn milde an, senkte ihren Blick und fragte sich, wie ihr Text war. Sie wusste es nicht.

Willi kam auf sie zu und nahm sie in den Arm. Eine Weile standen sie da, umarmten sich und sagten nichts. Sie hörten die Urlauber, die den kleinen Sandweg zum Strand entlanggingen, die Krähen, eine kleine Propellermaschine über sich und spürten den Wind, der heute von der See kam. Jetzt, hier, diesen Moment einfrieren, festhalten, für immer, dachte Nike. Und drückte Willi noch etwas fester.

»Hast du etwas Appetit?«, wollte Willi wissen und ließ sie los.

»Ja, nicht nur das. Ich habe sogar ziemlichen Hunger, ehrlich gesagt.«

»Prima! Das passt perfekt. Wir bekommen nämlich gleich Besuch!«

Nike sah ihren Vater mit weit aufgerissenen Augen an. Was kam denn jetzt?

»Fieti kommt«, verkündete er völlig selbstverständlich.

»Bitte wer?«

»Fieti ist Koch und wird uns«, Willi deutete mit weit ausgebreiteten Armen auf die Küchenzeile und den runden Esstisch, »kulinarisch verwöhnen! Ich war schon einmal bei ihm im Restaurant in Wyk und kann dir sagen: Mehr geht nicht. Du wirst hingerissen sein!« Er klang sehr begeistert, und das hieß etwas, denn wenn er essen ging, dann nur dort, wo es wirklich exzellent war. Daher wusste Nike, dass es auf alle Fälle ein besonderer Abend werden würde.

»Er kocht hier bei uns?«, fragte sie überrascht.

»Ja. Und er bringt alles mit. Wir können uns einfach entspannen und überraschen lassen.«

»Wow! Na, das ist ja echt mal eine Überraschung. Heute also kein Krabbenbrötchen?« Sie ging auf ihn zu und nahm ihn schon wieder in den Arm. Ein paar Sekunden länger als sonst. »Dann könntest du dich ja quasi im Morgenmantel hier an den Tisch setzen. Das hat ja auch Vorteile, so ein privater Koch.«

»Auf alle Fälle. Und du kannst deine Mütze auflassen!«

»Oder in Badehose und Bikini.«

»Auch nicht schlecht! Ich wollte immer schon einmal im Bikini essen gehen«, meinte Willi begeistert.

»Den leihe ich dir unter keinen Umständen. Da musst du dir schon selbst einen kaufen!«, entgegnete Nike und schüttelte lachend den Kopf. Sie würde ihn nicht gehen lassen können, dachte sie, während sie ihn ansah.

Willi spürte, dass etwas in ihr vorging.

»Alles okay?«, wollte er wissen.

Nike hörte auf zu lächeln, senkte den Blick, dann sah sie ihn wieder an und schüttelte den Kopf. »Nein. Ganz und gar nicht, Papa!«

Fieti, der Nike sofort sympathisch war, kam mit allem, was er zum Kochen brauchte: frischem Gemüse, Kräutern, passenden Weinen für die verschiedenen Gänge, einfach allem. Und einer großen Portion Leidenschaft für das, was er tat, sowie Leichtigkeit und Freude, die guttat. Während er alles auspackte, sortierte und sich einrichtete, erzählte er voller Begeisterung von dem, was er mitgebracht hatte. Woher es stammte, wer es gefischt und geerntet hatte und was er daraus zaubern würde.

Es gab Krabben, aber ohne Brötchen. Angerichtet mit Avocado, besonderen Salatsorten aus dem eigenen Hochbeet, einem Reibekuchen, Heilbutt mit Kartoffelstampf, Mousse au Chocolat mit selbst gemachtem Passionsfruchteis und vieles mehr.

Es war das leckerste, entspannteste und schönste Abendessen, das Nike jemals mit ihrem Vater hatte. Und das lag nicht nur an dem, was Fieti direkt neben ihnen zauberte. Dass sie in der Küche saßen, beim Küchenchef, dabei sein, ihm auch mal über die Schulter schauen und zusehen durften, entspannt genießen konnten, sich fallen lassen … Es war ein unvergesslicher Abend.

Und trotzdem bewegten sie sich auf dem schmalen Grad zwischen dem Verdrängen dessen, was war, und dem Wissen darum, worauf sie zusegelten. Es war, als wäre diese Diagnose, diese ganze Wahrheit, die Nike nicht wahrhaben wollte, an den Strand gespült worden. Als würden Wellen über sie hinwegschwappen, sie bedecken, unter sich verbergen, um sie im nächsten Moment wieder freizulegen, wenn das Wasser sich ins Meer zurückzog.

Während Nike Willi zuhörte, der ihr und Fieti, während der Koch den nächsten Gang vorbereitete, von dem Bild erzählte, das er gesehen und das ihn so sehr fasziniert hatte, das Bild von dem offenen Meer, wünschte sie sich, die Flut würde kommen und für immer bleiben.

Fieti war schon lange weg und die Küche aufgeräumt. Das Feuer im weißen Kachelofen im Wohnzimmer war angezündet, sodass man das Knacken des Holzes auf der Terrasse draußen hörte. Der Sternenhimmel funkelte so klar und schön, dass Nike sich fragte, warum sie nicht öfter mal in den Himmel sah bei Nacht. Willi und sie saßen bei einem letzten Glas Wein draußen und genossen die Stille.

»Das war wirklich ein ganz besonderer Abend! Danke, Papa!«

Willi sah sie an und erwiderte nichts. Er wirkte müde, erschöpft, aber zufrieden auf eine Art, die ihn Ruhe ausstrahlen ließ. Es war nicht die Zufriedenheit nach einer gelungenen, erfolgreichen Vernissage, einem verkauften Werk, einem Vortrag, der in den

Medien gefeiert wurde. Es war eine ganz andere, eine tiefe Ruhe.

Am Nachthimmel war keine Wolke zu sehen, dafür ein beeindruckender Vollmond, umgeben von Sternen, deren Namen Nike irgendwann, vor einer halben Ewigkeit, einmal gekannt hatte. Es war ein heißer Sommer gewesen, als sie mit Willi in den großen Sommerferien in Kiel im Garten in ihrem Zelt übernachtet hatte und er ihr, bevor sie unter die dünnen Decken gekrochen waren, erzählt hatte, wie die bekanntesten Sternbilder hießen. Sie hatten den großen Bären entdeckt, und egal, wo Nike später Sterne gesehen hatte, hatte sie nach ihm Ausschau gehalten.

»Wollen wir noch mal an den Strand?«, fragte sie. »Ich glaube, ich muss mich bewegen. Ein paar Schritte tun dir nach dem Essen doch bestimmt auch ganz gut, oder? Hast du Lust?«

»Ja, lass uns das machen«, meinte Willi, stand etwas beschwerlich auf und folgte ihr.

Sie schlossen die Terrassentür und gingen übers Grundstück zu dem schmalen Sandweg, der zwischen Heckenrosen zum Meer führte.

Einen Moment blieben beide, als sie auf dem Deich angekommen waren, stehen, betrachteten die Schönheit, die Weite. Das Meer, auf dessen leichten, sanften Wellen sich das Licht des Vollmondes durch weiche Wolken spiegelte und zu einem Farbenspiel führte, das kein Maler und keine Fotografin der Welt so hätte einfangen können. Die Dunkelheit der Nacht verschluckte vieles und hob anderes hervor. Die Geräusche der Wellen, die vor ihnen an den Strand gespült wurden, das Schreien der Möwen, das leichte Rauschen der Dünengräser um sie herum: Nike stellte sich vor, sie würde mit Willi in einem Gemälde stehen. Sie sah sich selbst und ihren Vater von hinten hier am Meer, bei Nacht, in diesem besonderen Moment. Ein Moment, das wusste sie, an den sie sich später oft erinnern würde. Dieses Bild war fest in ihr verankert. Für immer.

»Siehst du den Hund?«, fragte Willi und zeigte mit dem Finger in den Himmel.

Nike wusste sofort, was ihr Vater meinte. Sie hatten dieses Spiel früher oft zusammen gespielt, wenn sie spätabends noch im Garten gewesen waren, am Hafen oder am Strand.

»Ja!«, sagte Nike. »Er liegt auf dem Rücken und möchte gerne den Bauch gestreichelt bekommen.«

Die Wolke hatte wirklich genau diese Form, inklusive einem leuchtenden Auge, das sich durch einen Stern hinter der Wolke durch Zufall an exakt der richtigen Stelle befand. Nike betrachtete den Hund eine Weile und wartete, dass die Wolke sich veränderte, weiterzog, aber sie blieb noch eine ganze Weile genau so.

»Und wo ist das Mädchen?«, wollte Willi wissen.

Nike betrachtete den Himmel. Sie erkannte keine

Wolke, die einem Mädchen glich. Weder ein Kopf noch ein Körper, nicht stehend, nicht liegend.

»Wo siehst du ein Mädchen?«, fragte sie Willi, denn eigentlich erkannte sie immer alles schneller als er. Sie hatte ihn etliche Male in diesem Spiel geschlagen. Aber hier, heute Abend, sah sie unter den wenigen fluffigen Wolken am Himmel nichts, was der Gestalt eines Mädchens ähnelte.

»Es ist ein ganz besonderes Mädchen«, erklärte er und sah sie an.

Nike schüttelte den Kopf und lächelte ihren Vater an. »Der Punkt geht an dich.«

Sie blieben noch eine Weile so stehen und schwiegen gemeinsam, sogen den Augenblick ein und gingen schließlich den weichen Sandweg zurück zu ihrem Haus.

»Ich habe noch etwas für dich. Warte kurz!«, sagte Willi, der nach dem kleinen Spaziergang wieder wacher und fitter wirkte.

Nike hatte sich eigentlich gerade hinlegen wollen. Sie spürte eine Schwere in den Beinen, im ganzen Körper. Von der körperlichen und mentalen Anstrengung.

Willi ging langsamer als sonst die helle Holztreppe nach oben in den ersten Stock. Nike sah ihm nach, dann setzte sie sich raus auf die Terrasse, wo immer noch ihre Gläser standen.

»Das ist für dich«, erklärte Willi ein paar Minuten später und reichte ihr eine kleine, alte Schmuckkiste, um die er, sehr hilflos, wie es schien, eine viel zu breite, lange rote Schleife gebunden hatte. Ein Umschlag lag darunter. Nike nahm das Geschenk entgegen und musste lächeln, weil es so typisch Willi war.

»Was ist das? Und warum schenkst du mir etwas? Du hast mich schon mit dem leckeren Essen so überrascht.«

Willi deutete mit dem Kinn auf das Geschenk. »Mach mal auf.«

Nike zog an dem roten Band, die Schleife löste sich und sie betrachtete die quadratische dunkelbraune Schachtel, die sie in den Händen hielt. Hatte sie die nicht schon einmal irgendwo gesehen? Vorsichtig öffnete sie den Deckel und erkannte sofort Willis Uhr – die er nie trug.

Nike sah ihren Vater fragend an. »Deine Uhr? Warum möchtest du mir sie schenken? Ich meine, ich mag sie total gerne, das weißt du, aber erstens ist sie sehr teuer und zweitens …« Sie stockte. Die Antwort war klar.

»Dort, wo ich hinziehe, gibt es keine Zeit«, erklärte Willi gedankenverloren. »Und mir wurde auch bei der Übergabe der Reiseunterlagen gesagt, ich könne kein Gepäck mitnehmen. Stell dir das mal vor! Ein Flug! Und ich darf nichts, aber auch rein gar nichts mitnehmen! Nicht einmal Handgepäck. Höchstens ein langes, weißes Hemd oder gleich nackt, haben sie gesagt.«

Nike stellte die Schachtel beiseite und nahm Willi in den Arm. Sie blieben lange so stehen, sagten nichts, hielten sich aneinander fest, bis Nike sich die letzte Träne weggewischt hatte und ihn losließ.

»Danke, Papa! Ich … Ich finde sie wirklich total schön. Aber ich kann mich gerade nicht so freuen«, entschuldigte sie sich und schaute sich noch einmal die Uhr an.

Schon als kleines Mädchen hatte sie die Uhr gerne in der Hand gehabt. Willi hatte sie von seinen Eltern zum Abitur bekommen. Und obwohl es eine Männeruhr war, liebte sie das große Ziffernblatt und die schlichte Eleganz.

»Dreh sie mal um«, forderte er sie auf.

»Huch. Was kommt denn jetzt?«, fragte Nike, doch Willi schwieg.

Vorsichtig nahm sie die Uhr aus der Schachtel, drehte sie um und entdeckte auf der Rückseite des Gehäuses eine ganz kleine handschriftliche Gravur:

*Krabbenbrötchen mit Keks.*

»Die Uhr soll dir zeigen, wie wertvoll Zeit ist. Und die Gravur erinnert dich«, Willi machte eine kurze Pause, »an unsere gemeinsame Zeit.«

Nike schluckte eine Ansammlung von Tränen, die nach draußen drängten, herunter, atmete tief ein und wieder aus, um sich selbst unter Kontrolle zu halten, und drückte Willi erneut.

»Einmal Krabbenbrötchen mit Keks«, hatte Willi immer bestellt, wenn sie unten am Kieler Hafen gewesen waren, und sie noch so klein war, dass sie lieber den Keks aß, der sonst zum Kaffee serviert wurde, als irgendetwas, das aus dem Meer gefischt worden war. Sie hatten sich dann auf eine der Holzbänke gesetzt, auf die Förde geschaut, die Schiffe beobachtet und Krabbenbrötchen mit Keks gegessen. Natürlich hatte der Keks nicht gereicht, und Willi hatte ihr dann noch etwas anderes gekauft, aber es war Tradition. Viele Jahre lang, bis Nike sich irgendwann einen Ruck gegeben hatte und feststellen musste, wie lecker diese kleinen Tierchen aus dem Meer waren, wenn sie in einem lauwarmen frischen Brötchen lagen. Und wenn dann auch noch die richtige Soße darauf kam, gab es nichts Leckereres, das hatte sie erst recht spät feststellen dürfen.

»Das ist das Schönste, das du mir jemals geschenkt hast. Danke, Papa!«

»Warte ab. Da ist noch etwas.« Er zeigte auf den Umschlag.

Nike öffnete den Umschlag und zog eine schlichte weiße Karte heraus, auf die Willi mit schwarzer Tinte in geschwungener Schrift groß *Gutschein* geschrieben hatte. Etwas kleiner stand darunter: *Für ein Bett auf Föhr. Für immer.*

Sie sah Willi fragend an. »Wie meinst du das? Ein«, sie sah wieder auf die Karte und las laut vor, »Bett auf Föhr.«

»Ich habe das kleine Reetdachhaus gekauft. Das du schon kennst, und das uns beiden gefallen hat. Und ich werde dir dort, unterm Dach, ein schönes Zimmer einrichten lassen. Dann kannst du jederzeit zu mir kommen und hast einen Gutschein für ein Bett. Für immer.«

»Du hast es wirklich gekauft?« Nike konnte es nicht glauben. Sie wusste nicht, was sie sagen sollte. Es gab so viel in ihrem Kopf, das sie dachte, was durch ihren Kopf umherschwirrte.

Sie sah lange auf die Karte, auf das, was dort stand, und all das, was dort nicht stand.

»Du bist wirklich verrückt!«, sagte sie nach einer Weile. »Danke, das ist alles sehr viel. Ich … Mir fehlen gerade die Worte. Ich bin ein bisschen traurig, weil ich unser Haus, also dein Haus in Kiel jetzt schon vermisse, aber ich verstehe dich auch. Und ich finde es wichtig und gut, dass du dir deinen Traum erfüllst. Mach das! Mach alles, worauf du Lust hast!«

Willi nickte und nahm ihre Hand.

Sie sah auf ihre beiden Hände und fragte sich, wie oft sie noch so zusammensitzen würden.

»Und ich freue mich auf das Reetdachhaus, obwohl ich es noch gar nicht fassen kann, dass du es wirklich gekauft hast«, fuhr sie fort. Sie überlegte einen Moment. »Ich würde es gerne ein bisschen mit einrichten, wenn du magst.« Nike zwinkerte Willi zu, der nach seinem Glas griff und einen Schluck trank.

»Die Umzugsfirma kommt nächste Woche, dann kannst du dich gerne austoben«, meinte er und stellte das Glas wieder auf den weißen Gartentisch.

Nike zog den Reißverschluss ihrer Jacke hoch. Es war merklich kühler geworden. Wie spät war es wohl? Nach Mitternacht?

»Bringen die alles? Ich meine nur, weil das Haus ja viel kleiner ist als …«

»Nein, nein!«, wiegelte er ab. »Ich habe ordentlich ausgemistet. Ich brauche ja nicht viel.«

»Und deine ganzen Bilder, die Statuen? Die Staffeleien, deine Farben? Das Klavier? Wo ist das alles?« Nike spürte plötzlich eine leichte Panik in sich aufsteigen. Warum hatte er sie nicht gefragt, ob sie vielleicht Interesse an dem einen oder anderen Stück hätte? Sie war enttäuscht.

Willi konnte ihre Gedanken offenbar lesen. »Das, wovon ich überzeugt bin, dass du es ganz sicher nicht haben möchtest, habe ich weggegeben. Und alles andere, das hier keinen Platz findet, ist in einem angemieteten Container. Du kannst jederzeit hinfahren und dir etwas nehmen, wenn dir danach ist.«

»Okay«, murmelte Nike erleichtert und nickte. »Es ist so viel Trennung auf einmal.«

»Ja«, gab Willi ihr recht. »Das stimmt. Aber ich möchte jetzt einfach keine Sekunde mehr verschwenden. Keine Ahnung, wie lange ich noch da bin und meinen Traum vom Haus am Meer – oder besser im Meer – leben darf.« Er stand auf, riss die Arme in den Himmel und machte, so laut er konnte, Geräusche wie Tarzan, während er sich auf die Brust trommelte.

Nike konnte nicht anders, sie musste lachen.

»Ein bisschen noch«, sagte Willi, nachdem er sich wieder neben sie gesetzt hatte.

Sie sah ihn fragend an. »Was meinst du?«

»Lass uns noch ein bisschen zusammen sein.«

# Epilog

»Huhu! Jemand da?«, rief Nike, nachdem sie die frisch gestrichene hellgraue Friesentür des alten Reetdachhauses geöffnet und ihre große schwere Tasche in den Flur gestellt hatte. Den Rest aus ihrem Wagen würde sie nachher in Ruhe hochtragen, in ihr Zimmer. Willi nannte es das Lieblingstochter-Zimmer.

Seit Willis Einzug vor vier Wochen war sie nur hin und wieder nach Hamburg gefahren, um ihre Sachen zu holen und sich um die Wohnung zu kümmern. Und um ihre Mutter zu treffen, der sie von alldem, was in der kurzen Zeit passiert war, erzählte.

Nike mochte den Geruch, der ihr entgegenströmte, denn er vereinte neu und alt: Es roch nach abgeschliffenem geölten Holz, gestrichenen Wänden und nach Willis Möbeln, seinen Farben, dem Terpentin, einfach nach ihm.

Sie sah sich in dem Wohnbereich mit der offenen Küche um und entdeckte zu ihrer Freude, dass die Deckenleuchten endlich montiert worden waren und keine blanken Glühbirnen mehr am Kabel von der Decke hingen. Die neue Küche war heute ausnahmsweise mal aufgeräumt und tatsächlich auch schon die eine oder andere Kiste verschwunden. Dem Himmel sei Dank hatte das Haus einen Keller. Und alles, was dort nicht reinpasste, brauchte man eben nicht, war Willis Auffassung. In ihrem ganzen Leben hatte Nike noch nie so viel sortiert, weggeworfen, gespendet und verstaut. Es war eine aufwühlende, körperlich und emotional erschöpfende Reise durch Willis Vergangenheit gewesen, eine Neuordnung seiner Gegenwart durch Klarheit schaffende Entmüllung und Befreiung von Überflüssigem. Die Verdichtung auf das Wesentliche.

»Was braucht der Mensch denn schon zum Leben? Einen Pinsel und etwas Farbe«, hatte er gesagt, als sie fertig gewesen waren und sich vor dem Haus ein Berg an Dingen gehäuft hatte, die nicht mit einziehen durften.

»Dieses letzte Stück gehe ich mit leichtem Gepäck«, hatte er noch einmal entschlossen betont, sich umgedreht und war zurück ins Haus gegangen.

Nike war noch einen Moment erschöpft stehen geblieben, hatte die Kartons betrachtet, jeden Muskel ihres Körpers gespürt und sich gefragt, wie groß ihr eigener Berg sein würde, wenn sie ausmistete. Willi hatte sich schon in Kiel von so vielem getrennt, aber hier war ihr doch noch einmal klar geworden, wie ernst er es meinte. Was brauchte man wirklich? Was schleppte man alles mit sich rum, hortete es in Schränken und Schubladen, auf Dachböden oder in Kellern? Warum hing man daran, wenn es doch nur irgendwo rumlag?

»Jaaa! Hier draußen!«, hörte sie Basti von draußen zurückrufen, der zu ihrer Überraschung schon da war. Dabei war es gerade erst zwölf Uhr, und er hatte heute bei seinen Eltern auf dem Hof aushelfen wollen. Irgendein Tor klemmte, und sein Vater schaffte es nicht mehr allein, es zu reparieren, das hatte Basti ihr gestern Abend am Telefon erzählt. Nike huschte ein Lächeln übers Gesicht. Sie hatte schon länger den Eindruck, dass er mehr Zeit bei Willi verbrachte als zu Hause oder bei seinen Eltern. Die beiden verhielten sich seit dem ersten Augenblick, in dem sie sich kennengelernt hatten, wie beste Freunde. Nike hatte es überrascht und auch, wie sie feststellte, mit einer gewissen Erleichterung wahrgenommen.

Denn sie hatte sich entschieden. Für Basti, für Willi, für Föhr und für alles, was ihr Herz ihr sagte, das jetzt wichtig war. Sie würde so lange bleiben, wie es für sie richtig war, wie es sich gut anfühlte. Die Wohnung in Hamburg war untervermietet, ihre Mutter würde sie jederzeit besuchen können, und einen neuen Job konnte sie auch von hier aus suchen.

Sie ging durch den Raum, blieb stehen, sah durch die Terrassentür und beobachtete die beiden, die in ihre Arbeit vertieft waren.

»Hi! Da bist du ja«, freute Basti sich, als sie durch das Wohnzimmer, in dem immer noch das eine oder andere rumstand, nach draußen auf die Terrasse ging. Die Sonne strahlte am wolkenlosen Himmel und hatte auf der Rückseite des Hauses, wo sich die Hitze gerne staute, bereits für Mittelmeerfeeling gesorgt.

»Herrje, ist das warm heute«, stellte Nike fest, nahm ihren Strohhut vom Kopf, den sie vor einer Weile gegen die Wollmütze eingetauscht hatte, löste die Träger ihrer kurzen Latzhose und zog ihr Langarmshirt aus, sodass sie nur noch ihr weißes Rippunterhemd trug. Dann zog sie die Träger wieder über die Schultern und setzte sich den Strohhut auf.

»Vielleicht brauchst du hier doch noch einen Sonnenschirm, Papa«, schlug sie vor und ging an den neuen großen Blumenkübeln, in die sie Hortensien gepflanzt hatte, über die Terrasse auf Basti zu, der ein langes Holzbrett in der Hand hielt. Das legte er jetzt beiseite, um sie in den Arm zu nehmen, den Hut etwas hochzuschieben und sie zu küssen.

Keiner küsste wie er. Das dachte sie jedes Mal seit ihrem ersten Kuss vor ein paar Wochen, als er sie einfach in den Arm genommen und geküsst hatte. Ohne zu fragen, ohne Vorwarnung, ohne irgendetwas. Er hatte noch nicht einmal »Hallo!« gesagt. Stattdessen hatte er sie in den Arm genommen und nicht mehr losgelassen.

Das war längst überfällig gewesen, hatte er später irgendwann, als sie sich wieder voneinander lösten, gesagt, und sie hatten beide lachen müssen. »Stimmt«, hatte sie ihm recht gegeben. »Das war wirklich total überfällig.«

Seitdem hatte sich alles geändert. Nicht zwischen ihnen, sondern um sie herum. Willi war in das Haus gezogen, hatte mit ihrer Hilfe alles aufgeräumt und eingerichtet. Sie hatte die Zeit genutzt, um ihre Wohnung aufzuräumen, zu packen und die Schlüssel einem Geschäftsmann zu übergeben, der eine möblierte Wohnung in Hamburg gesucht hatte.

Basti und Matti hatten in jeder freien Minute mit angepackt. Irgendwann war Matti gegangen und Basti geblieben. So, als wäre es das Natürlichste der Welt. Als würde sich die Frage gar nicht stellen, wann er ginge. Weil er einfach dazugehörte, ein Teil von ihnen war, hierhergehörte. Zu ihnen.

»An das Ding muss ich mich noch gewöhnen«, sagte er und schob ihr den Hut wieder zurück ins Gesicht. »Mit der Wollmütze war es einfacher.«

»Also, wenn sich hier irgendwer an irgendwas gewöhnen muss, dann ja wohl ich, du Scherzkeks. Kaffee ans Bett bekommen, selbst gepflückte Blumensträuße und warme Brötchen an der Tür. Du denkst öfter an mich, als ich an mich denke. Meine Freundinnen sind schon eifersüchtig und fragen, ob du noch einen Zwillingsbruder hast! So viel Aufmerksamkeit, das ist echt eine harte Umstellung für mich«, scherzte sie, küsste ihn noch mal und noch mal und hätte dabei fast vergessen, dass sie nicht allein waren.

»Hallo?! Und was ist mit mir?«, protestierte Willi lauthals und tat erbost, während er mit dem Pinsel in der Luft herumwedelte, um auf sich aufmerksam zu machen. Dabei war das definitiv nicht nötig.

Willi trug eines seiner alten, langen Leinenhemden, das voller Farbflecken war, hatte ebenfalls einen Strohhut auf dem Kopf, saß auf einem alten Hocker und malte auf einem Brett, das auf dem mit Papier ausgelegten Gartentisch lag. Bestimmt war das Bastis Vorschlag gewesen, tippte Nike und musste grinsen. Auf so eine Idee wäre ihr Vater nie gekommen. Warum auch? Bisher hatte er immer in seinem Atelier gemalt, das dementsprechend aussah und wo das total egal gewesen war.

»Einer nach dem anderen«, meinte sie lachend, löste sich von Basti, ging zu ihrem Vater, beugte sich leicht vor und gab ihm einen Kuss auf die Wange, die, wie sie in diesem Moment fand, magerer war als noch vor einer Woche.

»Na, was macht das Leben so mit dir? Ist es artig? Oder soll ich mal schimpfen?«, wollte sie wissen, während sie Willi ansah. Nein, es war eher ein Scannen, ein Suchen nach Anzeichen seiner Krankheit, nach dem, was sie, solange es ging, auszublenden versuchten, um das Leben genießen zu können. So hatten sie es beschlossen. Natürlich sprachen sie darüber, aber sie wollten dem Krebs nicht die alleinige Vollmacht über die Tage, die blieben, geben. Er sollte nicht ihr Drehbuchautor, ihr Dirigent sein.

Und doch war Willis Krankheit, seine Diagnose ständig da. Auch wenn sie nicht darüber sprachen. Der Krebs war wie ein unsichtbarer Mitbewohner. Man konnte ihn nicht sehen und doch war allen klar, dass er da war.

»Nö. Alles bestens. Und wenn nicht«, er deutete auf die Tabletten neben dem Wasserglas auf dem Beistelltisch, »dann gibt es die da zur Strafe.«

Nike nickte und schaute sich das an, was Willi gerade anmalte. »Krabbenbrötchen«, las sie laut vor.

»Yes!«, sagte Willi, legte den Pinsel zur Seite, stand auf und betrachtete sein neuestes Werk. »Für Kenner passt nicht mehr mit drauf. Dafür ist das Brett einfach nicht lang genug.«

»Oder deine Schrift ist zu groß?«, warf Nike ein.

»Ich weiß nicht, was du meinst«, murmelte ihr Vater und ging zu Basti, der gerade etwas montierte.

»Schau mal!«, forderte er Nike auf und winkte wild mit der Hand in ihre Richtung. »Wir findest du das? Ist es nicht großartig?«

Die beiden standen vor zwei Holzböcken, auf denen mehrere Bretter lagen. Darauf entdeckte sie, als sie näher kam, eine Zeichnung, die durch zwei kleine Steine beschwert wurde, sodass der Wind, der heute sanft über die Wiesen zog, keine Chance hatte, sie wegzuwehen. Auf dem karierten DIN-A4-Blatt war das Schild, an dem er gerade gemalt hatte, zu erkennen. Es war ganz offensichtlich eine Skizze.

»Was wird das denn, wenn ich fragen darf?«, wollte Nike wissen, die solche Aktionen ihres Vaters nicht kannte. Ein mulmiges Gefühl machte sich in ihr breit.

»Im Vorgarten wollen wir zwei Strandkörbe hinstellen, in denen radelnde Urlauberinnen und Urlauber kurz mal Pause machen können, um in Ruhe ihren Snack zu genießen«, erklärte Willi.

»Krabbenbrötchen?!«, fragte Nike ungläubig.

»Die Kandidatin hat zehn Punkte«, sagte Willi und strahlte sie glücklich an. »Das wird großartig! Schau mal hier«, er deutet auf die Zeichnung. »An der Seite der Hütte wird Basti mir eine alte Seemannsglocke montieren, mit der man läuten kann. Seine Eltern haben so eine auf dem Hof rumliegen und brauchen sie nicht mehr. Dann muss ich nicht die ganze Zeit draußen in der Hütte sitzen. So viel ist ja auch nicht los hier … Und da kommt eine Schiefertafel hin, auf die ich mit Kreide das Tagesangebot schreiben kann.«

»Das ist nicht euer Ernst, oder?!« Nike sah Willi und Basti entsetzt an.

»Wieso? Was hast du denn?«, wollte Willi wissen,

während Basti gar nichts sagte. Traute er sich nicht, oder was war hier los?

»Die frischen Krabben wird Basti mir bei Henning Dulz in Boldixim holen. Henning ist Krabbenfischer, und keiner hatte so frische Krabben wie er. Das habe ich inzwischen rausgefunden. Man muss sie allerdings selbst pulen. Aber du weißt ja: Wat mutt, dat mutt. Außerdem ist Krabbenpulen im Grunde nichts anderes als meditieren. Und das ist ja bekanntlich gesund!«

Nike wusste nicht, was sie sagen sollte. Ihr Vater hatte schon immer mehr oder weniger lustige Ideen gehabt, aber diese übertraf wirklich alles.

»Apropos Meditation. Sag mal, Basti, gibt es hier auf Föhr eigentlich schon einen Krabbenpulmeditationskurs?«, wollte er jetzt wissen.

Basti schüttelte entschieden den Kopf. »Nein. Soviel ich weiß, nicht.«

»Mensch, Leute«, platzte es aus Willi heraus. »Tadaa! Da haben wir sie: die allseits beliebte und stets gesuchte Marktlücke! Das ist doch *die* Geschäftsidee!« Er strahlte sie an, als hätte er gerade erfahren, dass er im Lotto gewonnen hat.

»Papa?«

»Ja?«

»Habt ihr beiden etwas getrunken? Ich meine, mir soll's egal sein. Hauptsache, du bist happy, aber …«

»Wie? Ich dachte, du freust dich über meine Idee!

Und wenn ich ehrlich sein darf, hatte ich auch ein bisschen auf deine Unterstützung gehofft!« Er sah sie traurig an.

Nike starrte erst Basti an, dann ihren Vater.

»Beim Krabbenpulen oder beim Meditationskurs?«

Willis ernste Miene verflog schneller, als sie gucken konnte, und zeitgleich fingen sowohl er als auch Basti schallend an zu lachen. Sie bekamen sich gar nicht mehr ein.

Nike stand zwischen ihnen und konnte es nicht fassen. Die beiden hatten sie nach Strich und Faden veräppelt. Dass hier irgendetwas nicht stimmte, hatte sie die ganze Zeit im Gefühl gehabt, aber dass die beiden offenbar unter einer Decke steckten, damit hatte sie nicht gerechnet.

»Ihr seid ja lustig«, sagte sie kopfschüttelnd und freute sich insgeheim, dass die zwei sich so gut verstanden.

»Ein bisschen Spaß muss sein«, meinte Basti, nachdem er sich einigermaßen beruhigt hatte.

»Komm, gib's zu. Einen Moment lang hast du es geglaubt, oder?«, wollte Willi wissen.

»Der Moment endete mit deiner Krabbenpulmeditation«, erklärte Nike.

»Stimmt, das war vielleicht etwas drüber, aber die Idee kam mir spontan und ich muss sagen, so blöd finde ich sie gar nicht«, meinte Willi.

»Mir würde es fürs Erste reichen, wenn du die frischen Krabben von Fischer Dulz für uns pulst. Dabei kannst du sehr gerne meditieren«, erklärte Nike und zwinkerte Willi zu.

Ein zufriedenes Lächeln breitete sich auf Willis Gesicht aus, das sie tief berührte. Er war angekommen. Hier auf der Insel und auch bei sich. Das war zumindest ihr Eindruck.

Willi hatte sich beides erfüllt: Den Traum vom Haus am Meer und er verbrachte Zeit mit ihr.

Sein neuer Arzt, zu dem er auf Föhr ging, war verwundert bis erstaunt über seine Werte. Er hatte Willi erklärt: »Die Seeluft ist das eine. Aber Liebe – Liebe ist die beste Medizin.« Nicht die Liebe zu jüngeren Frauen, die vielleicht auch, aber vor allem die zu sich selbst. Und wenn man sich solche Träume erfülle, auf sein Herz, seine innere Stimme höre, wenn man ganz still werde und genau spüre, was man sich selbst so gerne sagen wolle, und es schaffe, das zu hören zwischen alldem anderen, innen und außen, und das Gehörte dann auch noch umsetze, dann sei das nicht nur mutig, sondern auch das Beste, was man tun könne. »Würden das alle Menschen machen, hätte ich sicher weniger Patientinnen und Patienten in der Praxis«, hatte der Arzt gesagt. All das würde die Diagnose nicht ändern, aber Willis Weg leichter machen – davon war er überzeugt.

Nike fand, er hatte recht.

»Wenn wir nur alle unser Ablaufdatum kennen würden«, hatte Willi gesagt und sein Handy beiseitegelegt. »Vielleicht würden wir dann die Zeit anders wahrnehmen.«

»Was hat es denn nun mit dem Schild auf sich?«, wollte Nike wissen und sah Basti neugierig an.

»Das ist ein Auftrag für einen Kunden, aber da dein Vater so schön malen kann, hat er angeboten, dass er sich um die Aufschrift kümmert. Na ja, und dann habe ich beschlossen, die Hütte einfach hier zu bauen. Gemeinsam mit Willi. Zusammen ist man eben weniger allein.«

Und kommt sicher auch weniger ins Grübeln, dachte Nike und war Basti so dankbar dafür, dass er die letzten Tage hier bei Willi verbracht hatte, während sie in Hamburg gewesen war. Ihr Vater war es gewohnt, allein zu sein, und genoss es teilweise. Er genügte sich selbst. Aber das hier war eine andere Situation als die in Kiel, als er gesund gewesen und zwischendurch eine Freundin vorbeigekommen war oder einer seiner alten Freunde. Hier wäre er allein mit sich und seinen Gedanken.

»Klasse«, freute sie sich.

»Finde ich auch. Hat echt Spaß gemacht. Aber ich glaube, das wird vorerst die letzte Auftragsarbeit gewesen sein. Oder Willi?«

Willi machte eine Handbewegung, die signalisieren sollte, dass er sich noch nicht sicher sei. Er malte weiter, zog den Pinsel über das Brett. Langsam, dann wieder mit Schwung. Nike folgte mit dem Blick seinen Bewegungen, die etwas ganz und gar in sich Gekehrtes, Versunkenes hatten.

Basti sah auch auf die Schrift, dann wieder zu ihr. »Ich glaube, dein Vater hat in nächster Zeit sowieso andere Sachen vor, die weitaus größer sind als Krabbenpulen.«

Er strahlte sie so an, dass sie wusste: Dies war ein besonderer Moment.

»Komm schon, Willi«, forderte Basti ihren Vater auf. »Nun erzähl es ihr schon!«

Nikes Herz klopfte, denn sie hatte absolut überhaupt keine Ahnung, was jetzt kommen würde. Aber bei Willi war sie eh immer auf alles gefasst. Daher wunderte sie sich umso mehr über ihre leichte Aufregung. »Na, schieß los! Das klingt ja spannend. Hast du eine neue Idee für deine Krabbenbrötchenkollektion? Majo mit Chili? Für ganz scharfe Sprotten?«

Willi drehte sich kurz zu ihr, schüttelte den Kopf und wandte sich dann wieder der Aufschrift auf seinem Brett zu. »Nein. Es hat ausnahmsweise nichts mit meinem neuen Leben als Krabbenpuler zu tun«, sagte er, während er mit dem Pinsel hingebungsvoll über die Buchstaben strich.

»Lass mich raten. Du hast dich verliebt! Die Frage ist nur noch: Wo hast du sie kennengelernt?«

Jetzt schüttelte Basti neben ihr stumm den Kopf. Okay, falsche Fährte. Nike hob die Hände, zog die Schultern hoch und sah ihn fragend an, doch er schwieg.

»Hmmm … keine Ahnung. Bekomme ich einen Tipp?«, hakte sie nach.

»Ein Kuss, ein Tipp«, schlug Basti vor und lächelte sie an.

»Für wen?«, hörte sie Willi fragen, ohne dass der seinen Blick hob.

Nike stellte sich auf die Zehenspitzen und küsste Basti. »So. Raus mit der Sprache!«, forderte sie ihn auf und zwickte ihn in die Seite. »Was gibt's Neues im Hause Sturm?«

»Dein Vater hat eine Anfrage vom Museum Kunst der Westküste erhalten. Es geht um sein Lebenswerk.«

»Was?!«, schoss es aus Nike heraus.

Willi drehte sich um und strahlte sie an, als wäre es seine erste Ausstellung. Dabei war es vermutlich seine letzte.

Den Gedanken, was mit all seinen Bildern und Werken geschehen würde, hatte sie in den letzten Wochen einige Male gehabt, aber nie geäußert. So weit war es noch nicht. So weit war sie noch nicht. Nike beruhigte sich in solchen Momenten und sah Willis ungebremste

Ideenflut, seinen Humor und verdrängte das andere – zumindest für einen Moment.

»Ich bin noch nicht ganz sicher«, murmelte Willi und schlug seine Beine übereinander.

»Sie sind auf dich zugekommen und haben gefragt? Das ist ja spannend! Woher wissen sie denn, dass du hier …« Sie drehte sich zu Basti um. »Steckst du dahinter?«

»Ich habe überhaupt keine Ahnung, was du da andeuten möchtest«, sagte der prompt und hob unschuldig die Hände.

»Deine Tante kennt die Leiterin des Cafés am Museum und … richtig! Die Freundin deiner Mutter, arbeitet die nicht beim Inselradio? Du hast mir mal von ihr erzählt, als wir mit dem Fahrrad vorbeigefahren sind. Stimmt, jetzt erinnere ich mich wieder. Na, ihr beiden seid mir ja welche! Da ist man kurz mal in Hamburg, um Sachen zu holen, und schon passiert hier so etwas. Toll! Glückwunsch, Papa! Was gibt es da zu überlegen?«

Willi legte den Pinsel hin, stand auf und sah über die Wiese, die an ihr Grundstück grenzte, über die wilden Blumen, Gräser, Knicke hinweg. Dann drehte er sich zu ihr. »Es gab vor ein paar Monaten eine Anfrage in Kiel, ob ich meine gesammelten Werke ausstellen wolle. Erst habe ich mich gefreut, aber dann …« Er senkte den Blick und fasste sich an den Bauch. »Es passte einfach nicht. Es war genau einen Tag, nachdem ich die Diagnose bekommen und das Gefühl hatte, gar nicht zu wissen, was ich wann wo wie mache oder nicht. Mir war das in dem Moment alles zu viel. Ich wusste nicht einmal, ob ich jemals wieder ein Bild malen würde. Ob ich noch einmal einen Pinsel in die Hand nehmen würde. Und wenn ja, was ich dann malen könne.« Er setzte sich wieder.

Malen war sein Leben. Aufzuhören wäre in seinem Fall gleichzusetzen mit aufzuhören zu leben. Es erschreckte Nike beinahe mehr als die Diagnose, stellte sie fest. Dabei war das eine die Krankheit und das andere er selbst. Aber konnte man das überhaupt voneinander trennen?

Willi räusperte sich. »Aber jetzt, hier, fühlt es sich irgendwie richtig an. Es fügt sich alles. Findest du nicht auch? Ich bin mir nicht hundertprozentig sicher, aber ich könnte es mir hier eher vorstellen als in Kiel. Zumal ich ja nun auch hier bin. Gekommen, um zu bleiben, sozusagen.« Ein Lächeln huschte kurz über sein Gesicht, das Nike galt und sie vermutlich aufmuntern sollte.

Nike sagte nichts, ließ seine Frage im Raum stehen, nickte aber leicht mit dem Kopf.

Ihrem Vater ging es wirklich erstaunlich gut. Er war an manchen Tagen schneller erschöpft als früher, hatte weniger Appetit, lag manchmal still und gedankenverloren auf seiner Liege auf der Terrasse und sah in den Himmel, über die Wiesen. Wie Frederik, die Maus aus dem Kinderbuch, die, während alle anderen Mäuse fleißig Körner für den Winter sammelten, dasaß und scheinbar nichts tat. Dabei fing Frederik die Farben ein, die Sonnenstrahlen, die Düfte und die Wörter und erzählte den anderen Mäusen später, als der Kornspeicher leer und es kalt und dunkel war, davon. Aber ansonsten gab es nicht viel, woran man hätte erkennen können, dass Willi krank war. Und wie krank.

»Die meisten Bilder und die größeren Statuen sind noch eingelagert, aber die könnte ich herbringen lassen. Wir müssten uns nur zusammensetzen und überlegen, welche wir nehmen«, dachte Willi laut, während er auf seine Hände sah, als läge darin die Antwort auf alles.

»Wir?«, fragte Nike und sah ihn an.

»Ja, wir«, sagte er und hob nachdenklich den Blick.

Nike beobachtete ihren Vater, wie er darüber sinnierte, was passen könnte, welches Thema, welchen Schwerpunkt er setzen wollen würde, während Basti sich wieder an die Bretter gemacht hatte, um etwas abzuschleifen. Und um ihnen beiden den Raum und die Ruhe zu geben, die sie jetzt vielleicht brauchten. Sie spürte, dass er Rücksicht nehmen, nicht stören wollte. Dabei tat er das keinesfalls. Basti hatte ein Feingefühl, das sie bisher bei keinem Mann erlebt hatte.

»Papa?«

»Ja?«

»Ich koche uns etwas, und dann setzen wir uns hin und machen uns Gedanken über deine Ausstellung. Okay? Ich weiß nicht, wie es euch geht«, sie sah Basti an, »aber mir knurrt der Magen!«

»Guter Plan«, meinte Basti, während Willi nachdenklich in den Garten sah.

»Ja, mach das«, murmelte er schließlich.

Als sie Stunden später, am frühen Abend, auf der Wiese auf den neuen Gartenmöbeln saßen und die Temperaturen langsam etwas angenehmer wurden, kamen sie noch einmal auf die Ausstellung zu sprechen. Nike hatte sich einen Collegeblock und einen Stift geholt, Basti für ein kühles Bier gesorgt, und nun machten sie sich gemeinsam Gedanken, wie die Ausstellung heißen und was sie zeigen sollte.

»Dieser Wunsch, dieser Drang, es mal richtig krachen zu lassen, ist weg«, stellte Willi fest und strich sich eine gelockte Strähne hinters Ohr. Er nickte, als wollte er dem, was er gesagt hatte, noch mehr Gewicht verleihen, sich selbst zustimmen. »Ich brauche das alles nicht mehr. Ich bin fertig. Ja. Das ist es. Ich bin, wenn ich zurückschaue auf das, was ich alles erlebt habe, zutiefst zufrieden. Ich hatte echt ein schönes Leben.«

»Hast du immer noch«, versuchte Nike, die Stimmung wieder etwas zu heben.

»Ja. Stimmt«, gab er ihr recht. »Ich habe immer noch ein sehr schönes Leben und eine wundervolle Tochter.«

»Ich hab's!«, rief Basti plötzlich. Er ließ Nikes Hand los, stellte sein Bier auf den Gartentisch und rückte auf der Sitzfläche der Bank etwas vor.

Willi und Nike sahen ihn erwartungsvoll an.

Er drehte sich zu den Brettern, die auf den Böcken ein paar Meter von ihnen entfernt trockneten, nachdem Basti sie kurz vor dem Essen gestrichen hatte.

»Wir stellen den Krabbenbrötchenstand vor den Eingang des Museums, sodass sich die Besucher nach ihrem Rundgang – oder auch davor – stärken können. Was haltet ihr davon?«

»Coole Idee«, fand Nike. »Wenn wir dafür eine Genehmigung bekommen.«

»Also, fürs Büfett ist schon mal gesorgt. Dann fehlen nur noch die Ausstellungstücke«, warf Willi lachend ein und trank einen Schluck.

»Und ein Titel für die Ausstellung«, meinte Nike.

»Ich bin fertig«, murmelte Willi und stellte sein Bier wieder weg.

Nike und Basti sahen ihn fragend an.

»Echt jetzt?«, wollte Nike wissen.

»Ja. Ich finde, das passt einfach.«

»Gut.« Sie nahm den Stift und schrieb in Druckbuchstaben auf das karierte Papier *ICH BIN FERTIG. Gesammelte Werke von Willem Sturm.*

»An welche Bilder hast du denn so gedacht, Papa? Was möchtest du unbedingt zeigen?«

Willi nannte sein erstes Bild, ein für seine Verhältnisse relativ kleines Ölgemälde, das eine damalige Freundin zeigte. Nike kannte das Bild natürlich, aber da Basti es noch nie gesehen hatte, beschrieb er es für ihn in allen Details.

»Ich würde aus jedem Jahr ein Bild nehmen. Und wenn wir die haben«, er deutete auf den Collegeblock, »schauen wir, wie viel Fläche es gibt, und entscheiden, welche in die engere Wahl kommen.«

*Wir*, dachte Nike erneut und konnte es immer noch nicht fassen. Nichts von alldem. Alles fühlte sich immer noch so surreal an, so unwirklich. Dass sie hier zusammen saßen, dass Willi jetzt hier lebte, auf Föhr und nicht in Kiel, dass sie ihn dort nie wieder besuchen würde. Dass sie Basti getroffen hatte und er jetzt neben ihr war, in dem Garten des Hauses, in dem sie sich durch Zufall getroffen hatten, sie liebevoll umarmte und das nie wieder missen wollte, wie er ihr mehrfach versichert hatte. Dass sie sich zwischen zwei Männern befand, die sie beide liebte, wenn auch auf ganz unterschiedliche Weise, und genau wusste:

Mit beiden würde sie so gerne zu jeder Jahreszeit

hier sitzen, das Kreischen der Möwen, den Gesang der Vögel hören, dem Wind lauschen, der durch die Kiefern zog, den Geruch der Natur, des Meeres einatmen, den Moment festhalten.

Und nur mit einem würde dieser Wunsch wahr werden.

Sie war hin- und hergerissen zwischen dem Bedürfnis, die Zeit anhalten zu wollen, der Verzweiflung darüber, dass es nichts gab, womit sie das erreichen könnte, und der Dankbarkeit über diesen Moment hier gemeinsam auf Föhr. Denn so viel Zeit wie jetzt hatte sie noch nie in ihrem Leben mit Willi verbracht. Zeit, die viel intensiver war als alle Tage der Vergangenheit. Und keiner wusste, ob es so etwas noch oft geben würde, in der Zukunft.

»Ich habe einen besseren Titel für die Ausstellung«, erklärte Nike und sah in zwei neugierige Gesichter. »Das Leben ist jetzt.«

# Vielen Dank

Mama, denn du hast mir deine Gutscheinbox auf den Tisch gestellt und gesagt, dass du sie einlösen möchtest. Dadurch trage ich Erinnerungen in mir, die ich nicht hätte, wenn diese Gutscheine jetzt noch in der Box lägen. Alle einzulösen haben wir nicht mehr geschafft. Aber die, die wir gemeinsam eingelöst haben, sind tief in meinem Herzen verankert. Für immer.

Egal, wo du bist. Ich liebe dich.

**Außerdem danke ich von Herzen:**

Britta, meiner Föhr-Perle für ihre unterstützende Recherche und ihr Sein. Du bist wundervoll!

Jutta, der besten Schwiegermutter der Welt, die mich auch dieses Mal wieder sensationell unterstützt hat, wie bei all meinen Büchern.

Patricia Dulz, der wahren Krabbenkennerin von Föhr.

Der Föhr Tourismus GmbH für ihre freundlichen Auskünfte.

Heike Volkerts vom Radio (Föhr).

Céline Meinert, meiner Literaturagentin, ohne die ich nicht jedes Jahr ein Buch veröffentlichen würde und die mir schon von Föhr vorschwärmte, bevor ich das erste Mal dort war.

Enno und Juri für das Aushalten von Ebbe und Flut.

Steffi Korda für die erneute und wie immer sehr harmonische, professionelle Zusammenarbeit.

Und natürlich Anna Baubin von meinem Heimatverlag Heyne, der sich einen weiteren Inselroman von mir gewünscht hat, worüber ich mich sehr gefreut habe!